DIE GROSSEN BRÄNDE

Die Andere Bibliothek

Begründet von
Hans Magnus Enzensberger

DIE GROSSEN BRÄNDE

EIN ROMAN VON 25 RUSSISCHEN AUTOREN

Deutsch von Rosemarie Tietze

MIT 25 ILLUSTRATIONEN

ERSTES KAPITEL

EIN SONDERBARER ABEND

von Alexander Grin

Als Warwi Migunow, Kanzlist am Gouvernementsgericht, vom Dienst heimkehrte, ging er, was er sonst nie tat, in die Küche und blieb vor dem Herd stehen. Dort rührte die alte Jefrossinja, eine spitzmäusige, krummgebeugte Frau, mit forsch hüpfenden Schulterblättern und an den Leib gepreßten Ellbogen eine Soße aus Kapern und rotem Paprika.

Vor vierzig Jahren hatte sie für Migunow den Milchbrei gekocht. Darum wunderte er sich nicht im geringsten, als er nun zu hören bekam:

»Was haben Sie denn hier verloren, Warwi?«

In ihrer Stimme schwang Ärger, wie bei einem Menschen, der zu tun hat. Jefrossinja drehte sich nicht einmal um. Sie sah Warwis Havelock, seinen Regenschirm, die Brille und die leuchtendroten Backen auch so sehr gut – im makellosen Glanz der kupfernen Pfannenwölbung.

»Wie ist das eigentlich mit ... äh ... mit dem Herd?« sagte Migunow schüchtern. »Wie wird er gefeuert? Fallen keine Kohlen auf den Boden? Ich wollte mir das mal anschauen.«

»Kohlen?« fragte die Alte und ließ mißbilligend ihre ausdrucksstarken Schulterblätter hüpfen. »Was gehn Sie die Kohlen an?«

»Sie leben in Ihrer eigenen Welt«, fuhr Migunow milde fort. »Sie gehen voll und ganz in Küche, Hauswirtschaft und dergleichen auf. Ich will das nicht tadeln. Dank Ihrer Mühen verfüge ich jedoch über freie Zeit, in der ich Zeitung lese. Und liest man Zeitung, hat man am öffentlichen Leben teil. Daher erfuhr ich, daß es heute nacht noch drei Brände gegeben hat. Erstens ist ein gerade erst fertiggebautes dreistöckiges Haus abgebrannt, liebe Jefrossinja. Das will etwas heißen. Zweitens wurden acht Warenlager ein Raub der Flammen. Und drittens – vom Spartakus-Theater am Mond-Boulevard sind nur noch rauchende Ruinen übrig. All dies ein Werk des Feuers. Mir wird leicht bange, Jefrossinja. Ich gebe zu, das ist ein Fehler. Darum kam ich herein, um nachzuschauen, kam, um mir ein Bild zu machen, ob keine Kohlen aus dem Herd fallen, und wenn ja, ob sie keinen Brand entfachen können. Das war alles. Ich wollte mich keinesfalls in Ihre Angelegenheiten mischen.«

»Es kommt schon mal vor, daß Kohlen herausfallen«, sagte die Alte einlenkend. »Aber wie Sie wissen, ist der Boden hier aus Stein. In dieser Hinsicht brauchen Sie nichts zu befürchten, Warwi.«

»Das denke ich auch«, pflichtete Migunow bei, »und ich bin Ihnen sehr dankbar, daß der Boden … hm … aus Stein ist. Ich wollte bloß, für alle Fälle, einen Blick darauf werfen, nur so, wegen – ich weiß selbst nicht weswegen … ob es zwischen den Steinfliesen nicht vielleicht eine Ritze gibt … hm … sozusagen eine Stelle, wo die Holzteile nackt daliegen …«

Hier geriet Jefrossinjas jungfräuliches Herz in Wallung, und sie unterbrach ihn mit einer Strenge, die sonst nur dem Gesetz der Revolution eignet, dem Migunow diente:

»Sie sind heute von unglaublichem Unanstand, Warwi! Was wollen Sie mit diesem Wortschwulst sagen?«

»Welchem Wortschwulst?«

»Natürlich, man kann so tun, als begriffe man nichts, aber jeder Mensch wird Ihnen entgegnen, daß Sie in bezug auf die Holzteile ein unanständiges Wort benutzt haben, ein schrecklich rohes Wort.«

Migunow fuhr zusammen. »Ich habe mich vertan, ich wollte sagen: ob keine Kohle auf das Holz fällt. Außerdem«, fuhr er fort, wobei er ängstlich die verstärkte Tätigkeit der Schulterblätter beobachtete, aber beschloß, besser alles auf einmal loszuwerden, »wenn Sie mit der Kerze in die Speisekammer gehen, droht nicht in dieser Hinsicht Gefahr, etwa in Gestalt einer entflammbaren Spinnwebe oder von Papier und ähnlichen Dingen, die leicht Feuer fangen? Vielleicht irgendein Schutzüberzug …«

Wer weiß, was die alte Küchenfee sich bei diesem letzten Wort gedacht haben mochte. Sie schnaubte jedenfalls. Wir wollen damit nichts Nachteiliges über ihre Sittsamkeit gesagt haben. Sie schnaubte aus Verachtung für Warwi Migunows geistige Fähigkeiten.

»Sie glauben also, das wäre Zufall?« fragte sie und wandte Migunow ihr vom Feuer gerötetes, höhnisch verzogenes Gesicht zu. Dann blickte sie auf den Löffel, mit dem sie die Soße gerührt hatte, und leckte ihn schmatzend ab. »Ich lese keine Zeitungen, aber mir bringt die Katze am Schwanz die Neuigkeiten an. Und der Spatz auf dem Dach. Mit Verlaub! Die haben auch am ›öf-fent-lichen Leben‹ teil. Slatogorsk brennt seit zwei Wochen. In der Stadt sind achtzehn Gebäude verbrannt. Und Sie reden von Fahrlässigkeit!« Jefrossinja ließ ihren Blick durch die Küche schweifen, als flattere diese lachhafte Fahrlässigkeit womöglich hier irgendwo herum. »Ich sehe darin keine Fahrlässigkeit! Sondern eine Missetat. Die wiederholte, systematische Missetat finsterster Missetäter! Und Ihre Pflicht als Richter ist es, diese Missetäter unverzüglich zu fassen und zu strafen, sonst sind Sie selbst ein Verbrecher!«

Obgleich Migunow nur Kanzlist war oder, genauer gesagt, Archivar, hatte Jefrossinja keinerlei Zweifel: Wer im Slatogorsker Gerichtsgebäude seinen Dienst versah, war Richter.

»Ein Verbrecher?« schrie Warwi. »Wiederholen Sie das bitte! Aber nein«, fügte er eiligst hinzu, denn die Alte konnte aus Starrsinn alles mögliche wiederholen, und wer weiß wie oft, »ist Ihnen bekannt …«

»Zu fassen und zu strafen«, unterbrach ihn die Alte und preßte energisch die Lippen zusammen. »Ohne Erbarmen! Unverzüglich!«

»Ist Ihnen bekannt …« Migunow schob diese Worte verstohlen in eine Atempause Jefrossinjas, er wurde jedoch, wie auch die kämpferische Bewegung von Jefrossinjas spitzen Schulterblättern, gestoppt durch ein Klingeln, das hereinprasselte wie ein Hagelschauer.

Die Glocke an der Hintertür erklang mit ungewöhnlicher Lautstärke; Jefrossinja öffnete, und in die Küche trat ein dürrer Mann mit Aktentasche, riesiger schwarzer Schirmmütze und braun-blau kariertem Hängemantel. Er war rothaarig, sommersprossig und nervös. An seinen Bewegungen war rein gar nichts Positives. Er trat nicht ein, sondern schraubte sich gleichsam seitwärts herein, drehte sich um sich selbst und kramte nutzlos in seinen Manteltaschen, dann grüßte er und ließ die Mütze fallen.

»Es regnet«, stieß er hervor mit einer Stimme, als putze er sich gerade die Nase, »es regnet in Strömen. Guten Abend, tüchtige und gestrenge Jefrossinja! Warwi, sei gegrüßt. Allerdings habe ich bereits lange am Vordereingang geklingelt und hätte euch schon längst begrüßen können.«

»Verzeih, Berloga«, sagte Warwi und nahm dem alten Freund Hut und Aktentasche ab, »aber ich bin eben erst vom Dienst heimgekehrt und führte ein hauswirtschaftliches Gespräch. Du kommst gerade recht, denn gleich wird das Abendessen aufgetragen.«

»Ich mag nichts essen«, erwiderte Berloga. »Wir von der Zeitungs-Chronik speisen nur, wenn Tugend die Gesellschaft beherrscht. Mord, Veruntreuung oder grober Unfug reißen uns augenblicklich den Löffel aus der Hand. Seit Kains Zeiten haben wir noch nie einen Teller leergegessen! Und nun diese Brände oder, wie sie genauer zu bezeichnen wären, diese Brandstiftungen. Warwi, gib mir Material …«

»Er muß zu Abend essen«, schaltete sich entschieden Jefrossinja ein; ihre Haube zerschnitt den Raum zwischen Migunow und Berloga. »Haben Sie die Güte und essen Sie mit uns.«

»Warwi«, fuhr Berloga ungeduldig fort, blickte zerstreut auf die Wirtschafterin und schob sie achtlos zur Seite. »Ich fasse mich kurz, denn ich bin in Eile. Alteingesessene Slatogorsker teilten unserer Redaktion mit, die Stadt habe vor zwanzig Jahren, sozusagen in den finsteren Zeiten des Zarismus, eine ähnliche Serie von Bränden erlebt. Mir wurde nun aufgetragen, dies unseren werktätigen Lesern zu enthüllen. Der Artikel soll mit einem Bein in der Vergangenheit stehen, mit dem anderen auf den Ruinen des Spartakus-Theaters. Arbeiten werde ich nachts. Gib mir Material – die Akte, Dokumente von dem Prozeß. Du bewahrst doch noch die alten Archive des hiesigen Gerichts auf?«

»Gut«, begann Migunow nachdenklich, in den Dampf der kochenden Soße blickend, »jedoch ... Ich könnte ja gleich mit dir losfahren. Wenn du allerdings eine Stunde Zeit hättest, könnten wir erst zu Abend essen. Das muß sowieso sein, und in diesem Haus reißt dir kein noch so furchtbares Ereignis den Löffel aus dem Mund.«

»Nein!« bekräftigte die Alte zornig. »Solange ich lebe – nein!«

Berloga sah auf die Uhr.

»Gut«, sagte er, »schweren Herzens. Ich bin müde. Eigentlich habe ich ja Hunger.«

Er aß jedoch nur ein paar Bissen und drängte ständig zum Aufbruch, womit er Jefrossinja, die auf Lob erpicht war, tödlich beleidigte. Schließlich riß er den verdaulich gestimmten Migunow wie ein Papier im Wind mit sich zum Haus hinaus und nahm sogar ausnahmsweise eine Droschke. Als sie ein Stück gefahren waren, wollte der Kutscher auf den kürzesten Weg einbiegen, doch Berloga sagte plötzlich:

»Stopp! Erkennst du das ehemalige Ödland?«

Obwohl Migunow zwischen Wohnung und Archiv stets denselben, ein für allemal festgelegten Weg zurücklegte, weshalb seine Kenntnis der Stadt einseitig war, hielt er es für angebracht, den Kopf zu schütteln.

»Das Ödland ist ja nicht wiederzuerkennen! Wie der Aufbau des Sowjetlandes voranschreitet!«

»O du Unschuldsengel!« rief Berloga aus. »Weißt du, was für ein Koloß das ist?«

Und in der Tat konnte man diesen Bau als »Koloß« bezeichnen. Er sah aus, als sei eine weiß aufschäumende Fontäne erstarrt, als habe ein fürchterliches Geschoß aus dem Wasser Gischt aufgewirbelt, höher noch als Schiffsmasten. Die Häuser, die an diesen Bau anschlossen, wirkten dagegen flach wie Ziegelsteine. Wegen der Dunkelheit ließ sich das Gebäude nicht genauer betrachten. An einzelnen Stellen standen noch Gerüste, doch würde wohl schon in den nächsten Tagen Leben das Haus erfüllen.

»Was ist das?« fragte Migunow. »Ein Museum? Oder vielleicht ein Klub?«

»Einfach eine ungeheure Villa«, antwortete Berloga. »Die Kommunalwirtschaft hätte nicht die Mittel für solche Schrullen. Es genügt wohl, wenn ich sage, daß das Haus in zweieinhalb Monaten erbaut wurde. Gestern sind eintausendfünfhundert Kisten mit Einrichtungsgegenständen aus Paris und London angeliefert worden. Zweitausend Arbeitskräfte waren beschäftigt. Wie du siehst, ist alles fast fertig. Allein für die Entwürfe wurden dem Architekten zweihundertfünfzigtausend bezahlt – er war extra nach Slatogorsk gekommen. Niemand wird hineingelassen, aber es geht das Gerücht, das Hausinnere entlocke so manches Ah und Oh. Wo lebst du eigentlich, Migunow?«

»Du weißt, ich lebe zurückgezogen und interessiere mich nicht für fremder Leute Angelegenheiten.«

»Zurückgezogen!« Belroga gab dem Kutscher ein Zeichen zum Weiterfahren. »Es wäre dasselbe, wenn ein Automobil vor deinem Haus vorführe und du den Lärm nicht hörtest. Aber damit du noch mehr staunst: Das Haus baut sich ein Privatmann, ein gewisser Struk. Er ist Pole, ein Greis von fünfundachtzig, und Konzessionär. Hat Konzessionen in

Transkaukasien, hier, außerdem im Altai, dann besitzt er noch ein Stück Land jenseits des Polarkreises. Er kommt von auswärts und ist, wie es heißt, ein Bettler.«

»Ein Bettler? Wie ist das zu verstehen?«

»Weil er im Ausland über Nacht ein riesiges Vermögen erworben hat, buchstäblich aus dem Nichts. Davor war er Bettler. Folglich ist sein Reichtum etwas Zufälliges, und seine Seele ist die Seele eines Bettlers.«

»Hattest du ein Gespräch mit ihm?«

»Nein. Die Ereignisse haben sich so schnell entwickelt, daß ich neben allem anderen noch keine Möglichkeit hatte, mich auf Struks Fährte zu setzen. Heute erfuhr ich, daß er eingetroffen ist. Ich bin beauftragt, für die Zeitung ›Rotes Slatogorje‹ ein Gespräch mit ihm zu führen. Ich empfehle dir, mitzukommen und dir dieses Ungeheuer anzusehen. Und wenn ich dich für meinen Fotografen ausgeben muß. Übrigens bist du ja begeisterter Fotograf. Du lichtest doch in deinem Archiv Dokumente ab. Ein fünfundachtzigjähriger Greis ist in gewissem Sinne eine archivierungswürdige Rarität.«

»Je nun«, sagte Migunow, »zumal ich in deiner Macht bin – führe mich, wohin du willst.«

Da tauchte an der Uferstraße das finstere Gebäude des Gerichtsarchivs auf. Eine kleine Tür neben dem Portal, deren Schlüssel der Kanzlist ständig bei sich trug, führte in Migunows Reich. Die Freunde entlohnten den Kutscher und schritten über den erleuchteten Korridor zum äußersten Ende des Gebäudes, wo unter niedrigen Decken in staubiger Starre alte Mahagonischränke standen, umhüllt von lebloser Stille, welche der Welt die Erinnerung an ihre eigenen Untaten verbarg.

Migunow blieb vor dem Pult mit den Registerbänden stehen, nahm Berlogas Merkzettel und begann, in den Folianten zu blättern. Der Schatten der Seiten huschte durch den Raum. Der Reporter schlenderte, die Arme auf dem Rücken, an den Aktenschränken entlang und besah sich die Papierberge.

Plötzlich erblickte er einen gelben Schmetterling. Zunächst hielt er ihn für eine Motte. Der Schmetterling flatterte zwischen den Schränken umher und kam Berloga manchmal so nahe, daß er ihn zu fangen versuchte.

»Ha!« rief er. »Schau mal, was da in deinem Archiv herumflattert!«

Migunow wandte sich in dem Augenblick um, als der Schmetterling gerade bei seiner Lampe kreiste, darum sah er ihn nicht gleich.

»Ein Schmetterling?« fragte er verwundert.

»Ja! Fang ihn! Dort sitzt er! Da!« Berloga stürzte zur Lampe.

Jetzt erblickte auch Migunow das Insekt. Der Schmetterling hatte grellgelbe Flügel mit blauem Rand und war so samtig wie jene tropischen Exemplare, die man aus dem Museum kennt. Wie er so träge mit den Flügeln schlug, glich er einer sonderbaren Blüte, die geheimnisvollerweise in Bewegung geraten war.

»Solche hab ich noch nie gesehen!« rief Berloga und fuchtelte mit dem Hut durch die Luft, während Migunow den Falter mit einem Aktenordner zu erwischen suchte. Der Schmetterling entkam den beiden jedoch unversehrt, stieg höher und flatterte unter der Decke. Der entzückte Berloga schleuderte seinen Hut nach ihm, dann rannten die Freunde um die Schränke und schauten in die hintersten Winkel des Archivs, doch sie bekamen den flackernden Sylphen nicht mehr zu Gesicht – er war verschwunden. Ob er reglos oben auf einem Schrank saß oder sich in eine Ritze verkrochen hatte, ließ sich nicht feststellen.

»Er ist hinausgeflogen«, sagte Migunow. »Siehst du, da steht ein Fenster offen. Was willst du auch mit einem Schmetterling? Laß ihn fliegen.«

»Was ich mit ihm will?« wiederholte Berloga. »Ich weiß nicht, ich hätte ihn nur brennend gerne gefangen. Er sah so schön aus in deiner Gruft. Hast du die Akte gefunden, um die ich dich bat?«

»Hier geht nichts verloren«, versetzte Migunow mit der komischen Pikiertheit des Fachmanns, dessen Berufsehre durch die unnötige Frage angegriffen wurde. »Da liegt der Vorgang: Schrank sechs, zweites Fach, Akte Nr. 1057. Jedoch …«

Er hatte den Schlüssel ins Schloß gesteckt und hielt inne.

»Was ist los, Migunow?«

»Berloga, ein sonderbares Gefühl hält mich zurück. Brauchst du diese Papiere wirklich?«

»Warum fragst du?«

»Mir scheint, es wäre besser, nicht daran zu rühren.«

»Wieso denn?«

»Weiß der Teufel, wenn ich das bloß wüßte. Irgend etwas hält mich zurück.«

»Die Soße!« versetzte Berloga lachend. »Die großen Mengen von Soße. Einseitige Ernährung, daher Neigung zum Konservatismus. Du Archivgeschöpf! Laß deinen Aberglauben und gib die Papiere her!«

»Hier sind sie.« Migunow hatte einen Teil der zusammenbackenden Stöße umgeschichtet und zog eine blaue, an den Rändern bereits vergilbte Mappe hervor. »Steck sie gut weg, verlier sie nicht, doch … ja, dieses Gefühl verläßt mich nicht. Wir setzen den Beginn einer sonderbaren Geschichte …«

»Den Beginn oder das Ende, das ist mir gleich«, sagte Berloga, »aber weißt du, manchmal ist es gut, etwas zu sagen, wie du soeben – zur Unzeit, an geheimem Ort. Gehn wir!«

Berloga verstaute die Mappe in seiner Aktentasche, Migunow schloß unterdessen den Schrank ab. Danach begab sich der alte Mann zu dem vergitterten offenen Fenster und machte es zu.

»Das Fenster muß geschlossen sein!« sagte er.

»Ganz recht«, antwortete Berloga. »Bleibe stets dir selber treu. Ordnung über alles.«

»Wenn du willst, öffne ich es wieder«, bemerkte Migunow verschnupft. »Obwohl mir scheint – so ist es besser. Doch gehn wir.«

Er löschte alles Licht bis auf die Lampe im Korridor, doch an dessen Ende angekommen, löschte er auch diese. Dann verschloß er sorgfältig die Eingangstür.

Die Freunde entfernten sich. Das Archiv versank in Reglosigkeit. Eine Zeitlang herrschten, traut vereint, Stille und Finsternis.

Doch plötzlich – ein Feuer, das sich erst langsam, dann schneller, aus den Tiefen der Schränke über die Zeitungsstöße ausbreitete und zu rauchen begann wie ein Ofenrohr. Die Flamme wühlte sich durch das Papier, kroch höher und wuchs sich zur unersättlichen, tobenden Lohe aus …

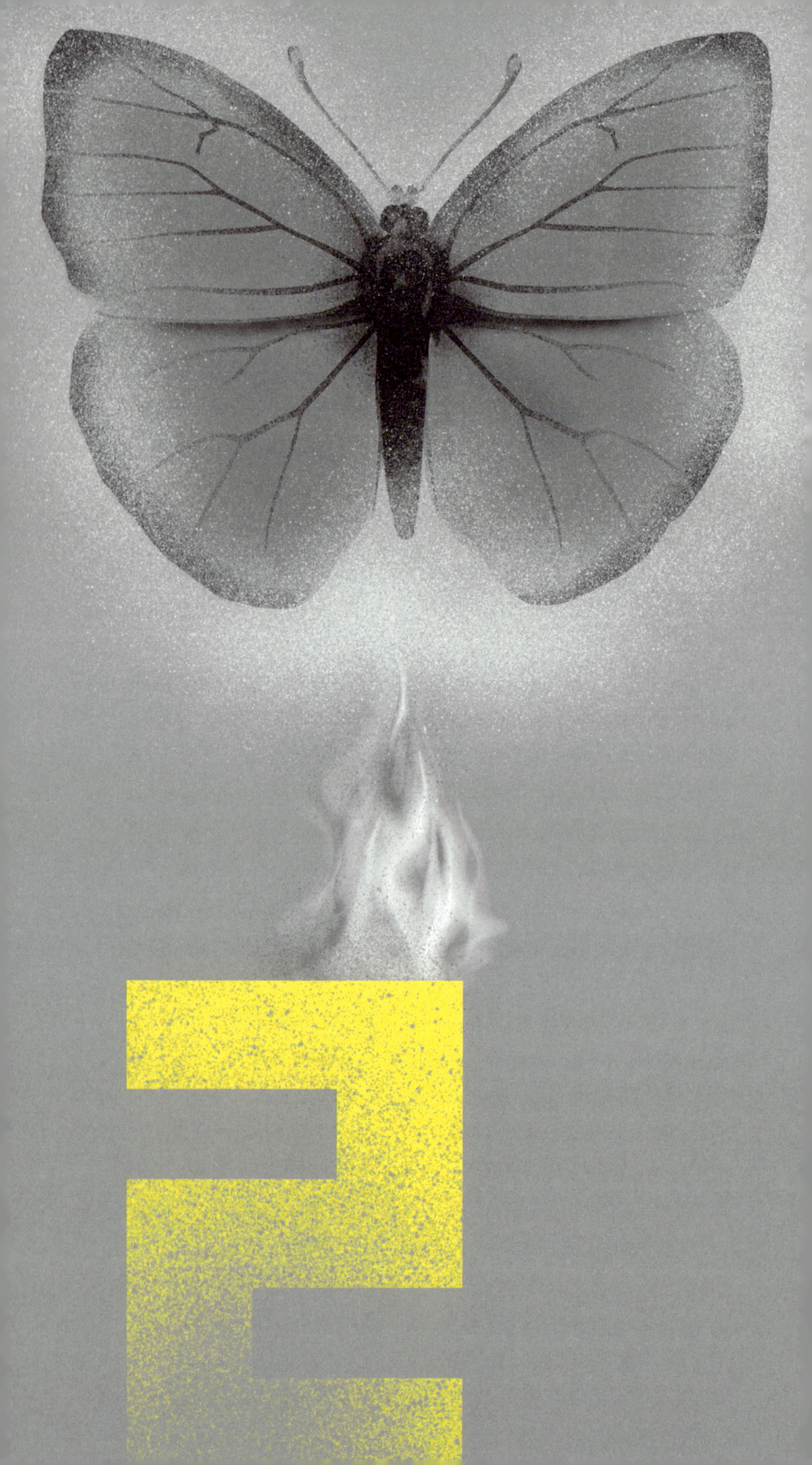

ZWEITES KAPITEL

DIE KRANKE PERLE

von Lew Nikulin

»Bitte hier herein!« sagte der junge Mann in Samthosen und ließ Berloga vorgehen.

Wie eine Mausefalle schnappte hinter Berloga das Sicherheitsschloß zu. Der junge Mann trat zum Sekretär aus poliertem hellem Holz und schloß ihn auf. Mit einem Knall, der einem Schreckschuß glich, fuhr der Rolldeckel zurück.

»Nun denn!« sagte der junge Mann und deutete auf einen Stuhl. »Rauchen Sie?«

»Vor allem muß ich …«, begann Berloga.

»Vor allem«, unterbrach ihn der junge Mann freundlich, »müssen Sie nur meine Fragen beantworten.«

Er kniff die grauen Augen zusammen, schloß sie beinahe. Mit seinem braungebrannten Gesicht und den breiten Schultern kam er Berloga wie eine gefühllose Bronzebüste vor, die hinter dem Schreibtisch aufragte.

»Vorname, Nachname, Alter, soziale Herkunft?«

Klare Fragen verlangen klare Antworten. Berloga gab sie, so ausführlich er konnte.

»Was halten Sie von dem Bürger Migunow?«

»Außerordentlich viel«, erwiderte Berloga, »wie alle Menschen, die Warwi näher kennen. Seine Behörde beispielsweise schätzt ihn als hervorragenden Fachmann, als den einzigen akademisch gebildeten Archivar in Slatogorsk. Schließlich hat er jenes Chaos von Kriminalakten, das uns das alte Regime hinterließ, gesichtet, klassifiziert und in Ordnung gebracht.«

»All das ist bekannt«, sagte der grauäugige junge Mann. »Und dennoch …«

»Ein Brand ist eine furchtbare Katastrophe! Man muß wissen, welches Entsetzen Warwi vor Feuer empfand, besonders nach dieser Epidemie von Bränden oder vielmehr Brandstiftungen.«

»Am Tag des Brandes waren Sie mit ihm zusammen im Archiv?«

»Genauer gesagt, nicht am Tag, sondern am Abend des Brandes.«

»Und Ihnen ist nichts Besonderes aufgefallen?«

»Absolut nichts. Es sei denn …«

Der gelbe, samtige Schmetterling mit grellblauem Rand, jener Schmetterling, der einer seltsamen Tropenblüte glich, flatterte vor Berlogas geistigem Auge. Aber nein, eine solche Bagatelle konnte er doch dem Untersuchungsrichter nicht mitteilen.

»Es sei denn?« wiederholte dieser im Tonfall Berlogas.

»Nun, sozusagen ein Schmetterling …«

»Ein Schmetterling?« fragte der Untersuchungsrichter von oben herab.

»Ein Schmetterling von recht sonderbarem Aussehen.«

»Eine Motte?«

»Aber nein!« Berloga zeigte die ungefähre Größe des Schmetterlings. Der Untersuchungsrichter zuckte die Schultern, verdrehte die Augen und notierte die Aussage.

»Was haben Sie dem noch hinzuzufügen?«

Berloga schaute auf die Uhr.

»Erlauben Sie mir die Bemerkung«, sagte er, »daß ich erstens vorhabe, meinen unglücklichen Freund in der Anstalt für Geisteskranke zu besuchen, zweitens die Redaktion mir einen verantwortungsvollen Auftrag erteilt hat, so daß ich bitten würde …«

»Ihre Unterschrift.«

Berloga unterschrieb seine Aussagen.

Einen rosa Zettel schwenkend, schritt er durch die langen, düsteren Korridore im uralten Gebäude der Kriminalpolizei. Die schwach leuchtenden Glühbirnen schienen eine endlose Kette aus Lichtpunkten zu bilden. Am Tor gab Berloga den rosa Passierschein bei der Wache ab. Doch schon auf der Gasse, in der überraschend heißen Septembersonne, machte er auf dem Absatz kehrt, schnalzte mit der Zunge und griff sich an den Kopf.

»Und die Akte? Die Akte Nr. 1057? Schrank 6, Fach 2? Das habe ich ja ganz vergessen!«

Und er rannte zum Tor zurück.

Der Wachposten war kurz angebunden. »Passierscheine stellt die Kommandantur aus.«

Berloga schaute auf die Uhr. 25 Minuten vor zwei. Um zwei endete die Besuchszeit in der Heilanstalt.

»Na schön«, sagte er laut, »morgen ist auch noch ein Tag.« Und rannte die Gasse hinunter.

Eine ratternde Elektrische setzte ihn schon achtzehn Minuten später vor den Grünanlagen des Krankenhauses ab.

Bis er zu dem Kranken vordrang, vergingen noch zwei Minuten. Damit blieben fünf Minuten bis zum Ende der Besuchszeit.

Die Sonne spiegelte sich in allen vier Wänden des mit Ölfarbe gestrichenen Zimmers. Direkt vor sich, noch fast unter der Tür, erblickte Berloga Jefrossinjas gebeugten Rükken und ihre spitzen, flatternden Schulterblätter. Sie zuckten auf und nieder, diese Schulterblätter, und ließen den hageren Rücken erbeben. An Jefrossinjas Schniefen und Schluchzen erkannte Berloga, daß sie weinte.

Auf dem Boden saß, in graublauen, sackartigen Hosen und ebensolcher Jacke, Warwi Migunow. Seine leuchtendroten Backen hatten sich mit wachsgelber Blässe überzogen. Die Brille war ihm auf die Nasenspitze gerutscht, und auf Wangen und Kinn sprossen weiße Flaumfetzen.

»Da!« schluchzte Jefrossinja. »Da …!«

Warwi Migunow saß auf dem Boden. Ein Berg von kleingeschnippeltem Zeitungspapier türmte sich vor ihm. Mit einem stumpfen Scherchen schnitt er aus Zeitungspapier Spiralen, die aussahen wie Tannenbaumschmuck.

»Warwi!« sprach Berloga voller Gram. »Armer Warwi!«

Das Papier raschelte, das Scherchen quietschte, der Berg aus kleingeschnippeltem Zeitungspapier wuchs.

»Zwei Uhr!« rief hinter Berlogas Rücken eine helle, muntere Stimme. »Bürger, wenn ich bitten darf!«

Ein Doktor und seine Assistentin standen in weißen Mänteln unter der Tür.

»Doktor«, fragte Berloga bekümmert. »Was ist mit ihm?« Und er deutete in Warwis Richtung.

»Ein Schock!« erwiderte der Doktor fröhlich. »Eine überaus starke Erschütterung infolge einer Katastrophe. Höchst interessanter Fall. Eine Mischung aus Verfolgungswahn und Zwangsvorstellungen. Ich bin begeistert.«

»Leb wohl, Warwi!« stieß Berloga traurig hervor.

»Leb wohl, Warwi!« echote seufzend Jefrossinja.

Warwi Migunow blickte nicht einmal auf. Mit dem quietschenden Scherchen schnitt er aus einem halben Zeitungsblatt einen riesigen Schmetterling mit gezackten Flügeln aus.

Der ungeheure, klobige Wellenkamm der weißen Villa ragte über die gleichförmigen Dächer der gleichförmigen Häuserzeile. Berloga verwandte einige Minuten darauf, etwas zu suchen, das einem Einlaß gliche. Er war in völliger Verwirrung, bis er schließlich undeutlich eine dumpfe Stimme vernahm, ohne zu erkennen, woher diese kam.

»Was wünschen Sie?«

Berloga drehte sich zweimal um sich selbst. Hinter dem Zaun der Villa war kein Mensch, auf der Gasse auch nicht.

»Stellen Sie sich nicht dumm!« erklang dieselbe Stimme aus einer Art Telefontrichter, der am Zaun hing. »Geben Sie Antwort: Was wünschen Sie?«

»Ich bin um halb drei zu Struk bestellt, ich komme von der Zeitung ›Rotes Slatogorje‹.«

Die Metallstengel des Zauns schoben sich auseinander und gaben eine Art Durchgang oder Allee frei, die direkt zum Haus führte. Dessen Tür öffnete sich vor Berloga automatisch. Eine messingglänzende Metalltreppe führte hoch hinauf. Danach landete Berloga in einem runden, nach frischer Farbe riechenden Saal von höchstens drei Saschen Durchmesser. In der Mitte des Saals schäumte und zischte ein kleiner Springbrunnen mit bizarr überkreuzten Wasserstrahlen.

»Bitte hier herein!« sprach die dumpfe Stimme erneut.

Eine Nußbaumtür, von Türklinken keine Spur, tat sich auf und gab den Weg frei. Darauf folgte ein Saal, der an das Atelier eines kinematographischen Studios erinnerte: Wände und Decken waren aus Glas. In der Saalmitte standen zwei Reihen großer Glaskästen und bildeten einen Durchgang. Diese Kästen sahen aus wie Vitrinen eines ungewöhnlichen Museums, zugleich ähnelten sie abgeteilten kleinen Orangerien unter riesigen Glasstürzen. Hier wuchsen Blumen und Gewächse unterschiedlichster Art, Farbe und Blattform. Es türmten sich breitblättrige Farne, Schlingpflanzen flochten sich ineinander, spitzblättrige Stechpalmen ragten jäh empor, hinter den Vitrinenscheiben drängten sich die grünen Hauben japanischer Zwergbäume, und unvergleichliche tropische Blüten schillerten in allen Farben des Regenbogens.

»Was wünschen Sie?« fragte eine helle Stimme, die absolut nicht der vorigen glich.

Berloga wandte sich um. In einer Fensternische stand im Gegenlicht eine Frau. Ihr kurzes, bis zu den Knien reichendes Kleid konnte man gut und gern als Hemd oder Tunika bezeichnen. Vor dem Fenster schien die Sonne, und die Silhouette der Frau mit den wohlgeformten Beinen hob sich deutlich von dem Milchglas ab. Als sie nun vom Fensterbrett sprang und Berloga entgegenkam, ließ er zuerst seine Schirmmütze auf den Boden fallen, dann den Notizblock und schließlich den amerikanischen Füllfederhalter, der sein ganzer Stolz war.

Die junge Frau hatte rotes oder vielmehr goldenes Haar. Besonders schön waren ihre wie ein Flitzebogen geschwungenen Lippen, die feinen, offenbar nachgezogenen Brauen und die Augen – weit offene, strahlende und zugleich ironisch blickende Augen.

Sie trug ein betont schlichtes Kleid, dessen Farbe sich jedoch mit ihren Bewegungen änderte und in allen Farben des Spektrums changierte.

›Hokuspokus‹, dachte Berloga, schlug die Augen nieder und erblickte schimmernde Metallschühchen, worauf er noch einmal mit Gepolter alles fallen ließ, was er wieder in den Händen hielt: die Schirmmütze, den Notizblock und den amerikanischen Füllfederhalter.

»Was wünschen Sie?« fragte sie noch einmal. »Sie haben allerdings auf sich warten lassen, Herr Journalist.«

Sie sprach Russisch mit einem leichten, kaum hörbaren und Berlogas Ohren schmeichelnden polnischen Akzent.

»Tut mir leid, aber …« Berloga gewann seine Fassung wieder. »Bei uns sagt man ›Bürger‹, nicht ›Herr‹.«

»Wir sind erst drei Tage hier«, fuhr sie mit melodischer und ironischer Stimme fort und bedeutete Berloga mit einer Handbewegung, ihr zu folgen.

»In Europa und Amerika haben uns auf Bahnhöfen, Landebrücken und Aerodromen Reporter attackiert. Sie hier in Slatogorsk lassen sich Zeit und erscheinen erst am dritten Tag.«

»Wir hatten wichtigere Themen«, gab Berloga trocken zurück. »Die Eröffnung einer Kolonie für verwahrloste Kinder, die Erfindung des Monteurs Fokin und das siebzigjährige Jubiläum der Primaballerina.«

Sie ging voraus, und wieder verlor Berloga die Selbstbeherrschung. Diesmal rührte es von der Nähe der wunderbaren, verführerischen Linie ihrer Schultern und ihres Nackens her.

»Ich würde gerne den Bürger Struk sehen«, sagte er barsch, um Fassung ringend.

Sie befanden sich im Salon. An der Einrichtung dieses Raumes war nichts Bemerkenswertes, er glich dem Salon eines erstklassigen Hotels. Die junge Frau nahm auf dem Diwan Platz, Berloga ihr gegenüber auf einem Sessel. Nun hatte er sie ganz nah vor sich und entdeckte, was ihm zunächst entgangen war: um den Hals trug die Frau eine Perlenkette. Und jede einzelne Perle war so groß, daß man sie kaum noch als solche bezeichnen konnte.

»Wozu wollen Sie mit dem kranken Tattergreis reden?« sagte die Frau. »Ich bin seine Enkelin Elita Struk. Alles Nötige erfahren Sie von mir.« Sie hob mit dem Finger die Perlenkette und sagte plötzlich: »Das Kollier interessiert Sie? Dies sind die Perlen der Herzogin von Berry. Sie sind sehr alt. Schauen Sie.«

Sie neigte sich zu Berloga, und dieser erblickte dicht vor sich Hals und Schultern. Leichter Schweiß trat ihm auf die Schläfen, auf dem Kopf sträubten sich die roten Haare.

»Meine armen Perlen«, fuhr Elita Struk fort. »Meine armen kranken Perlen. Diese zweiunddreißig rosa Perlen sind einzigartig auf der Welt, und eine davon ist krank. Sehen Sie, das bleigraue Fleckchen. Die Perle leidet. Ich trage die Kette, um die Perle zu heilen. Meine Haut tut ihr gut. Übrigens, wenn man eine noch passendere Haut fände, könnte man die Perle vielleicht auskurieren.«

»Hören Sie mal, Gnädigste«, sagte Berloga wütend. »Die Redaktion des ›Roten Slatogorje‹ interessiert sich nicht die Bohne für Ihre verdammte kranke Perle, sondern für Struks Konzessionen.«

Sie errötete und lehnte sich zurück. Die Röte überflutete ihr Gesicht, die Brauen rückten zusammen und bildeten eine durchgehende, gerade Linie. Plötzlich brach sie in Lachen aus.

»Na schön. Also – die Konzessionen.«

Und sie berichtete Berloga von den Konzessionen wie ein echter Geschäftsmann, mit Einzelheiten und Zahlen, die jedem Sachkenner wohl angestanden hätten. Der Reporter kam kaum mit dem Notieren nach, war wieder frohgemut.

Berloga brach auf. Sie begleitete ihn bis zu dem gläsernen Saal. In ihren Augen standen Neugier und ein spöttisches, Berloga unverständliches Lächeln.

»Warten Sie«, sagte sie plötzlich, schob das Glas der ersten Vitrine rechts beiseite und riß eine blaugelbe Blume ab.

»Nehmen Sie diese Blume mit, wenn Sie mögen. Oder nein …« Die kleinen weißen Hände mit den manikürten Nägeln steckten Berloga die Blume ins Knopfloch.

»Auf Wiedersehen!«

Draußen nahm Berloga die Mütze ab und zauste sich lange die Haare. Durch die Gerüche der Straße, durch den Rauch der Asphaltkessel und den Benzindunst der vereinzelten Automobile drang in seine Nase der starke, leicht benebelnde Duft der blaugelben Blüte. Berloga kratzte sich mit dem Zeigefinger die Augenbraue und sprach nachdenklich:

»Wie sich zeigt, sind gewisse Frauen von gewissem Interesse.«

Abends begab sich Berloga aus der Redaktion geradewegs nach Hause. Er wohnte im Wohnheim für die Mitarbeiter des »Roten Slatogorje« und des Staatlichen Glastrusts, dem ehemaligen Hotel San Sebastiano.

In dem schmalen, zwölf Arschin großen Raum hatten Tisch und Bett, Stuhl und Waschtoilette gerade Platz. Berloga zog sein Jackett aus und hängte es an die Wand. Der süßliche Duft bahnte sich sachte den Weg durch die Wohlgerüche des

Wohnheims, wo auf den Korridoren und in der Küche ewig etwas auf den acht Petroleumkochern fettig zischte.

»Tja!« rief Berloga. »Und die Akte, der Brand? An die Arbeit, Genosse Berloga!«

Er drehte sich zum Tisch um und schrie auf.

Die Akte mit dem blauen Umschlag, die Akte Nr. 1057, lag nicht auf dem Tisch.

»Glascha!« brüllte Berloga über den ganzen Korridor.

»Hä?« antwortete in aller Ruhe hinter dem Bretterverschlag im Korridor eine Stimme.

»Haben Sie hier aufgeräumt? Auf dem Tisch lag eine Akte mit blauem Umschlag!«

»Sie komischer Mensch«, sagte Glascha, »wo Sie doch selber aus der Redaktion danach geschickt haben.«

»Ich?«

»Ja, Sie! Da ist Ihr Zettel!«

Eine breite, kräftige Frauenhand streckte Berloga einen Zettel zum Türspalt herein.

Berloga hielt ein Blatt von einem Notizblock in den Händen. Ein Blatt mit dem Emblem der Zeitung »Rotes Slatogorje«. Darauf eine fremde, aber markige, schwungvolle Handschrift: »Glascha, geben Sie dem Überbringer dieses Zettels die Akte mit dem blauen Umschlag. Mit soz. Gruß, Berloga.«

»Wer hat das gebracht?«

»Irgend so ein Mann … Arg zerlumpte Hosen, rostbraune Haare, vielleicht auch dunkle … Alle kannst dir nicht merken.«

»Teufel!« brüllte Berloga plötzlich, warf sich den rötlichen, blaukarierten Mantel über die Schultern und rannte nach draußen.

An der Straßenbahnhaltestelle blieb er stehen. Die Elektrische ließ auf sich warten. Zehn oder zwölf Leute standen schon hinter Berloga Schlange.

»Schau, schau«, schrie es plötzlich in der Schlange.

Berloga wandte sich um.

Gelbe, rauchende Feuerzungen schlugen heftig aus den Fenstern des Wohnheims für die Mitarbeiter des »Roten Slatogorje« und des Staatlichen Glastrusts. Durch die Dunkelheit gellte Kindergeheul und aufgeregtes Hundejaulen.

3

DRITTES KAPITEL

PETKA DAS AS

von Alexej Swirski

Nicht umsonst hatte Berloga lange Beine: Keine Minute später war er am Eingang des Wohnheims. Er riß die Tür auf, sauste zur Treppe, beißender Rauch drang ihm in die Kehle, und schon wollte er mit Schwung den Fuß auf die dritte Stufe setzen, als ihm etwas Großes, Weiches und Schweres auf den Kopf fiel.

Berloga suchte sich noch am Geländer festzuhalten, griff aber daneben, wankte und flog längelang auf den Rücken, wobei er mit dem Kopf die Eingangstür aufstieß.

Der Reporter verlor jedoch nicht die Nerven. Rasch sprang er auf, rieb sich den angeschlagenen Hinterkopf, nahm seine pfannkuchenplatte Mütze vom Boden und setzte sie auf den roten Schopf; zu seiner Überraschung entfuhr ihm ein unflätiger Fluch, und als er eben wieder die Treppe hoch wollte, kam ihm, so schnell wie der gefallene Gegenstand, Glascha entgegen.

»Gehn Sie nicht rauf! Der ganze Korridor brennt! Bin fast erstickt! Hab bloß noch das Bett retten können. Da liegt ja mein Unglücksbündel. Sicher ist das Spiegelchen kaputt.«

Mit diesen Worten landete sie am Fuß der Treppe. Sie knöpfte sich die Bluse zu, die ihr über der Brust aufgegangen war, packte ihr Bündel mit beiden Händen, rannte damit auf die Straße und ließ es inmitten einer Schar von Gaffern auf den Boden fallen. Dann heulte sie los.

»Ja, ist denn das die Menschenmöglichkeit!« jammerte Glascha. »Nie war was, und auf einmal – brennt's!«

»Das ist nun mal so, Bürgerin, daß es vor einem Brand nicht gebrannt hat«, bemerkte scharfsinnig ein solide gekleideter Bürger mit grauen Wildlederhandschuhen.

Berloga trat zu Glascha. »Wie ist das nur passiert, Glascha?«

»Weiß ich nicht, Wassil Wassiljitsch, in Ihrem Zimmer hat's angefangen … Wär doch bloß einer zu Haus gewesen! Immer bin ich allein«, fügte sie heulend und schniefend hinzu.

Berloga überflog abwesenden Blickes die Menge, die sich vor dem Haus angesammelt hatte, fuhr sich mit dem Zeigefinger über die Nasenwurzel und stürmte ohne ein weiteres Wort in Richtung der Redaktion.

Gegen Abend hörte der Brand auf. Fünf Löschkommandos mit einem heiseren Brandmeister an der Spitze gaben, zum Umfallen müde, dem verflackernden Feuer den Rest.

Insgesamt waren vier Häuser in Flammen aufgegangen. Die Brandgeschädigten hatten die Überbleibsel ihres Hausrats auf die andere Straßenseite gebracht und dort eine Art Zigeunerlager aufgeschlagen.

Zwischen Kommoden, Küchengerät, Schemeln, Matratzen, Bündeln, eisernen Bettgestellen und einem lädierten

Klavier, das die Tasten bleckte, wuselten Kinder und spielten Verstecken, plärrten Säuglinge und wandelten gemessenen Schrittes Familienväter, bewachten dabei scharfäugig die Reste ihres vergangenen Wohlstands und schmiedeten Pläne für ihr weiteres Leben.

Einer von ihnen, ein Männlein mit großer, radrunder Brille, der Buchhalter des Staatlichen Glastrusts, überschlug im Kopf, wie teuer dieser Brand die staatliche Versicherung insgesamt zu stehen käme und wieviel insbesondere er, der Buchhalter, bekommen würde, für sich selbst wie für seinen invaliden Vater, der nebendran in einem geretteten Polstersessel vor sich hin duselte, den weißen Bart in Strähnen auf der Brust.

Es wurde dunkel. Müde vom Weinen und Klagen dachten die Frauen voller Entsetzen an das bevorstehende Nachtlager unter freiem Himmel und beobachteten verzagt, wie schnell der Septembertag erlosch.

Abendliche Stille senkte sich auf das menschliche Leid. Vom Fluß, den die Dämmerung abkühlte, wehte ein kalter Hauch.

Über das verlassene Ufer eilte ziemlich nahe am Wasser ein mittelgroßer Mann in zerlumptem Mantel. Er hatte fröstelnd die Schultern hochgezogen und trug unterm Arm eine in Zeitungspapier eingeschlagene Rolle.

Hinter dem städtischen Landesteg hielt der Mann – »Petka das As« genannt – auf die Eisenbahnbrücke zu, die sich über den Fluß spannte und zu der als »Strugaljowka« bekannten Vorstadt am anderen Ufer führte.

Was je in den finstersten Ecken der großen Stadt zur Welt gekommen war, all ihr gestrandetes Bettelvolk, die Obdachlosen, Liederlichen und Kriminellen, alle, die im Leben den Halt verloren hatten, landeten irgendwann in Strugaljowka und hausten dort. Von den kleinen, über das Steilufer verstreuten Häuschen hob sich als grauer Fleck ein endlos langes, zweistöckiges Steinhaus ab, das einst dem bekannten Kleinbürger Strugaljow gehört hatte, dem Besitzer der Kaschemme »Venedig«, vormals das Hauptquartier aller Diebe und Prostituierten von Slatogorsk.

Die Revolution hatte, zusammen mit den alten Lebensformen, auch Strugaljow hinweggefegt; nun wurde sein ehemaliges Haus von einem Hauskomitee und dessen Vorsitzendem Michail Selesnjow verwaltet.

Selesnjow, früher unter dem Spitznamen Rosinen-Mischka bekannt, hatte sich als Einbrecher betätigt, nach der Revolution aber einen dicken Schlußstrich unter seine Vergangenheit gezogen und in den Elendsquartieren von Strugaljowka gründlich aufgeräumt.

Mit Hilfe seiner Frau – als Feuer-Schenka einst erste Kraft eines Bordells, nun ehrerbietig Walentina Iwanowna genannt – und eines alten Freundes, dem Dieb Aljoschka die Schnauze – nun Wassili Petrowitsch Netrogow – hatte Selesnjow die Mietergemeinschaft organisiert.

So seltsam es auch klingen mag, aber Selesnjow erwies sich als guter Vorsitzender. Seine Frau war Sekretärin des Hauskomitees und wachte streng über die Moral der Bewohnerinnen von Strugaljowka. Sie sah in jeder Frau eine Prostituierte und kannte keine Nachsicht. Kassenwart Netrogow und sein Patron Selesnjow wiederum trauten keinem Mann; sie sahen in jedem Bürger einen Dieb.

Selesnjows erste Amtshandlung bestand darin, alle Spuren des ehemaligen »Venedig« zu tilgen. Nach Renovierung der Kaschemme verpachtete er diese an die Konsumgesellschaft des Ortes als Bierausschank. Außerdem registrierte er alle Hausbewohner und achtete strengstens darauf, daß sie rechtzeitig ihre Miete zahlten.

In der Stadtverwaltung von Slatogorsk hatte man eine außerordentlich hohe Meinung von diesem Hauskomitee in Strugaljowka und hielt Selesnjow für einen der besten Vorsitzenden aller Slatogorsker Mietergemeinschaften.

Und eben an diesen Vorsitzenden dachte Petka das As, als er über die Brücke schritt.

›Dabei war er selber Dieb, und jetzt tut er nichts als zinken, der räudige Hund!‹

Petka spuckte kräftig zur Seite und schauderte fröstelnd.

›Komm ich ihm unter die Augen‹, dachte Petka weiter, ›quetscht er mich gleich aus: Na, Freundchen, was haben wir denn da unter dem Arm? Und zeig ich's ihm, steckt er's gleich der Kripo, wenn nicht gar der GPU, das Miststück!‹

Petka spuckte noch einmal aus und stieg zum Ufer hinab.

Auf Schleichwegen erreichte er Strugaljowka, schlüpfte zum Seiteneingang hinein, stieg die glitschige Steintreppe hoch und ging über einen schmalen, langen Korridor bis ans Ende des Gebäudes. Mit der Faust klopfte er dreimal an die Tür seiner Kammer.

Die Tür wurde geöffnet von Seufzer-Lenka, einem kurzgeschorenen Frauenzimmer mit einer Papirossa zwischen den grellgeschminkten Lippen.

»Wo hast du dich bloß den ganzen Tag rumgetrieben? Ich hab schon gedacht, sie hätten dich hoppgenommen …«

»Wo ist Pfriem?« unterbrach er Lenka.

»Da ratzt er, der faule Sack.«

Lenka deutete auf das Bett.

Der Bursche auf dem Bett wachte sofort auf, hob den struppig-blonden Kopf vom Kissen, ließ die weit geöffneten Augen durchs Zimmer streifen und sprang aus dem Bett.

»Na, hast du den Zaster?« fragte Pfriem Petka.

»Nichts hab ich … Laß mich erst mal verschnaufen, dann erzähl ich alles.«

Petka legte die Rolle auf den Tisch, setzte sich auf einen Hocker und begann ohne Hast zu erzählen.

»Also, wie ich von unserem Besucher gestern den Zettel bekommen hab, ich soll so eine Mappe mit blauem Umschlag holen und sie in das große neue Haus bringen, da bin ich los. Ich komm also in das Wohnheim, horche herum, wo dieser Zeitungsfritze, der Bürger Berloga, wohnt, geb der Putzfrau den Zettel und warte im Korridor.

Auf einmal kommt sie, die Putzfrau, heraus und bringt mir tatsächlich die Mappe. Ich sag zu ihr ›Merci!‹ und verdrück mich. Auf der Straße dann geht mir so durch den Kopf: Solltest eigentlich wissen, was in der Mappe drinsteht. Womöglich, hab ich gedacht, steht da was von einer klotzigen Erbschaft oder, noch besser, von einem vergessenen Schatz …

Denn wie damals die Schießerei losging, haben ja unsere Bourgeois alle ihre Brillanten und ihr Gold vergraben. Und dann dacht ich noch: Wenn dir schon ein fremder Mensch für die Mappe einen Tscherwonez bietet, dann läßt der, dem sie gehört, vielleicht gleich drei Lappen springen.

So also hab ich überlegt und dann beschlossen: Ich treib mich rum bis zum Abend, und wenn's dunkel wird, komm ich hierher, dann schaun wir uns genau an, was drinsteht, und klären erst mal, was wir mit der Mappe am besten anfangen.«

»Du bist eben ein As, Petka«, lobte Pfriem den Kameraden. »Hätt ich genauso gemacht.«

»Und ich sag euch, ihr seid beide Esel«, mischte sich Lenka ein. »Den ganzen Tag haben wir nichts zwischen die Zähne gekriegt, nur Papirossy, zum Glück haben wir genug Vorrat. Vor Hunger ist mir schon die Spucke vertrocknet. Aber ihr müßt klugscheißen! Hättst du die Mappe abgeliefert, den Lappen eingesteckt, dann hätten wir jetzt was zu beißen. Aber so – die leeren Därme können wir uns zupfen wie eine Balalaika! Ihr seid mir harte Burschen! Wer hat euch bloß so aus Eisen geschmiedet?«

Pfriem lachte lauthals.

»Diese Lenka! Deine Zunge an die große Glocke gehängt, das gäb ein Gebimmel. Alle Leute würden taub. Na schön, mach den Türhaken zu und pack die Schore aus.«

Kurze Zeit später beugten sich drei Köpfe über die aufgeschlagene Mappe.

Pfriem las – er konnte es noch am besten. Gleichzeitig gab er Erläuterungen.

»Also, die Geschichte war im Jahr neunzehnhundertfünf … Hm … Aha … Angeklagt wurde ein Bewohner von Russisch-Polen … im Alter von sechzig Jahren. Ganz schönes Früchtchen! Wegen Brandstiftung und Spionage. Nicht übel! Lesen wir mal weiter … Da haben wir's! Das Früchtchen ist getürmt! Tja, und wo steckst du jetzt? Wenn du noch im roten Rußland bist, kannst du nicht mehr türmen, Freund! Davon verstehen nämlich die Bolschewiken was! Sind selber oft geschnappt worden. Denen entwischst du nicht!«

Pfriem schüttelte seine Locken und hob den Kopf.

»Weiterlesen lohnt nicht«, sagte er, »ist sowieso alles klar wie ein Bergsee. Vor zwanzig Jahren gab es hier genau solche Brände wie jetzt. Irgendein Pole hat sie gelegt. Das ist alles. Jetzt also die Frage: Wer braucht die Akte und was ist ihr Preis? Der ist sicher ganz schön hoch, Freunde, das riecht nach einigen hundert Tscherwonzen!«

»Oho!« rief Lenka und hatte den Hunger vergessen.

»Das glaub ich auch«, warf Petka ein und strich sich den dichten braunen Schnurrbart.

»Aber aufgepaßt«, begann Pfriem wieder. »Wir müssen auf der Hut sein. Ich meine, wir sollten ein bißchen feilschen. Um möglichst viel rauszuschlagen, spielen wir die beiden gegeneinander aus. Erst treffen wir uns mit diesem Berloga, reden mal ein bißchen mit ihm, dann verkünden wir dem reichen Haus die Bedingung: ›Rückst du hundert Tscherwonzen raus, gehört die Mappe dir.‹ So muß das laufen.«

»Richtig!« rief Petka mit Nachdruck.

»Und wie stellen wir das an?« fragte Lenka.

»Ganz einfach«, sagte Pfriem, »jetzt bist du an der Reihe. Du mußt dich an diesen Berloga ranschmeißen und ihn zu einem Treffpunkt schleppen. Und dort warten wir und unterhalten uns mit ihm.«

»Und wenn er nicht mitkommt?«

»Dann bist du keine Frau, sondern ein Holzklotz!«

»Warte, ich erklär's ihr«, sagte Pfriem. »Wenn du mit ihm redest, merkst du ja, wie der Freier gewickelt ist. Ist er auf Weiber scharf, verdrehst du ihm den Kopf, ist er aber kein Mann, sondern so heiß wie ein vereister Stockfisch, dann pack ihn bei seiner Neugier.«

»Und wie?«

»Ganz einfach. Schriftsteller sind ein neugieriges Volk. Sag ihm, auf der Spiridonowka hätte eine Frau ein Kind mit drei Köpfen zur Welt gebracht, und er läuft dir nach wie ein Kalb der Kuh.«

»Selber Kuh!« Lenka war beleidigt.

»Dumme Gans! Ich mein doch nur!«

Als am nächsten Morgen die Sonne den Fluß vergoldete, trat Seufzer-Lenka, gepudert, geschminkt und in pelzbesetztem Übergangsmantel, aus dem Haus und schlug den Weg zum Stadtzentrum ein, wo sich die Redaktion der Zeitung »Rotes Slatogorje« befand.

4

VIERTES KAPITEL

DIE SCHÖPFERISCHE PHASE DES BÜRGERS KULAKOW

von Sergej Budanzew

An jenem Unglücksabend blieb Berloga ohne ein Dach über dem Kopf. Zerschlagen, abgekämpft und – gegen seine Gewohnheit – völlig in sich gekehrt, schritt er durch die Straßen und erkannte sie nicht wieder. Die Stadt war grau, still, verwaist. Die mondlose, schwarze südliche Nacht hatte schon die Vorstadt und den im Dunkel silbrig schimmernden Fluß verschlungen und stieg nun, ein träges, glutheißes Ungeheuer, gen Westen. Berloga erkannte die Stadt nicht wieder. Die Straßen mit den niedergebrannten Häusern glichen Kinnbacken mit herausgebrochenen Zähnen. An den Ecken standen verstärkte Milizposten, und über die Hauptstraße, die Sowjetskaja, sprengte, Waska Denissow aus »Krieg und Frieden« ähnlich, zweimal auf einem gewaltigen Hunter Genosse Kort, der Milizchef, ein fröhlicher, befehlsfreudiger Bursche mit krebsrotem Gesicht, der wie angegossen im Sattel saß.

Berloga lüftete die Mütze und grüßte Kort. Er hatte den Arm noch nicht sinken lassen, da packte ihn jemand rücklings am Ellbogen.

»Verbürger«, zischte eine Flüsterstimme. »Verbürger, ziehen Sie!«

Berloga wandte sich verwundert um. Die Stimme kam ihm bekannt vor, da sie jenen verstörenden Beiklang besaß, der auch im fernen Heulen der Schiffssirene, im Läuten der Sturmglocke, ja in allen Lauten mitschwingt, die menschliches Erschrecken anzeigen. Das Gesicht des Unbekannten drückte indessen nur ehrerbietige Höflichkeit aus. Vor Berloga stand ein sorgfältig rasierter Mann mittleren Alters mit gallertigen, rundlichen Wabbelwangen, zwischen denen, fein und elegant, ein dickes Näschen und ein lächelndes Lippenpaar schwammen. Darüber strahlten blaue Äuglein. Ein grauer ausländischer Hut, ein Covercoat – doch, Berloga hatte diesen Menschen bestimmt schon gesehen. Zweifellos eine Figur von hier, aus Slatogorsk.

Der Bürger knickte in den Knien ein, krümmte sich und redete auch noch, wobei er bisweilen sonderbar lispelte, näselte, über die Sätze stolperte und die Wörter verdrehte:

»Pardon! Ich freue mich, einen anständigen Menschen zu sehen! Sie tauschen Grüße mit dem Genossen Kort?« (Berloga hatte sich nicht verhört.)

»Ja, und?«

Berloga warf seinem Gesprächspartner einen erzürnten, kratzbürstigen Blick zu, zog seine Mütze tiefer ins Gesicht und setzte sich so heftig in Bewegung, daß sein wehender Mantelschoß den aufdringlichen Menschen streifte, denn er wollte ihn einfach stehenlassen. Der Bürger fiel ihm jedoch fast zu Füßen und krächzte, die wabbelige Hand erhoben:

»Aber die Stadt ist doch voll des Verbrechens!«

Und er lief dem kräftig ausschreitenden Reporter nach und erzählte ihm sonderbare Dinge.

»Ist Ihnen aufgenossen – ich wollte sagen: ist Ihnen aufgefallen, Genosse« – er machte eine ausladende Handbewegung –, »wie menschenleer es ringsum ist? Dabei flaniert um diese Zeit sonst die ganze Stadt über die Sowjetskaja. Alles ist verschüchtert und verschreckt. Die Brände!«

Er schrie es beinahe. Berloga verhielt den Schritt.

»Die Brände«, schrie der Mann, »brechen deshalb aus, weil jedes Maß für Gerechtigkeit und Disziplin abhanden gekommen ist!«

›Ein Verrückter‹, dachte Berloga und schaute sich um. Schaute sich um und stutzte. Der Mann hatte einen sonderbar hüpfenden Gang. Bei seinem lebhaften Gestikulieren und Predigen merkte er gar nicht, daß er den rechten Fuß stets auf die hohe Bordsteinkante setzte, während er den linken mühsam über das Kopfsteinpflaster schleifte.

»Was haben Sie?« fragte Berloga.

»Ach, wissen Sie«, antwortete der andere gleichmütig, »seit ich Ihnen nachgehe, hinke ich auf einmal. Weh tut es nicht, aber ich hinke.«

Da vergaß Berloga alles auf der Welt, alle Aufregungen und Kümmernisse, und brach in Gelächter aus. Ein herrlicher Lachstrudel flutete aus seinen verwunderten Augen in sein Gehirn, und von dieser prickelnden Wohltat überwältigt, lehnte sich Berloga gegen eine Mauer, prustend und sich krümmend vor Lachen. »Ha-ha-ha!« tönte es über die hellerleuchtete und vollkommen menschenleere Straße. »So etwas von zerstreut! Hab ich noch nie erlebt!«

»Völlig richtig, ich bin zerstreut. Denn ich bin mit meinen Gedanken beschäftigt«, erklärte der Unbekannte voller Würde. »Ringsum wimmelt es von Freveltaten, und ich muß sie bekämpfen.«

»Wer sind Sie denn?« erkundigte sich Berloga unter Lachtränen.

Der merkwürdige Mensch nahm plötzlich Haltung an, stieg vom Pflaster auf den Gehweg, tat ein paar Schritte mit jener aufgesetzten Würde, die er wahrscheinlich in den Salons zur Schau stellte, und streckte Berloga die Hand hin:

»Erstellen Sie, daß ich mich vorlaube: Kulak Iwanow!«

›Was?!‹ wollte Berloga schon losbrüllen, doch Geschrei und Gelächter blieben ihm im Halse stecken. Er erkannte plötzlich, daß er einen unglücklichen Kranken mit sonderbarer Sprachstörung vor sich hatte. Es war Iwan Kulakow, Juniorpartner der NEP-Firma »Gebrüder Kulakow« – Mahlmühlen, Baumwollzeug, Holzlager. Berloga erinnerte sich dunkel, daß in der Redaktion von einem Unglück die Rede war, das diese Familie getroffen hatte, doch damals hatte er sich für die Schicksalsschläge von NEP-Schiebern nicht sonderlich interessiert und kam nun erst dahinter, was los war.

Der Händedruck dauerte an, Kulakow ließ Berlogas kalte Finger nicht aus seiner warmen Wabbelhand.

»Wir sind fon schast da«, murmelte er. »Hier ist ein Milizrevier, hier müssen wir auch hin.«

›Wieso wir?‹ dachte Berloga und trottete auf müden Beinen hinter dem irren NEP-Mann her.

Auf dem Revier roch es säuerlich nach durchgeschwitztem Leder, nach Teer und dem Muff vom vergangenen Winter. Kohlefadenlampen glommen grell und mißmutig. Ein riesiger Milizionär zog, vor sich hin brummend, den Gürtel fest und schnallte die Pistolentasche an, er machte sich zum Streifengang fertig. Kulakow beäugte mißtrauisch die trostlose, am Abend verödete Amtsstube, fragte, wo der Diensthabende sei, und als er erfuhr, der wäre im Büro des

Revierleiters, begab er sich dorthin. Berloga war bereits dem Sog dieser unbedachten Geschäftigkeit erlegen und trottete hinterher.

»Folgendes, Genosse Diensthabender. Als ehrlicher stowjetischer Saatsbürger halte ich es, Genosse Diensthabender, für meine Pflicht, Sie zu warnen, Genosse Diensthabender …«

Und so, nach jedem dritten Wort »Genosse Diensthabender« einflechtend und sich mit ungewöhnlich geheimnisvoller Miene und der Grazie eines Galanteriewarenkommis über den Tisch beugend, legte Kulakow eine Art Treuebekenntnis zur Revolution ab und ließ sich über seine Verdienste aus. Der Diensthabende, ein mächtiger Mann mit rotem Schnurrbart und solchen Sommersprossen, daß dahinter sogar sein Gesichtsausdruck verschwand, tat außer zum Gähnen den Mund nicht auf und knöpfte bloß, je hitziger der Redner wurde, desto tiefer seine Jacke auf, wobei er ein Nesselhemd mit Bändchen entblößte und darunter eine weiße, zarte, jungfräuliche Brust.

»Also, Genosse Diensthabender«, plapperte Kulakow, »gegen Abend trete ich vor die Tür und sehe, auf unserem Treppenabsatz wird ein Bebrechen vergangen. Ich wollte sagen – ein Verbrechen begangen. Auf unserem Stockwerk, Tür an Tür mit uns, wohnt der Händler Prejtman. Ich weiß, daß vor kurzem die Kreditgenossenschaft seine Wechsel zu Protest gehen ließ. Er hat die Versialsozicherung nicht bezahlt. Und was sehe ich? Die dicke Köchin von denen, die frühere Wirtschafterin, trägt den Samowar heraus und will das vor mir verbergen. Ich habe gleich begriffen, was das bedeutet: Die schaffen vor der Pfändung Wertgegenstände aus dem Haus!«

Der rote Schnurrbart des Diensthabenden stellte sich auf – das roch nach Gesetzesübertretung.

»Und was wünschen Sie?« fragte er Berloga mürrisch.

»Ich gehöre zu ihm.« Berloga deutete auf Kulakow.

»Sie bestätigen das also?«

Der müde, von allem Vorfallenden und Vorgefallenen völlig erschlagene Berloga hatte noch nicht den Mund aufgetan, da sprang der Diensthabende schon mit federndem Elan auf und rief mit vortrefflichem Opernbariton:

»He, Genosse Kowtjuch!«

Und in Begleitung eines Milizionärs, der ständig mit Blechplunder in den Taschen klimperte, als ob er mit den Sporen klirrte, zogen Berloga und Kulakow ein paar Minuten später los, um den verbrecherischen Händler Prejtman dingfest zu machen.

In dem blauen Salon mit den schwellenden Ripspolstermöbeln, mit Sesseln, die eher Federpfühlen glichen, war es so still, daß man meinen konnte, die Stadt mit all ihrer Unruhe und ihrem Unglück sei von diesem gemütlichen Winkel durch totenstille Parks, Teiche und Rasenstücke getrennt. Das Gespräch zwischen zwei Frauen und einem Mann wurde in gedämpftem Tonfall geführt, wozu das blaue Halbdunkel verpflichtete, das im Zimmer schwebte.

»Was sollen wir tun, Doktor, helfen Sie uns!« sagte eine junge, füllige Blondine, deren Haar so kurz und glattgestriegelt war, daß der Kopf mit Bastfasern bedeckt zu sein schien. »Iwan richtet ja weiß der Himmel was an! Er schwärzt Bekannte bei Kripo und GPU an, verbreitet Lügenmärchen, will alle entlarven. Und sein letzter Streich, den er Sonetschka gespielt hat, das ist doch grauenhaft!«

»Ja, grauenhaft!« pflichtete Sonetschka bei, eine hochaufgeschossene und eher reifere Dame, die einer dürren englischen Stute ähnelte. »Ein Alptraum! Mein Leben ist zerstört!«

Und sie bleckte die gelben Zähne.

»Skandal auf Skandal!« rief die Blondine und rang die Hände. »Er ist nicht wiederzuerkennen!«

»Was war denn?« fragte der Doktor und neigte sich so tief und ehrerbietig, daß seine Hosenträger knackten.

Die beiden teilten ihm nun mit, die erregten Stimmen bis zum Flüstern gesenkt, heute morgen sei wie ein Blitz aus heiterem Himmel Pantelejmon Iwanowitsch eingetroffen, das Oberhaupt der Firma »Gebrüder Kulakow«, und habe fast das ganze Haus kurz und klein geschlagen. Er hatte von Iwan ein Telegramm erhalten, des Inhalts, seine Frau habe sich mit dem Händler Prejtman eingelassen, weshalb Pantelejmons Rückkehr an den häuslichen Herd unerläßlich sei.

»Unsere einträchtige Familie fällt auseinander!« zeterte die Blondine.

»Na, Sie übertreiben«, bemerkte der Doktor, die Achseln zuckend und wieder mit den Hosenträgern knackend. »Die ganze Stadt weiß, daß Iwan Iwanowitsch psychisch krank ist.«

Da richtete sich Sonetschka zu ihrer vollen, hünenhaften Größe auf und durchmaß mit zwei Schritten das Zimmer in der Diagonalen.

»Ja, manche Leute nutzen seinen Wahn noch aus! Mein Mann hat mich angebrüllt, an die Kinder Kopfnüsse verteilt und ist verschwunden. Den ganzen Tag ist er schon fort!«

Die Blondine schneuzte sich bloß trompetend die Nase.

»Die Wissenschaft ist da machtlos, Walentina Petrowna«,

sagte der Doktor. »Alle sind vor den Streichen Ihres Mannes gewarnt …«

»Aber man muß ihn doch ins Irrenhaus sperren!« erklärte Sonetschka.

»Gott bewahre! Ihr Beau-frère erlebt die glücklichste Zeit seines Lebens. Der Professor meint, er sei in der sogenannten schöpferischen Phase der progressiven Paralyse. Was tun, wenn Iwan Iwanowitschs Intellekt von Natur aus … ehem, wie soll ich sagen … ungenügend ausgerüstet ist für den Höhenflug in die Katastrophe.«

Das nun folgende, kummergeschwängerte Schweigen nutzend, fügte der Doktor hinzu, er sei nicht der Ansicht des Professors und meine, bei Iwan Iwanowitsch liege ein vorübergehendes manisch-depressives Irresein vor, was überhaupt seinem Körperbau, dem sogenannten pyknischen Habitus, eher entspreche.

Da wurden auf dem Flur schwere, schlurrende Schritte laut. Die Tür öffnete sich, und aus dem Dunkel drangen pfeifende Atemgeräusche.

›So etwas von Atemnot!‹ konnte der Doktor gerade noch denken.

Zur Tür herein zwängte sich mühsam eine Frau von unbeschreiblicher Fülle. Sie sah aus wie eine Glocke, der ein Backtrog mit zerlaufendem Teig übergestülpt worden war.

»O mein Gott!« hob dieses Gebilde aus fließendem Fett an. »Nein so was! Du lieber Himmel! Iwan Iwanowitsch hat grad die Miliz angebracht, sagt, wir versteckten Wertsachen vor der Pfändung!«

»Wo wird gepfändet? Was für eine Pfändung?«

Walentina Petrowna lehnte sich im Sessel zurück und machte ein verhärmtes Gesicht.

»Was weiß ich, was in den gefahren ist! Faselt nur von Pfändung! Den Samowar, sagt er, haben Sie hinausgetragen. Ja, sicher hab ich den Samowar hinausgetragen, in den Garten. Als ob man bei der Hitze im Haus Tee trinken könnte! Kommen Sie nur mit, Walentina Petrowna! Ihr Mann! Das haben Sie auszulöffeln! Was sich so einer alles in den Kopf setzt!«

Walentina Petrowna erhob sich, streckte mit zerquälter Grazie ihre Hand zu dem Doktor aus, als wollte sie sagen: ›Sie werden dort auch gebraucht‹, doch da tat sich von neuem die Tür auf, und eine strenge Stimme sprach:

»Bitte sitzen zu bleiben! Alles ist ins reine gebracht.«

Die vier blickten sich verwundert um. Mit triumphierender Miene trat Iwan Iwanowitsch ein. Hinter sich her zog er einen zerzausten Menschen mit Aktentasche, großer schwarzer Schirmmütze und braun-blau kariertem Mantel. Sein graues, wie von Staub überzogenes Gesicht drückte gar nichts aus, oder, genauer gesagt, es schrie vor Müdigkeit förmlich nach einem Bett.

»Dies ist der Bürger Berloga, ein Journalist. In der Stadt brennt es. Sein Haus ist abgebrannt. Er wird bei uns schlafen.«

Berloga hatte einen Traum. Er befand sich in einer verlockenden Grotte, wo zahllose Stalaktiten in grünlichem Licht zauberisch glänzten. Festen Schrittes ging er zwischen diesen Säulenreihen. In der Ferne war ein schriller Klang zu hören, und auf ebendiesen Klang eilte Berloga zu. Er eilte dem Erwachen entgegen. Ihn weckte beharrliches Telefongeklingel, unklar, von woher. Mit dem unbewußten, doch heftigen Wunsch, sein abgebranntes Zimmer zu erblicken, schlug Berloga die Augen auf, um sie jedoch voller Mißvergnügen sogleich wieder zu schließen. Aber das Telefon schrillte weiter, und Berloga drehte sich um. Nun sah er, daß er auf einem Ledersofa lag. Statt des verrutschten Leintuchs schmiegte sich kaltes, glitschiges Leder an seine Hüfte. Ein zyklopischer Sessel, darauf ein Kleiderhaufen, stand direkt vor seiner Nase. Dahinter ragte ein schwedischer Schreibtisch empor. Und darüber schimmerte in giftgrünem Licht, das durch eine Portiere brach, ein Fenster. Das Telefon schrillte. Unhörbar öffnete sich die Tür. Leicht die Schuhe schleifend und in einen Schlafrock gehüllt, trat der schrullige Narr von gestern auf Zehenspitzen herein. Hinter der Portiere tastete er nach dem Hörer, und Berloga vernahm seine verschlafene, näselnde Stimme:

»Bin selbst am Solomon … Apparat Abramytsch, guten Morgen!«

»Es geht los!« Berloga prustete und krümmte sich in lautlosen Lachkrämpfen.

Das Gespräch war offenbar heftig. »Sie sind selbst ein Dummkopf und ein Irrer, Bürger Prejtman!« schrie Iwan Iwanowitsch erbost und warf klirrend den Hörer auf die Gabel. Noch immer erregt, riß er heftig die Portieren auf, daß die Ringe quietschten. Ins Zimmer strömte siegreich das Vormittagslicht.

»Eine Schande, so lange zu schlafen!« verkündete Iwan Iwanowitsch mit Predigerstimme und ließ sich in den Sessel auf Berlogas Hosen fallen. Von diesem Augenblick wich er seinem neuen Freund nicht mehr von der Seite. Er half ihm beim Anziehen, geleitete ihn zu Toilette und Badezimmer und wich nicht von der verschlossenen Tür. Wann er sich selbst angezogen hatte, blieb ein Rätsel, zum Frühstück betraten sie jedenfalls gemeinsam das leere Eßzimmer, und Iwan Iwanowitsch prangte in einem vorzüglichen grauen Anzug und gelben Stiefeletten.

»Ich brauche das gedruckte Wort«, erklärte Iwan Iwanowitsch zwischen zwei Schlucken Kaffee, »um das ganze Unrecht meiner Klasse zu entlarven.«

Berloga überlief es kalt. Er war wie in Trance. Seit dem gestrigen Abend lastete eine zähe Schwüle auf ihm, schwer und unüberwindlich.

Als sie aus dem Halbdunkel der staubigen, mit teuren Stoffen verhangenen Zimmer auf die Straße traten, rief der Anblick des völlig wolkenlosen Tages ein glückliches Lächeln auf Berlogas Gesicht. Eine schwarzlackierte, niedrige Rolls-Royce-Limousine mit vernickelter Kühlerhaube bog um die Ecke und fuhr, sanft federnd, unter melodischem Hupengeseufze an ihnen vorüber. Berloga warf einen Blick hinein – sein Atem stockte. Auf grauen Polstern ruhte Elita Struk. Berloga merkte nicht, daß er verloren war. Widerstandslos stürzte er sich in diese spiegelnden Schlüfte. Das anhaltende, ungewohnte Chaos in seinem Inneren hatte einen Namen erhalten: Elita. Die Erscheinung schwebte langsam vorüber. Elitas Kopf, der bei jeder Schwingung des Automobils wie eine Blume schwankte, wandte sich plötzlich ihm zu, ihre Blicke trafen sich, und sie – das Glück versetzte seinem Herzen einen kräftigen Stoß –, sie lächelte, neigte das Haupt mit der fliederfarbenen, bestickten Kappe.

»Pantelejmon!« brüllte Iwan Iwanowitsch über die ganze Straße und rannte dem Automobil nach. Im Heckfenster tauchte kurz ein Herrenhut auf. Ohne seine Fahrt merklich zu beschleunigen, war das Automobil im nächsten Augenblick auf der Sowjetskaja verschwunden.

Berloga holte seinen neuen Freund an der Ecke ein. Iwan Iwanowitsch rang um Fassung, sein feistes Gesicht war von gar nicht närrischem Kummer gezeichnet.

»Ach, mein Bruder mit diesem Teufel! Und ich selbst bin schuld! Ja, ich brauche das gedruckte Wort!«

So erreichten sie schließlich, jeder seinen Gedanken nachhängend, die Redaktion. Nach der blendend hellen Straße kam Berloga das Halbdunkel der Büros undurchdringlich vor. Tabakrauch und der Ruch von Sensationen – von frischer Druckerschwärze – hingen unausrottbar in diesen Räumen. Hinter einer dicken Mauer ratterten weich und wuchtig die Druckmaschinen. Berloga kannte sie am Geräusch: zwei Tiegel, eine Rotation. Allmählich lichtete sich das Halbdunkel vor Berlogas Augen und verwandelte sich in bekannte Gegenstände: Tische, Stühle, Schränke.

Auf einmal trat aus der dunkelsten Ecke eine gepuderte, geschminkte Frau im pelzbesetzten Übergangsmantel, eine Frau mit violettem Gesicht, so schrecklich wie der Geist des Nikotins, der in diesen verrauchten Wänden hauste. Seufzer-Lenka streckte ihre zwirnbehandschuhte Rechte aus, die so hart war wie eine Druckwalze, und fragte mit taktvoll heiserer Stimme: »Sind Sie der Bürger Bergrotta?«

Plötzlich fiel ihr Blick auf Iwan Iwanowitsch, und sie erstarrte offenen Mundes.

Sie zog ihre Hand zurück und lief rasch hinaus. Berloga sah ihren Schatten an dem breiten, verhangenen Fenster vorüberhuschen und hörte hinter sich schwere Schritte; wie ein Eber stampfte Iwan Iwanowitsch an ihm vorbei und stöhnte:

»Jelena! Du mein Verhängnis!«

Heftig knallte die Tür, und der verdutzte Berloga war allein mit dem leisen Rattern der Maschinen hinter der Wand.

5

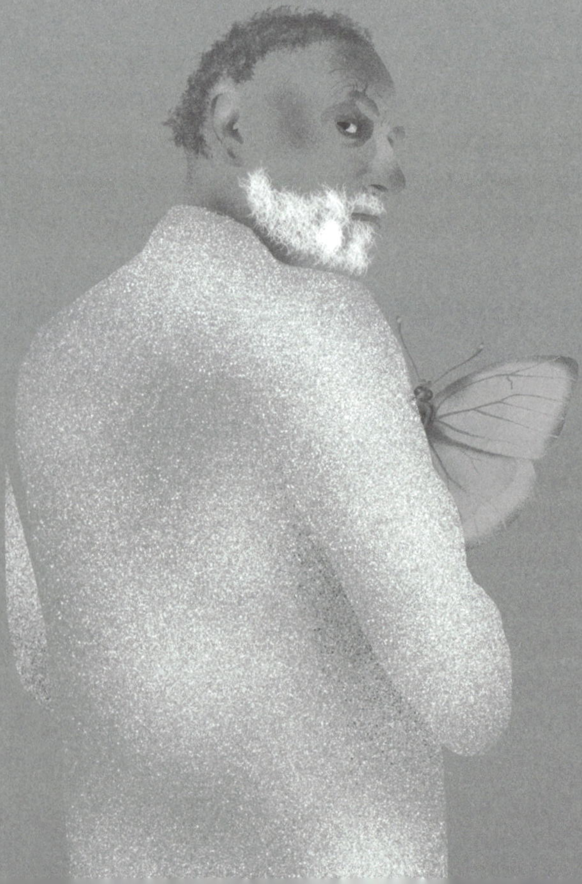

FÜNFTES KAPITEL

SCHLIMME FOLGEN

von Leonid Leonow

»Unsäglich dumm«, befand Berloga träge und ließ sich in einen Sessel fallen, der ihn gleich so umfing, als nähme er an der allgemeinen Verschwörung teil. Berlogas Kopf verweigerte die Arbeit und lastete bloß unnütz auf den Schultern. Einzig Berlogas Hände, seine unruhigen Reporterhände, arbeiteten hastig. Verwundert nahm er wahr, daß er einen Notizblock der Redaktion in der Hand hielt, über den seine automatische Füllfeder huschte. Mißtrauisch führte er den Notizblock dicht an die Nase, konnte aber nichts entziffern. Schon längst war Dämmerung in den Raum geronnen, und die hellen Quadrate der Leuchtreklame vom Haus gegenüber lagen wie eine Zyklopenmauer über den Möbeln und dem staubigen Boden. Berloga lief zum Fenster, den Blick fest auf den Block geheftet, und fuhr plötzlich zurück, wie vom Schlag getroffen.

Auf dem Papier stand, in allen möglichen Handschriften: »Berloga, Berloga, Berloga. Ist wahn, ist wahn, ist wahn. Sinnig, sinnig, sinnig. Basta, basta, basta.«

Berloga packte die Wut, und das brachte ihn zur Besinnung. Plötzlich ging ihm auf, daß es nicht mehr Morgen, sondern Nacht war; daß er die Wochenchronik der faschistischen Greueltaten zusammenstellen müßte; daß um sechs der Zahnarzt vergeblich auf ihn gewartet hatte und um sieben ein junges Mädchen, deren ungekünstelte Keuschheit seit einiger Zeit des liebestollen Reporters Interesse erregte; daß um halb acht in seiner Abwesenheit ein Schachturnier begonnen hatte; daß man ihm auf die unglaublichste Weise einen ganzen Tag gestohlen hatte und der Sekretär ihm für sein Nichtstun bestimmt die Augen auskratzen würde; daß er grauenhaft hungrig und überhaupt das Ganze unbeschreiblich dumm war.

Er schnellte zur Tür hinaus und stürmte die Treppe hinab, die, eine Sparmaßnahme, nur trüb erleuchtet war, doch übersät von Papierabfällen aus der Druckerei. Unterwegs schaffte er es sogar, sich eine Papirossa anzustecken, um wenigstens ein bißchen das Hungergefühl zu dämpfen.

Die Tagesarbeit der Redaktion war getan, der Abenddienst hatte noch nicht begonnen. Als wäre im Keller eine Riesenechse eingesperrt, drang von unten ein verspätetes Beben der Rotationsmaschine durch die Finsternis des Treppenhauses. Berloga stürmte, zwei Stufen auf einmal nehmend, hinunter, als ein seltsames Flüstern an sein Ohr schlug und ihn innehalten ließ. Auf dem Treppenabsatz unter Berloga telefonierte jemand.

»Mitnichten, Miss Elita! Russisch zu können bedeutet noch längst nicht, die Tiefen und vulkanischen Kräfte des russischen Herzens zu kennen«, flötete ein Unbekannter mit Samtstimme. Berloga lauschte verblüfft auf seinem Treppenabsatz. »Na klar! Wie? Ja, alles ist wohlbehalten in einem

Eisloch versenkt … Ich sage ja, Sie verstehen es, stets den Nagel auf den Kopf zu treffen, Miss! Was das soll? Nein, die Papiere habe ich Prejtman übergeben. Es ist günstiger, sie vorerst nicht zu vernichten … Dieser Migunow war wirklich gefährlich. Solche Archivratten haben eine feine Nase und ein unwahrscheinliches Gedächtnis … Aber nein! Da sieht man doch gleich, daß Sie noch ein Kind sind, Miss. Ich sag Ihnen doch: Berloga ist ein Weibernarr und ausgesprochen dumm … Unschädlich machen? Zeit gewinnen? Zu Befehl, Miss … Migunow unverzüglich beiseite schaffen? Zu Befehl … Das Experiment am Donnerstag? Am gleichen Ort? Sie scherzen und bringen einen armen Reußen um den Verstand, Miss!«

Berloga hielt sich verborgen, doch ein schriller Schrei von unten gab seinen Standort preis.

»He, Sie! Was, zum Teufel, werfen Sie mir Ihren Kopf auf die Kippen?« brüllte Kulakow.

Da in dem Menschen, der sich über das Geländer beugte, unten offenbar Berloga erkannt wurde, keuchte gleich darauf jemand die Stufen hoch. Erst da begriff Berloga, daß er, verwirrt durch die Charakteristik seiner Person, die der Unbekannte anscheinend Elita Struk gegeben hatte, seine Kippe auf den Kopf des direkt unter ihm stehenden Kulakow hatte fallen lassen.

Im nächsten Augenblick stürzte sich ein Unbekannter, dessen Gesicht im Dunkeln absolut nicht zu erkennen war – nur ein eigenwillig vorspringender Kiefer und weißglänzende gefletschte Zähne waren zu sehen –, auf Berloga und preßte ihn mit den Armen und dem ganzen Körper gegen die Wand.

»Pardon, Genosse«, sagte Berloga mit belegter Stimme und zog die Brauen hoch, »Sie werfen sich auf mich, dabei habe ich eine Blinddarmreizung ... Sie sind also, mit Verlaub, der festen Ansicht, ich sei dumm? Restlos, oder zum Teil, was meinen Sie?«

»Zu drei Vierteln!« zischte der Unbekannte zwischen den Zähnen hervor.

Berloga hatte während dieser Replik sein Bein weit nach hinten gezogen und stieß plötzlich mit aller Kraft zu.

Er hatte auf das unterste Bauchende gezielt, aber nicht mit der hypertrophischen Länge seines Beines gerechnet, so daß der Stoß nur die Weichteile des gegnerischen Schenkels traf. Der Unbekannte schrie auf, und im gleichen Moment sausten beide nach unten, verloren dabei Knöpfe und wischten den fettigen Schmutz von der Treppe.

Zunächst war Elita Struks Telefonpartner günstig auf Berlogas Bauch zu sitzen gekommen und glitt eine ganze Treppenflucht wie auf einem Schlitten hinab. Er hatte noch die Geistesgegenwart, derweil auf den Bauch einzudreschen, während er sich mit der Linken an Berlogas langer Nase festhielt, die genauso dürr war wie ihr wütender Besitzer. Berloga brabbelte bloß, was für einen außerordentlich widerstandsfähigen Bauch er doch habe, ansonsten äußerte er weder Zorn noch andere Empfindungen bezüglich seiner eindeutig unbequemen Lage. Unten nahm der Zweikampf aktivere Formen an, dennoch war es kein Boxkampf, eher ein einziger Clinch, auch kein Ringkampf, da die beiden sich nicht einmal an die primitivsten Spielregeln hielten. Es war ein Kampf bis zum letzten Atemzug, wobei der Sieg des einen Gegners unweigerlich dem anderen zum Verhängnis wird.

Berloga schlug kaum zu, er wollte bloß so schnell wie möglich aus dem dreckigen Treppenloch herauskommen, sich dem Schraubstock der Umarmung entwinden.

Es gelang ihm, einen schwachen Punkt seines Gegners zu finden, und dies war seine Rettung. Mit einem gewaltigen Sprung schlüpfte er auf den Hof, wo eine ganze Allee riesiger Rollen mit Rotationspapier stand, fast völlig von Schnee bedeckt. »Mißwirtschaft! Wartet nur, Freundchen, euch mach ich in der Rubrik ›Sparsames Wirtschaften‹ zur Schnecke! Und ihr nennt euch Aufbauer des Sozialismus! Seine Totengräber seid ihr!« Der Reporter kniff angesichts der verkommenden Sachwerte die Augen zusammen, dann griff er derart mit seinen langen Beinen aus, daß es aussah, als renne da ein geistesgestörter Zirkel … Ihn hatte der kleine Umstand gerettet, daß der unbekannte Raufbold trotz all seiner meuchlerischen Fähigkeiten gräßliche Angst vor dem Kitzeln hatte.

Jetzt stürzte diese neue und furchtbare Figur unseres Romans wie der aufgestörte Schatten eines Raben zum Hoftörchen hinaus. Berloga rieb sich das zerschlagene Knie.

Der Laufbursche der Redaktion kam ihm nachgerannt. In seiner ewig schläfrigen Stimme sprühten jetzt lebhafte Funken.

»Genosse Berloga! Sie werden am Telefon verlangt, vom Irrenhaus. Die rufen schon zum x-ten Mal an!«

Betäubt von all den körperlichen und moralischen Erschütterungen nahm Berloga müde den Hörer.

»Hier spricht die Heilanstalt für Geisteskranke im Bezirk Slatogorsk. Der Chefarzt läßt Sie bitten, schnellstens herzukommen, da Ihr Besuch bei dem Kranken Warwi Migunow dringend vonnöten ist. Jetzt ist zwar keine Besuchszeit, doch für Sie wird ein Passierschein an der Pforte hinterlegt.«

›Ach, Warwi, Warwi, mein gebrochener, aufs Haupt geschlagener Freund!‹ Wehmut und ein ganzes Rudel böser

Vorahnungen nagten an Berlogas Herz. Er stülpte sich die Pfannkuchenmütze auf und zog, mitten auf dem Pflaster, stolpernd und strauchelnd die Straße entlang, belustigte Müßiggänger und erschreckte Milizionäre, denn allein schon sein Aussehen störte das wohlgeordnete Straßenreglement. Sein riesiger Schatten lief neben ihm her.

Er überholte einen neuen Omnibus (der ganze Stolz von Slatogorsk), kam wie durch ein Wunder nicht unter zwei Automobile und beging Hunderte kleinerer Straßenverkehrsdelikte, die davon zeugten, was für ein labiles Element des städtischen Verkehrs er doch war.

Ein wild und betrunken aussehender Pfleger, der durch die ständige Fühlungnahme mit Verrückten dicht mit Haaren bewachsen war, führte Berloga die Treppe hoch, dann über einen sauberen und ruhigen Korridor, und mit derselben Höflichkeit, mit der er wahrscheinlich Kranke in die Zwangsjacke steckte, riß er die Tür eines Zimmers auf der linken Seite auf.

Berloga trat auf die Schwelle und schreckte zurück. Mitten im Zimmer saß, leibhaftig und munter, Warwi neben seinem Bett und spielte mit einem Kranken Schach. An seiner Haltung war etwas vom alten, normalen Warwi. Jene abweisende, gewichtige Ruhe, mit der er sich über einen Stoß Papiere zu beugen pflegte und das Gewünschte heraussuchte, wie ein Hirte aus einer großen Herde ein Schaf aussondert … Zwei andere Kranke derselben Zelle schnitten wichtigtuerisch aus dickem vorrevolutionärem Papier Schmetterlinge aus und stapelten sie auf dem Tisch.

»Warwi, was hast du, mein Freund?« fragte Berloga liebevoll, zog mit dem Fuß einen Hocker heran, um sich zu setzen, und knöpfte den Mantel auf. Doch plötzlich stockte er, seine weit aufgerissenen Pupillen starrten zur Tür. Der behaarte, wuchtige Pfleger kam in Begleitung eines ebenso wuchtigen Gorillas herein. Sie trugen etwas in den Händen, das einer Zwangsjacke ähnlich sah, und – hielten direkt auf Berloga zu.

»Wie können Sie es wagen!« Der Reporter erhob sich und wandte nach allen Seiten sein kalkweißes Gesicht, aus dem alles Blut gewichen war. »Warwi!« schrie er ein letztes Mal, halblaut und jämmerlich, wie ein zu Tode Verwundeter schreit. »Warwi! Ich komme zu dir geeilt, um dich zu retten, und sie …«

Der stämmige Pfleger packte ihn blitzschnell am Aufschlag des braun-blau karierten Mantels.

»Halt ihn fest, Warwi, wenn du dich nicht selbst verkauft hast!« brüllte Berloga und suchte sich den Händen des Gorillas zu entwinden.

Doch in dessen Umarmung erschlaffte er sogleich und stammelte nur noch kläglich: »Ich begreife gar nichts mehr … Warwi, anscheinend hab ich tatsächlich den Verstand verloren!« Und plötzlich fuhr er auf: »Vielleicht bin ich schon tot?«

Als Berloga, von dem Gorilla sorgfältigst eingewickelt und verschnürt, zur Ruhe kam, lag er lange Zeit schweigend und beobachtete, wie verschwommene Lichtkringel von der Straße an der Decke spielten. Im Fenster stand eine trübe Provinznacht; unweit, in einem Garten, lärmte dumpf eine Blaskapelle.

»Warwi!« rief Berloga, einen Stachel im Herzen spürend. »Warwi, dreh mich auf die Seite, damit ich dich sehen kann!«

Der Archivar trat zu ihm, beugte sich über Berloga und schnitt seltsame Grimassen, die aber durchaus von Vernunft zeugten.

»Schweige«, sagte er dumpf, mit Grabesstimme. »Lieg still und schweige. Zieht es dir nicht vom Fenster?«

»Ein wenig schon«, versetzte Berloga schwach. »Ich erkenne dich nicht wieder, Warwi. Sag, bist du echt oder eine Fälschung? Du schweigst, Warwi? Wo sind die Papiere? Wo ist die Akte Nr. 1057? Eine ungereimte Geschichte …«

»Sprich leiser. Der Rothaarige ist nur zum Beobachten hierher verlegt worden. Wo ist Jefrossinja? Was hast du im Gesicht? Es ist ganz voller Flecken.«

»Das ist Blut!« stieß Berloga leise hervor und krümmte sich vor eingebildeten Schmerzen.

»Ach woher, die Flecken sind schwarz«, beruhigte Warwi den Reporter. »Sieht eher aus wie Tinte.«

Berloga lag schweigend und rief sich die Abenteuer dieses Tages mit allen Einzelheiten ins Gedächtnis. Plötzlich fiel ihm das blindwütige Handgemenge auf der Treppe ein, und er konnte ein Stöhnen nicht unterdrücken.

»Meine Füllfeder, meine automatische Füllfeder!« entfuhr ihm unter Tränen. Und ohne sich vor dem Freund seiner kindlichen Tränen und seines kindlichen Aussehens zu schämen, denn Warwi sah auch nicht besser aus, berichtete Berloga ihm in wenigen Worten vom mitgehörten Gespräch. »Am meisten tut es mir um die Füllfeder leid … Ach, war das eine Füllfeder, Warwi! Mit dem Knie hat er sie zerquetscht!«

Das Zimmer war ein glatt und gleichmäßig geweißter Würfel, in dem sich außer den Betten, vier Betten, nichts befand. Berloga hatte das letzte, vierte Bett bekommen. Die beiden anderen Kranken waren unablässig damit beschäftigt, Papierschmetterlinge in die Luft zu werfen, aufmerksam ihren Flug zu verfolgen und Warwi darauf hinzuweisen, welcher zustimmend nickte. Manchmal hielten sie jedoch inne und lauschten der Unterhaltung, die Warwi mit Berloga führte.

»Wisch mir die Tinte vom Gesicht, Warwi!« bat Berloga echt bekümmert. »Wisch sie mit deinem Kittel ab, wie sieht das denn aus … Was würden die in der Redaktion sagen, wenn sie mich so eingewickelt und mit so einer Visage sehen würden. Ach, Warwi, es tut mir in der Seele weh …«

Migunow hatte bereits begonnen, die Bitte des Freundes zu erfüllen, als er plötzlich wütend etwas Imaginäres von sich stieß, in die Mitte des Zimmers sprang, grimmig die Augen rollte und Worte sprach, die noch nie über eines Migunow Lippen gekommen waren: »Hinweg!« schrie er seine Zellengenossen an. »Hinweg! Mich, der herabgefahren ist, die Menschheit zu verjüngen, sperrt ihr in Kasematten, um eure Experimente mit mir zu machen? Ich werd's euch zeigen! Ich zermalme euch zu Staub und stecke mein Samenkorn hinein, meine Maschinen werden Städte erschaffen, mein Feuer wird all die Chroniken jahrhundertelanger menschlicher Leiden in Asche verwandeln – die Gefängnisse, Museen, Tempel … Auf neuem Papier, mit neuen Worten werde ich die Geschichte der Erde niederschreiben! Laßt mich hinaus …«

›Sieh einer an, wie der sich ins Zeug legt! Wo hat er bloß den Schneid her?‹ dachte Berloga und konnte sich nicht entschließen, den Freund in solch einem Augenblick zu bitten, ihn auf die andere Seite zu drehen. Die Splitter der Füllfeder pieksten unerträglich. Als drängten ihre nicht zu bändigenden Spitzen direkt zum Herzen vor. ›Sieh einer an, wie er mit den Händen fuchtelt! Der dreht vielleicht auf!‹

Da öffnete sich die Tür, und herein trat der Chefarzt in Begleitung des Pflegers von vorhin. Jetzt steckte der Gorilla allerdings in einem weißen Mantel mit aufgekrempelten

Ärmeln, wovon seine Arme noch um ein ganzes Viertel länger wurden – so kam es Berloga jedenfalls vor. Der Arzt stand gut eine Minute in Gedanken versunken, dabei wanderte sein Blick zwischen dem tobenden Warwi und dem melancholischen Gesicht Berlogas hin und her.

»Den da zuerst«, sagte er und deutete auf Berloga. »Und bitte, stoß nirgends mit ihm an.«

»Da brauchen Sie sich keine Sorgen zu machen … Mit so einem werden wir noch lange fertig!« sagte der Gorilla und nahm den gefügigen Berloga geschickt in die Arme. Zwar versuchte der Reporter, mit den Beinen auszuschlagen, überzeugte sich aber sogleich von der Sinnlosigkeit seines Unterfangens.

Mit dem dümmsten Gesicht der Welt lag er in der Umarmung des Gorillas. Dessen sauber gewaschene Hände rochen süßlich nach parfümierter Seife. Der Arzt ging voraus, ohne sich umzuschauen. Der Korridor schien endlos. Als sie am letzten Fenster vorüberkamen, sah Berloga einen fernen Feuerschein, der über der Stadt schwebte.

Und weil er seiner Empörung über die so ungehörige Behandlung eines sowjetischen Pressevertreters nicht anders zum Ausdruck bringen konnte, gelang es ihm – außer sich, wie er war – in den Armen des Gorillas, dem, der im weißen Mantel vor ihm ging, in den Nacken zu spucken.

Der Chefarzt des Slatogorsker Krankenhauses für Geistesgestörte drehte sich ruhig um. In seinen Augen blitzten zwei tödliche Funken auf, um sogleich wieder zu erlöschen. Und er sagte zu dem erschöpften Gefangenen beinahe freundlich:

»Sie wollen sich also in fremde Angelegenheiten mischen? Sie werden sehen, wohin das führt.«

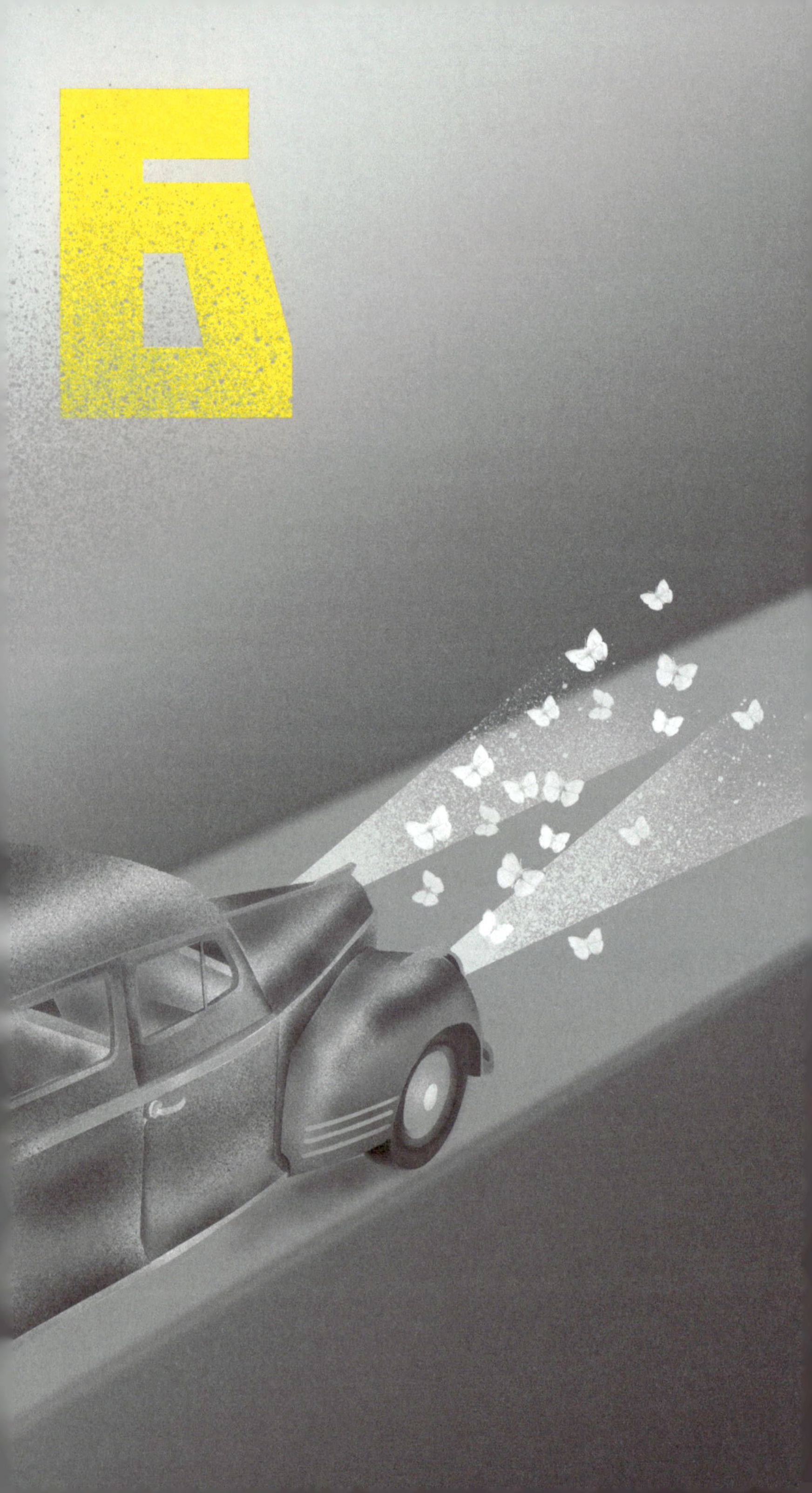
Б

SECHSTES KAPITEL

FÜNF HELDEN PROLETARISCHER HERKUNFT

von Juri Libedinski

Die Versammlung tröpfelte dahin und versickerte schließlich wie ein Bergbach in sommerlicher Dürre. Die Hauptsache – der Vortrag des Redakteurs Poschidajew von der Zeitung »Rotes Slatogorje« über die Aufgaben im Kampf gegen die Brände – war schon vorüber. Poschidajew selbst, der, wie gewöhnlich nach einer langen Rede, Trockenheit in der Kehle und ein leichtes, sogar angenehmes Erschlaffen des müden Herzens verspürte, packte seine Notizblöcke und Aufzeichnungen in die Aktentasche. Die Arbeiter, die dem Vortrag und dem Schlußwort zugehört hatten und auf Fragezetteln ihre Befürchtungen losgeworden waren, brachen auf.

Poschidajew hatte nicht auf die Frage geantwortet, welche die Arbeiter am meisten interessierte, er hatte nicht die Ursache der Brände aufgezeigt. Doch wie ein Wasserstrahl, der, auf eine drückende Staubwolke gerichtet, die Luft dadurch reinigt, daß er den Staub zur Erde niederschlägt, so hatte auch er, als er von den klaren und vernünftigen Maßnahmen der städtischen Behörden sprach und andeutete, wer die Fahndung nach den Brandstiftern leitete – auch er hatte gespürt, daß er damit die Welle von Gerüchten und Klatsch zerstreute, die in der kleinbürgerlichen Stadt aufgekommen war und auch die Arbeiter überflutet hatte.

Die Ausläufer dieser Welle – da lagen sie vor ihm in Form eines Bergs von Fragezetteln. Hier fanden sich die bemühten, schwungvollen und fehlerfreien Schriftzüge des Meisters, der auf unzulässige Versäumnisse der Miliz beim Kampf gegen die Brände hinwies, hier fand sich auch der ungelenk, aber mit fester Hand geschriebene Rat, zur Abschreckung Geiseln aus der Bourgeoisie zu nehmen, hier stand auch, ohne Unterschrift, von zitternder Hand hingekritzelt: »Stimmt es, daß die Bolschewiken selber die Stadt anzünden?«

Der Versammlungsleiter beugte sich an sein Ohr und sagte:

»Aus der Pförtnerloge wurde angerufen, Genosse Poschidajew. Dort wartet Behrens höchstpersönlich auf Sie.« Seine Stimme senkte sich ehrfürchtig bei dem Namen Behrens, denn das war der Vorsitzende des Exekutivkomitees von Slatogorsk.

Poschidajew schüttelte rauhe Hände, nickte freundlich den bekannten Arbeitern zu, die weiter weg standen, und begab sich zum Ausgang.

Das Auto fuhr durch ödes Gelände, dessen Schmutz von der Nähe der Stadt zeugte. Auf der einen Seite der Chaussee lagen die städtischen Müllabladeplätze, von dort roch es nach moderndem Unrat, aber dieser Geruch überdeckte nicht die reifen Ausdünstungen der herbstlichen Steppe, sondern verlieh ihnen eine scharfe, bittere Note.

Poschidajew wandte die geröteten, zusammengekniffenen Augen dorthin, wo im freien und leeren Raum der herbstlichen Steppe der Fluß blinkte. Nun, da er sich sorglos von der Federung des mächtigen Fiat wiegen ließ, ruhte er von dem Vortrag aus, und es tat ihm wohl, daß neben ihm, hin und wieder gegen seine Schulter stoßend, sein Freund Behrens saß, mit dem er bei Denikin Schlimmes durchgemacht hatte und jetzt in derselben Parteiorganisation arbeitete. Es kam schon mal vor, daß sie sich in die Haare gerieten, und bisweilen ging das bis zur Entfremdung; doch die Gewohnheit war stärker, sie brauchten einander, und Behrens, inzwischen mit Familie, nahm sich trotz allem die Zeit, ab und zu einen Abend mit dem fröhlichen und flatterhaften Junggesellen Poschidajew zu verbringen.

Jetzt hatte Behrens Poschidajew abgeholt, um sich von den Gedanken an die Brände abzulenken, Gedanken, die ihn zu keiner Tages- und Nachtzeit verließen und die er auch durch keinerlei Willensanstrengung vertreiben konnte. Schließlich war er, Behrens, vor der Partei verantwortlich für dieses weite und mannigfaltige Gebiet, das sich in den letzten Jahren so üppig mit Reichtum überzogen hatte, und die Partei, das waren nicht nur die Parteikonferenz, nicht nur das Parteikomitee und das ZK, sondern auch Behrens selbst, jenes Etwas, das in ihm saß und ihm unablässig Befehle erteilte.

Bisher hatte Behrens geglaubt, er kenne dieses Gebiet und seine Bewohner wie seine eigene Hand, seine breite, auf dem Rücken schwarz behaarte Hand mit der weißen Narbe quer über dem Gelenk. Bisher hatte er sich in dem Glauben gewiegt, die zahllosen Feinde in diesem Gebiet, all die ehemaligen hohen Beamten und Adligen, die Geistlichen, Kulaken und NEP-Schieber unterschiedlichsten Kalibers seien ihm bekannt, und sobald sie Anstalten machten, sich zu widersetzen, wisse er das im vorhinein und könne es durch einen Druck auf die mächtigen Federn aller Gebietsbehörden leicht und rasch unterbinden.

Doch nun diese Brände – woher kamen sie?

Er zweifelte nicht, daß alles entdeckt würde. Seit dem Archivbrand war er fest überzeugt, daß eine verbrecherische Hand diese Brände lenkte. Doch wessen Hand?

Der Fiat heulte auf und jagte ungestüm die Steigung hinan. Von der Anhöhe öffnete sich dem Auge eine weite Ebene mit Blumen- und Gemüsegärten. Die Stadt war bereits wieder nahe. Zwischen den bunten Herbstgärten erblickte Behrens das blendendweiße Gebäude des Kinderdorfs, das im letzten Jahr aufgebaut worden war. Er erinnerte sich, wieviel schwere Arbeit der feierlichen Eröffnung vorausging, erinnerte sich auch, wie er selbst unlängst hingefahren war und sich an den glücklichen Kindern ergötzt hatte, die so gar nicht den trübseligen Kameraden seiner Kindheit glichen. Und jeden Moment konnte der unbekannte Verbrecher dieses wunderbare Anwesen in Schutt und Asche verwandeln und Tausende von Kindern zu Obdachlosen machen!

Wieder bildete sich auf seiner Stirn eine Zornesfalte – er zuckte mit dem Fuß und stieß an Poschidajew. Dieser blickte mitfühlend in den Spiegel, der am Vordersitz angebracht war. Darin sah er Behrens' breites Gesicht mit der geraden Stirn, der geraden Nase und dem spärlichen, krausen schwarzen Haar, das sich am Jochbein und um die schmalen Lippen herum fortsetzte. ›Wie es ihn mitnimmt‹, dachte Poschidajew, ›nicht einmal rasiert hat er sich, sogar seine Sommersprossen treten viel stärker hervor.‹

»Zweifellos ist bei alledem Panikmache im Spiel. Man ist überzeugt, daß man unantastbar ist, und nutzt das aus«, sagte Behrens dumpf.

Poschidajew antwortete sofort:

»Ja. Symptome von Panik und Psychose sind durchaus vorhanden. Das kann ich nach den Zetteln beurteilen, die mir die Arbeiter geschickt haben. Und ich stelle mir vor, was jetzt im Kleinbürgertum los ist!«

»Überhaupt, nichts beeindruckt den Kleinbürger so sehr wie Brände«, fuhr Behrens fort.

»Ja … Nimm nur einmal diese Geschichte mit meinem Reporter Berloga … Übrigens wollte ich dir seinen Brief zeigen. Den habe ich gestern bekommen.«

»Worum geht es? Ich habe flüchtig davon gehört, ich glaube, von dir.«

»Da hast du einen Fall von Brandpsychose. Er ist ein nervöser Mensch, sogar ein wenig exaltiert, ein leidenschaftlicher Reporter, folglich nicht ohne einen leichten Hang zum Abenteuer. Ich stellte ihm die Aufgabe, im Archiv nach Unterlagen über die großen Brände zu forschen, die schon einmal unsere Stadt heimgesucht haben. Aber diese Geschichte kennst du ja in groben Zügen, sie hängt mit der Geistesverwirrung des Archivars Migunow zusammen. Dann gab es einen Brand im Wohnheim, danach war er verschwunden. Wir meinten, er wäre verbrannt. Wie war ich jedoch erstaunt, als ich auf meinem Schreibtisch einen Notizblock mit seinen Schriftzügen entdeckte. Darauf stand: ›Berloga ist wahnsinnig, Berloga ist wahnsinnig‹, und dergleichen mehr. Am nächsten Tag riefen wir in der Psychiatrischen Klinik an, und richtig, dort war er. Und nun stell dir vor – heute finde ich auf meinem Schreibtisch folgendes originelle Schriftstück von ihm.«

Während Poschidajew sprach, wühlte er aufgeregt in den Taschen von Mantel, Militärjoppe und Hose. Er schlug sich an die Stirn.

»Ach, verdammt! Offenbar habe ich es in der Redaktion in der Schublade liegenlassen. Nun, dann berichte ich dir aus dem Gedächtnis. Erstens – das Äußere des Briefs. Stell dir vor, geschrieben ist er auf einem Papier, das in Schmetterlingsform ausgeschnitten ist, begreifst du?«

Behrens blickte auf das lebhafte Gesicht Poschidajews, sagte aber nichts.

»Tja … Und genau das soll, nach der Logik des Irrenhauses, der Hauptgrund für die Brände sein. So schreibt er jedenfalls – ›die Form meines Briefes gibt Ihnen, Genosse Poschidajew, einen Hinweis auf die Methode der Brandstiftung. Es sind dies selbstentzündliche Schmetterlinge oder auch Blumen, lila mit Gold. Die Übeltäter sind Agenten des internationalen Kapitals.‹ Sie sollen etwas Schreckliches gegen die Sowjetunion im Schilde führen, was genau, hat die detektivische Phantasie Berlogas noch nicht herausbekommen. Tja, und darauf folgt dummes Geschwätz über eine Verführerin in der Art von Tolstois Aëlita, angeblich die Nichte des Konzessionärs Struk, die ihm eine Blume geschenkt hat, und diese Blume soll das Wohnheim in Brand gesetzt haben. Insgesamt wirkt der Brief wie die schlechte Nacherzählung eines ausländischen Romans, dessen Fabel gewaltsam auf unsere Verhältnisse übertragen wurde. Wallende Leidenschaften …«

»Und was steht noch in dem Brief?«

»Danach wird es völlig konfus. Wie jeder anständige Verrückte versichert er mir, er sei bei klarem Verstand. Dann schreibt er äußerst komische Dinge wie etwa: erst jetzt habe er begriffen, wie sehr er sich als Sowjetbürger fühle, daß er unter kolossalem Risiko schreibe, nicht sicher sei, ob mich der Brief überhaupt erreiche, und einen ganz ungewöhnlichen Weg gefunden habe, solche Briefe abzuschicken, daß außerhalb des Irrenhauses die Sowjetmacht vielleicht schon gestürzt und alles Sowjetische ausgelöscht sei und er sich vorkommen müsse wie Robinson unter den Wilden. Klingt, als wär's ein Stoff für eine Glosse von Michail Kolzow! Ha-haha!« polterte Poschidajew mit fröhlicher Baßstimme los.

Sogar Behrens lächelte ein wenig, verscheuchte das Lächeln jedoch sofort, blickte finster und fragte: »Und was noch?«

»Sonst eigentlich nichts mehr. Sieh einer an!« – Poschidajew wunderte sich selbst über das, was er gesagt hatte. »Ich hielt ihn für einen Burschen ohne Klassenbewußtsein, und da stellt sich raus, daß die Sowjetmacht ganz schön tief in seinem Herzen sitzt.«

Beide schwiegen. Das Auto war bereits wieder von der Stadt umfangen. Sie holperten über eine altersschwache Brücke, die über einer unkrautüberwucherten Schlucht hing.

»Bist du sicher, daß alles, was dir dieser Reporter geschrieben hat, wirklich ein Hirngespinst ist?« fragte Behrens dumpf.

Poschidajew warf einen schnellen Blick auf ihn, konnte aber sein Gesicht nicht sehen.

»Das mit den Schmetterlingen? Es kann überhaupt keinen Zweifel geben, daß die Brände andere Gründe haben. Von alters her brennen unsere russischen Holzstädte, und sie tun es bis heute ohne alle Schmetterlinge. Da war immer der rote Hahn am Werk. Ein uraltes Mittel des Klassenkampfs in Rußland.«

»Doch schließlich brennt die ganze Stadt …« Behrens' Stimme zitterte.

»Das heißt, der rote Hahn wird nach einem umfangreichen Plan eingesetzt.«

»Und warum kann er nicht jene konkrete Form angenommen haben, von der Berloga schreibt?«

»Hör mal, Behrens, was sind das für dekadente Einfälle! Erfinde doch keine Feinde, die es nicht gibt. Das internationale Kapital ist weit entfernt. Dieser Konzessionär Struk – du kennst ihn nicht – ist ein ziemlich liberaler alter Opa, und außerdem haben wir in unserem Gebiet schon genug Feinde.«

»Täusch dich mal nicht, was die Feinde angeht. Wenn die hier mit Schmetterlingen aktiv werden, so riecht das eindeutig nach Ausland, nach hochentwickelter Technik. Ich habe dergleichen in wissenschaftlichen Zeitschriften gelesen.«

»Was hast du bloß ständig mit den Schmetterlingen? Das ist doch der Einfall eines Verrückten!«

»Das muß erst noch geklärt werden, ob verrückt oder nicht.«

»Aha, jetzt sehe ich, du gehst wieder mal von einer falschen Perspektive aus«, ereiferte sich Poschidajew, »und klammerst dich krampfhaft an diese Schmetterlinge. Weißt du noch, wie wir beide gestritten haben, ob das internationale Kapital uns den Sozialismus aufbauen läßt? Jetzt bist du auf diese Schmetterlinge fixiert und schwatzt verrücktes Zeug.«

»Und du führst im Grunde alles auf den Kampf mit den Kulaken zurück!«

»Wärst du bei der Zeitung, hättest du mit Dorfkorrespondenten zu tun, wüßtest du ein Lied zu singen von den Kulaken!«

»Irrtum! Bei dir haben die Kulaken alles andere verdrängt! Ein klares Abweichen von der Linie!«

Sie merkten, daß sie auf das übliche Gleis des politischen Streits gerieten. Beiden lagen schon die Namen Trotzki, Sinowjew und Kamenew auf der Zunge. Und beide mußten lachen.

»Auf jeden Fall«, sagte Behrens versöhnlich, »meine ich, daß man alles in Betracht ziehen muß. Und du kannst mich auslachen, aber ich bin jedenfalls bereit, eine Prämie für das Ergreifen dieser Schmetterlinge auszusetzen.«

»Ist ja interessant! Behrens fängt Schmetterlinge … Eine Idylle! Ha-ha-ha!«

»Lach nur, lach nur …«

Der Hammerschmied Wanja Fomitschew, Mittelstürmer der Fußballmannschaft, aktiver Komsomolze und Kandidat der Partei, stand, die Hände in den Taschen, in seinem blauen Baumwolltrikot, das über der sommergebräunten, strotzenden Brust aufzuplatzen drohte, am Fabriktor und schaute in Richtung Stadt, dorthin, wo der blitzende Fiat des Exekutivkomitee-Vorsitzenden hinter trägen Staubschwaden verschwunden war. Völlig reglos stand er da, in seiner plastischen Pose einem Denkmal gleich, das unversehens am Fabriktor aufgestellt worden war, und sein »typisches Komsomolzengesicht« – mit Stupsnase und aufgeweckten blauen Augen – war sehr verärgert, ernst und nachdenklich.

Vor Fomitschew lagen ein weites, abfallübersätes Gelände, ihm von Kindheit an vertraut, sowie das weiße Band der Chaussee, das sich von Anhöhe zu Anhöhe bis zur dunstverhangenen Stadt hinzog. Er kannte dieses Ödland sehr gut, denn als Kind hatte er mit demselben ausgelassenen Gejohle und fröhlichen Gelächter darauf gespielt, wie es auch jetzt noch die kleinen Jungen taten.

Unweit von ihm, an dem roten, verblichenen Zaun, saßen alte Arbeiter auf einer langen Bank und auf der mit Spelzen von Sonnenblumenkernen bestreuten Erde und schlugen die Zeit tot. Endlose, träge Gespräche zum üblichen Thema – die Brände. Was sie redeten, war nichtssagend und ziemlich ungereimt, und Fomitschew runzelte die Stirn, wenn Gesprächsfetzen zu ihm herüberdrangen. Denn auch er dachte an die Brände, und dieses leere Gerede brachte ihn bloß aus dem Konzept.

Jemand versetzte ihm einen liebevollen Knuff gegen den braungebrannten, dicht mit sommergebleichten Borsten bewachsenen Kopf. Er wandte sich halb um und bekam eine Hand zu fassen, die zwar schwer war, doch auch so freundschaftlich sein konnte. Die Hand gehörte einem kleinen, gedrungenen Mann, unter dessen alter, rot verfärbter Mütze schwarzes, graugesprenkeltes Haar hervorquoll und dessen Gesicht von tiefen und gutmütigen Falten durchkerbt war. Er lachte, wollte aus Spaß seine Hand wegziehen, aber Fomitschew hielt sie fest und lächelte ebenfalls. Mit diesem Mann, dem Schmied Klim Welitschko, arbeitete er schon das vierte Jahr zusammen.

»Na, worüber denkst du nach, junger Spund?«

»Ach, Onkel Klim! Zum Nachdenken gibt's Grund genug.«

»Tja«, Onkel Klim kniff die Augen zusammen, »so etwas! Da brennt unsere Stadt, hm? Die Leute sind verwirrt.«

»Verwirrt sein kann jeder«, sagte Fomitschew unwillig. »Das hilft nichts. Alle müßten sich zusammentun, diese Brandstifter schnappen und – Daumen drauf!«

»Und wenn sich alle zusammentun, was kommt dabei raus? Je mehr Leute den Dieb jagen, desto leichter kann er sich verstecken. Aber ich streit ja nicht ab – jeder, der politisches Bewußtsein hat, muß mithelfen, das ist klar. Bloß geb ich dir den Rat: Wenn du was tun willst, dann tu's allein. Na, wie steht's? Ich unterstütz dich auch, wir finden noch wen.«

»Du unterstützt mich? Ha!« Fomitschew wurde sogar rot vor Vergnügen.

»Sicher. Ich bin zwar parteilos, aber …« Er neigte den Kopf und wühlte mit der Spitze seines rötlichen, in der Schmiede versengten Stiefels in der Erde.

»Das kann ich schließlich …«, fügte er rasch hinzu und hob den Kopf. Seine Augen waren hell und ernst, und Fomitschew klopfte mit so viel Schwung auf den Rücken von Onkel Klim, daß dieser sogar die Stirn runzelte.

Unter den fröhlichen und dreisten Burschen in der Fabrik, die gutmütigen jungen Hunden glichen, fiel Andrej Warnawin durch sein besonderes Aussehen und seinen Schick auf. Beides fand unter den anderen Burschen bisweilen Nachahmer, sogar unter den Komsomolzen, doch sie alle unterschieden sich von Andrej wie die zahllosen Reproduktionen eines berühmten Gemäldes vom Original.

Lila das stehkragenbewehrte Seidenhemd, über den schmalen Hüften mit einem schwarzen Riemen gegürtet; manchmal zog Andrej einen schwarzen Gehrock darüber. In weichen Wellen die glänzenden, golddurchwirkten dunklen Haare. Das Gesicht rotwangig und zart, und diese Zartheit ließ die schwarzen Brauen, die blitzenden grauen Augen und die wie gemalten roten Lippen um so stärker hervortreten. Nicht von ungefähr nannten die Mädels der ganzen Vorstadt ihn spöttisch und zärtlich Aditschka und verfaßten auf ihn kecke, aufreizende Liedchen, und die Burschen sagten, seine Mutter habe wohl mit einem Armenier geschlafen, von denen es in diesem südlichen Landstrich viele gab. Aber nur hinter seinem Rücken redeten sie so – Andrej Warnawin war nicht der Kerl, der sich dergleichen ins Gesicht sagen ließ.

Wenn er gegen Abend mit blitzenden Lackstiefeletten auf die Straße trat und, lässig mit seinem schlanken Körper wippend, einen kurzen Blick auf die Arbeiterstraße in Feierabendstimmung warf und zur Haltestelle der Elektrischen ging, so sahen ihm alle scheel nach, obwohl es jeder für seine Pflicht hielt, ihn zu grüßen. Lediglich mit dem Komsomol lebte Andrej ständig in Unfrieden. Früher einmal war auch er im Komsomol gewesen, doch er wurde ausgeschlossen – »als Ballast und wegen Neigung zu Rowdytum«. Beides traf zu. Auf die Versammlungen ging er nicht, und in einer Schlägerei hatte er einmal einem Milizionär einen Stoß mit dem Messer versetzt. Im allgemeinen raufte er jedoch selten, obwohl er seinen Mann zu stehen wußte. Man achtete ihn wegen seines Schicks, guten Aussehens und weil er es verstand, im Leben seine eigene Linie zu verfechten. Zur Arbeit erschien er pünktlich, überhaupt war er sehr anstellig, trotz seiner Jugend galt er als erstklassiger Modellbauer. Freunde hatte er fast keine, in der letzten Zeit gab er sich nicht mal mehr mit den Kollegen aus der Fabrik ab, und nur Onkel Klim ahnte dunkel, wohin dieser stattliche Bursche abends verschwand, der mit seinem Lohn sich selbst, Mutter und Schwester unterhielt.

Als Onkel Klim nun zu seiner ukrainischen Kate zurückkehrte, die durch ihr blendendes Weiß von den Russenhütten ringsum abstach, schaute er ohne große Hoffnung in der altersschiefen Hütte von Warnawin vorbei und erblickte diesen, wie er, bereits geschniegelt und gestriegelt, vor dem Spiegel eine neue Mütze anprobierte.

»Andrej!«

»Klementi Fjodorowitsch, ich grüße Sie!«

»Du schwirrst schon ab?« fragte Onkel Klim und maß Andrej mit raschem und scharfem Blick von der schmalen Spitze der Lackstiefeletten bis zur schwarzen Mütze mit dem ungewöhnlichen, glänzenden Schild.

Andrej gab keine Antwort. Ruhig lächelnd schaute er Onkel Klim an, und dieser sah, daß tief in seinen Augen ein undurchdringlicher Schleier etwas verbarg.

»Na, wie wär's«, sagte Onkel Klim, »kommst du mit auf ein Schwätzchen?«

Andrej zögerte, dann nickte er und trat auf die Straße. Sie setzten sich auf eine niedrige Bank, die, vor langer Zeit aufgestellt, schon mit der Erde verwachsen war. Andrejs große, sauber gewaschene Hände holten ein neues, ledernes Zigarettenetui mit Silberverzierung – eine im Flug ausgestreckte Taube – aus der Tasche. Er bot Onkel Klim eine Papirossa an, dann zündete er sich selbst eine an, wobei er das Streichholz mit seinen rosa Händen geschickt vor dem Wind schützte. Onkel Klim rauchte zerstreut, seine Papirossa ging gleich wieder aus, was er jedoch nicht beachtete.

»Andrej, wieso warst du eigentlich nicht auf der Versammlung?« fragte er plötzlich.

Andrej hob erstaunt den Kopf. Er hatte sich daran gewöhnt, daß Onkel Klim sich um ihn kümmerte, er hatte auch nicht vergessen, wie dieser ihm geholfen hatte, und war ihm dafür dankbar. Doch noch nie hatte Onkel Klim solche Fragen gestellt. Darum schwieg Andrej erst, stieß den Rauch aus seiner feinen, hochmütigen Nase und antwortete dann:

»Auch ohne mich finden sich genug, die gern politisieren.«

»Hast du aber was verpaßt. Es gab einen Vortrag über die Brände.«

»Wie wurde denn erklärt, wer da zündelt?« fragte Andrej.

»Das ist es ja, daß sie nicht wissen, wer!« rief Onkel Klim heftig aus.

Andrej grinste spöttisch: »Sind wohl geschickte Burschen am Werk. Mit denen kann's unsere Miliz nicht aufnehmen. Und sicher steckt auch …« – er rieb den Daumen an Zeige- und Mittelfinger, als wollte er etwas zerreiben, und fügte hinzu – »… Schmiergeld dahinter.«

»Schau, Andrej, die brennen immer mehr nieder, und schließlich dringen sie bis zu uns vor. Stecken unsere Fabrik an, und was machen wir dann? Na?«

»Warum das denn?« fragte Warnawin langsam und nahm die Papirossa aus dem Mund. »Unsere Fabrik wird bewacht.«

»Die Warenlager sind auch bewacht worden. Und wie sie die angezündet haben! Darum geht's ja, mein Lieber! Deshalb sag ich – jeder Arbeiter muß den Behörden dabei helfen. Was machst du denn mit Mutter und Schwester, wenn zum Beispiel die Fabrik angezündet wird? Und was mach ich mit meinen Bälgern? Darum geht's doch, mein Lieber!«

»Tja«, sagte Andrej, »ganz schöner Mist!« Bisher war ihm nicht in den Sinn gekommen, daß die Fabrik, die ihm und seiner Familie die Existenzgrundlage gab, genauso angezündet werden könnte wie jedes andere Gebäude. Das war unangenehm. Aber schließlich war noch nichts dergleichen geschehen, und wie sollte er das verhindern? Was wollte Onkel Klim von ihm? Onkel Klim beugte sich geheimnisvoll zu ihm und fragte leise:

»Was denkst du denn, wer wohl die Brände legt?« Und wieder sah er forschend Andrej ins Gesicht. Dieser zog plötzlich, als wäre ihm unvermutet ein Gedanke gekommen, die Brauen hoch.

»Hör mal!« Onkel Klim wurde ganz erregt. »Meinst du, ich weiß nicht, wo du dich abends rumtreibst? Ich hab dich doch gesehen mit denen aus Strugaljowka. Wenn du schon mit ihnen unter einer Decke steckst, kannst du auch sehr gut auskundschaften, wo diese Brände herkommen. Ohne Strugaljowka geht's dabei nicht ab. Horch mal ein bißchen herum.«

Er legte seine Hand auf Andrejs Schulter. Dieser hatte den Kopf gesenkt und blickte auf seine glänzenden Stiefelspitzen.

»Ich war selber auch mal jung, hab auch manchmal über die Stränge geschlagen. Trotzdem, die sind kein Umgang für dich. Die können dich ins Verderben stürzen ... Und dir Übles beibringen ... Obwohl – hast zwar Dreck am Stecken, aber einen goldenen Kern.« Und er klopfte ihm wieder auf die Schulter.

»Es ist so langweilig, Onkel Klim!« sagte Andrej auf einmal laut. »Mir ist so langweilig, so langweilig! Dort fürchten und achten sie mich«, fügte er selbstzufrieden hinzu. »Aber bei uns – heute Kulturstunde, morgen Sportstunde, übermorgen Politstunde – wir leben schon sehr langweilig, Klementi Fjodorowitsch!« Er erhob sich und reckte sich zu seiner ganzen Größe auf. In seinen Augen blitzte es. »Dort aber, wenn auch einer schuftiger ist als der andere, das sind Draufgänger.«

»Draufgänger gibt's auch bei uns genug«, brummte Onkel Klim unzufrieden. »Nimm doch zum Beispiel meinen Hammerschmied, den Wanja Fomitschew. Der läßt sich auch vom Teufel nicht ins Bockshorn jagen. Hast du ihn beim Fußball gesehen? Der langweilt sich kein bißchen, sondern ist äußerst vergnügt und steckt noch andre damit an. Sogar ich laß mich von ihm anstecken.«

»Das geht jedem anders«, meinte Andrej. Er war wieder still geworden. Die Erregung, die ihn noch kurz zuvor erfüllt hatte, war nicht mehr zu spüren. »Mir ist das ziemlich langweilig.«

»Also, was ist, lehnst du ab?« fragte Onkel Klim schroff und stand auf. Neben Warnawin sah er aus wie ein zerdellter Blechbecher neben einem überladen verzierten Pokal.

»Nein«, antwortete Andrej mit Würde, »ich lehne nicht ab.« Er nahm die Mütze vom Kopf und fuhr mit der Hand durch sein glänzendes, gelocktes Haar. »Ich bin zwar ungebildet und reiche an so einen politischen Kopf wie Fomitschew natürlich nicht heran«, stieß er auf einmal böse hervor, »aber ich bin einverstanden. Ich fühle das … ja auch irgendwie …« Er deutete unbestimmt auf seine Brust.

»So ist's recht, so gehört sich's für unsereinen!« Onkel Klim wurde gleich viel herzlicher und fröhlicher. »Das ist ein Jawort. Also, wir zwei machen aus, wenn du was rauskriegst, dann gleich zu mir, und bei einer Schlägerei, dann auch, ich laß dich nicht hängen … Und du schnüffel rum, soviel du kannst, und leg dir ein Pfeifchen zu, falls was ist, pfeifst du der Miliz.«

»Ich komm schon ohne die aus«, erwiderte Andrej und zog die herabgerutschten Stiefel glatt. »Hab ja selber ein großes Interesse an der Sache. Und wenn ich sterbe, dann weiß ich wenigstens, wofür.« Er schüttelte seine Locken, und wieder flackerte in seinen Augen etwas auf und verschwand sogleich wie hinter einem Schleier.

»Wünschen Sie mir einen guten Fang, Klementi Fjodorowitsch!« Und er ging, mit seinen neuen Stiefelschäften blitzend, so hochgewachsen und schlank wie eine junge Pappel. Onkel Klim sah ihm nach. Sein Vorhaben hatte viel mehr Anklang gefunden, als er erwartet hatte, doch das verwirrte ihn auch. Wie sich zeigte, kannte er diesen Burschen überhaupt nicht, zu dem der schwarzäugige, stille kleine Junge von einst vor seinen Augen herangewachsen war. »Ein komisches Wesen, der Mensch!« sagte Onkel Klim zu sich selbst und machte sich auf den Weg zum Klub, um Fomitschew alles zu berichten.

7

SIEBENTES KAPITEL

DAS ROTE PFERD

von Georgi Nikiforow

Seufzer-Lenka schlug die Augen nieder. Sie schlug die violett schillernden Augen nieder und erblickte die stutzerhaften Stiefel von Andrej Warnawin. Ihre geschminkten Lippen knickten zu einem Lächeln ein. Mit einer nachlässig-trägen Bewegung legte sie den Kopf schief und blinzelte sehr delikat und verschmitzt:

»Wie wär's, Kavalier?«

Dies gefragt, wandte sie sich leicht seitwärts und ließ die Schultern beben.

Das Rot auf Warnawins Wangen vertiefte sich und drang bis zu den Ohrläppchen. Er antwortete unwillig, ein wenig schroff:

»Ich hab was zu bereden, los, dreh ab in die Gasse!«

Keck, doch nicht ohne Grazie nahm Andrej Seufzer-Lenka beim Arm und zog sie in die nächste verwinkelte Gasse.

Sanft sickerte die Abenddämmerung auf die Erde, die geduckten Häuschen von Strugaljowka zogen die Köpfe ein und erbleichten. Vor manchen Haustoren saßen die Bewohner auf der Bank und führten schläfrige, endlose Gespräche über nichts und wieder nichts …

Andrej Warnawin kannte hier jedes Haus, die bunten Fensterläden, die schiefen Fenster und die welken Blumen dahinter. Einige Gassen weiter blieb er, nach allen Seiten spähend, auf einmal an einem düsteren Zaun stehen, näherte sein Gesicht dem seiner Begleiterin und stieß, vor Aufregung heiser, halblaut hervor:

»Na, erkennst du mich?«

Seufzer-Lenka tat erstaunt, zog eine verwunderte Miene.

»Laß die Scherze, Kavalier …«

»Also, erkennst mich nicht? So, so!« Der Kavalier holte tief Luft und umklammerte Lenkas Hand. »Dann wollen wir dir mal auf die Sprünge helfen.« Und Andrej flüsterte, fast unhörbar, ein bestimmtes Wort.

»Aditschka!« schrie Seufzer-Lenka. »Wie kannst du nur! Weißt du, ich hab gedacht … Wo warst du bloß? Also wirklich! Ein ganzes Jahr haben wir uns nicht gesehen, da vergißt man halt einiges. Ach du!«

»Wart doch, wart doch, laß die Küsserei auf der Straße«, bremste Warnawin das Mädchen. »Wie geht's Petka dem As?«

»Na, so eben … Wir leben – so so, la la, wie man sagt. Wie hast du mich bloß aufgegabelt? So ein Zusammentreffen, hätt ich nicht gedacht …«

»Schmier mir keinen Brei um den Mund«, schnitt Andrej ihr das Wort ab. »Was Petka das As macht, hab ich gefragt.«

»Was schon!« Seufzer-Lenka versuchte auszuweichen. »Ist doch sowieso klar, was der macht …«

»Dir werd ich …« – doch Warnawin brach ab und machte eine wegwerfende Handbewegung. »Na gut, was ihr treibt, will ich gar nicht wissen. Ich komm wegen was Wichtigem …«

»Worum geht's denn?«

»Mach sperrangelweit die Ohren auf, gleich posaun ich's aus«, spöttelte Andrej. »Da geht's um Größeres, und du, Süße, bist ein Schlabbermaul … Nun sei nicht beleidigt, ich mein ja nur.«

Seufzer-Lenka versuchte, den Arm loszureißen. Sie hätte zu gerne herausbekommen, was hinter Andrejs Worten steckte. Plötzlich blitzte ein ätzender Gedanke in ihr auf, sie zuckte zusammen und taumelte zur Seite. Ihr war die Mappe im blauen Umschlag eingefallen, die Petka das As angeschleppt hatte.

›Wenn bloß nicht …‹ Da durchfuhr sie ein neuer Gedanke. ›Dieses Bürschchen hat mich doch nicht zufällig aufgegabelt!‹ Seufzer-Lenka schielte zu Warnawin hinüber. ›Ob er ein Spitzel ist?‹ überlegte sie.

Andrej Warnawin aber pfiff, wie es schien, völlig ruhig und sehr fröhlich vor sich hin, bloß seine Hand war so fest und gebieterisch wie zuvor.

Die Straßen und Gassen wanden und krümmten sich; hie und da traurige Pappeln; Blinden gleich, die man am Wegrand ausgesetzt hatte, standen sie da, und ihr schütter gewordenes Laub plapperte Unverständliches, Klägliches. Der Wind fegte Rinnsale von samtenem Staub über den Weg. Andrej Warnawins Lackstiefel trübten sich, umfingen jedoch nach wie vor die kräftigen Beine des schönen jungen Modellbauers, der jetzt unbeirrt auf das ehemalige Strugaljowsche Haus zuschritt, denn zu dieser Stunde waren ihm Glanz und Schliff schnurzegal …

»Da sind sie ja, die Mauselöcher«, spottete Warnawin, als er die trüben Korridore des Hauses musterte, wohin Seufzer-Lenka ihn geführt hatte. Spottete zwar, aber lachte nicht; mit der Linken tastete er nach dem Finnenmesser, das unterm Hemd im Gürtel steckte.

›Weiß der Teufel‹, dachte er, ›womöglich …‹

Auf einmal entblößte Seufzer-Lenka grinsend ihre kleinen Raubtierzähne, warf verwegen den kurzgeschorenen Kopf zurück und blieb vor einer schmalen Tür stehen.

»Hereinspaziert, tapfrer Ritter«, sprach sie, nachdem sie an die Tür getrommelt hatte.

Aus dem dicht verrauchten Zimmer schlug ein schwerer Geruch, wie aus einem lange Zeit verspundeten Faß.

›Ob sie wohl anbeißen?‹ schoß es Andrej durch den Kopf. Und er schritt mutig auf Petka das As zu und streckte die Hand zur Begrüßung aus.

Nicht zu Unrecht hatte sich Andrej vor Onkel Klim gerühmt, in Strugaljowka achte und fürchte man ihn.

Petka das As und sein zottiger Freund Pfriem zogen den Mund breit, als sie Warnawin erblickten; aus alter Gewohnheit wußten sie, daß dieser Bursche sie stets bewirtete, Lachen und Lustigkeit mit sich brachte.

»Was für eine Ehre! Was für ein seltener Gast!« Petka das As sprang um ihn herum und tastete die schlanke Figur des Gastes mit den Augen ab. »Sehnsucht nach dir haben wir gehabt, wo bist du bloß abgeblieben, Freund?«

»Nun schneid nicht so auf, zum Teufel, mit deiner Freundschaft!« knurrte Andrej und setzte sich auf den wackligen Stuhl beim Tisch.

»Was?« Petka das As fletschte die Zähne.

»Wasser macht naß!« Warnawin zog sich mit einem Scherz aus der Affäre. »Hol was zu trinken, ich geb einen aus.« Mit großer Geste warf er einen Dreirubelschein auf den Tisch. »Und was zu essen dazu, klar?«

Nachdem eine Flasche Wodka und zwei Wurstringe aufgetaucht waren, feuchteten sich die Freunde erst einmal die Kehle an. Dann sagte Warnawin, wobei er mit einem abgebrannten Streichholz ein verschlungenes Monogramm auf den Tisch malte, kurz und mit Nachdruck:

»Wir brennen ab, merkt ihr?«

»E-hem!« Petka das As räusperte sich vage und kam sichtlich ins Flattern.

»Ja, und?«

»Was meinst du, was dahintersteckt? Hast doch Grütze im Kopf, na?« Warnawin heftete seinen verständnisinnigen Blick auf Petka das As.

»Brandstiftung …«

»Und ob!« stimmte Andrej zu. »Und zwar von Übeltätern, die gegen die Diktatur der Staatsgewalt …«

»Tü-lü-lü!« Pfriem pfiff lässig vor sich hin.

»Moment!« Andrej sprang auf. »Aber wenn einer diese Übeltäter beim Kragen packt …«

»Dann kriegt er hundert Tscherwonzen.« Seufzer-Lenka konnte den Spott nicht unterdrücken. »Hi-hi-hi!«

»Halt die Luft an!« fuhr Petka das As ihr über den Mund. Warnawin aber erklärte mit entschiedener Geste:

»Auf hundert Tscherwonzen spuck ich im hohen Bogen! Wenn bloß …«

Da stockte er und starrte mit weit aufgerissenen Augen aus dem Fenster. Von draußen war undeutliches Stimmengewirr zu hören, in den Scheiben flackerten glutrote Flammen …

Andrej Warnawin wußte später nicht mehr, wie er zum Haus hinausgekommen war. In einer Menschenmenge rannte er dorthin, wo die Flammen loderten.

Unter den schmuddeligen, schiefmäuligen Häuschen am Abhang wütete das Feuer. Es sprang von Dach zu Dach, ausgelassen tollend, als wäre es ein grellrotes junges Pferd. Es schnaubte, wieherte, fauchte böse und prüfte mit langen Zähnen die Festigkeit des Holzes. Es fraß sich hinein, heulte vor Begeisterung und Zorn und schleuderte brennende Bretter in den satten Septemberhimmel.

Die Mähne des Pferdes flatterte im Wind, peitschte gegen die Wolken. Plötzlich verschwand das Pferd, und über den Häusern breiteten sich die Schwingen eines ungeheuren, furchtbaren Vogels aus. Sie umfingen alles am Abhang, bis zum Fluß, sie flatterten, zuckten, schlugen auf und nieder, dann fuhren sie pfeifend in die Höhe, kreisten, schneller und schneller, und plumpsten, goldene Federn verstreuend, schwer in die Tiefe.

»Ha-ha-ha-hoo!« schallte ein irres Donnergelächter.

Sogleich ertönte, erregt und hysterisch, die Alarmsirene der Tabakfabrik jenseits des Flusses. Nervtötend, gell, stieg ihr Heulen gen Himmel. Und in ihren Klageschrei fiel das Tuten der Dampfer ein, erst schüchtern, dann immer kühner und einträchtiger.

Andrej hatte, bebend und bleich, das Gefühl, als risse es ihn von der Erde, hoch über den Brand. Ihm wuchsen lange Arme, die sich geschmeidig hoben und senkten – so dirigierte er den Brand und alle Sirenen.

Auf einmal vernahm er eine bekannte, leicht krächzende Stimme: »Vorwärts, vorwärts!«

Warnawin stöhnte und ging sogar in die Knie, als wäre er tatsächlich aus unglaublicher Höhe herabgesprungen.

Wie ein Schraubstock hielten die Finger von Petka dem As seinen Ärmel umklammert.

»Vorwärts, sag ich, vorwärts, was ist denn?« drängte er, und erst ein Stück weiter, in den dunklen Straßen, erläuterte er, nach dem schnellen Laufen mühsam Atem holend:

»Wir müssen zum reichen Haus, dort sind sie ... Ich weiß es, ich hab Papiere ... Denen zeigen wir's! Hol sie der Henker!«

Warnawin hörte nicht recht, was Petka das As faselte, er begriff nur eins: Sie mußten schleunigst irgendwohin, um die Brandstifter zu fassen. Er rannte Schulter an Schulter mit Petka, blickte sich ab und zu aufgeregt nach dem Feuerschein um und konnte sich nicht beruhigen:

»Die zünden noch unsere Werkstätten an, ich spür's, die sind als nächste dran. Wenn wir's bloß schaffen, wenn wir sie bloß kriegen ...«

Sein Herz hämmerte. Andrej kam es vor, als ob sich eine unsichtbare Hand nach ihrem Slatogorsk ausstreckte. Die Hand wand sich als lange Feuerschlange durch die Straßen, und wie der schwarze Tod vertilgte sie alles auf ihrem Weg. Die Hand abhauen, vernichten – dieser Gedanke ging Andrej im Kopf herum und trieb ihn voran.

»Uff!« Petka das As stieß laut die Luft aus und ließ sich, ganz von Kräften, auf ein kieloben daliegendes Boot fallen. »Warte, Andrej«, sagte er sanft und hielt Warnawin auf, »warte, wir sollten erst mal ...« – er klopfte sich mit dem Finger an die Stirn – »das Ganze im Hirn wälzen, wär schon nötig ...«

»Zeig, wo sie stecken«, drängelte Andrej. »Weißt du, da gibt's nur eins: ruckzuck, nicht lange gefackelt!«

»Von wegen – ruckzuck!« knurrte Petka. »Das muß ausklamüsert werden, auf die Strugaljowka-Tour kommst du da nicht weit. Hör zu ...«

Und vom schrecklichen Schauspiel der Feuersbrunst aufgewühlt, erzählte Petka das As in einem Anfall von Offenbarungswut Warnawin mit erstickender Stimme, dabei irgendwohin ins Dunkle deutend, wie es ihm gelungen war, die Mappe mit der Brandgeschichte zu angeln. Er zog einen Stiefel aus und legte ein Beweisstück vor: den blauen Umschlag der Akte Nr. 1057, achtfach gefaltet und im Stiefel verstaut. Die Akte selbst war, wie er sagte, unter Lenkas Schmutzwäsche versteckt. Petka erwähnte sogar, wie lange er in letzter Zeit habe hungern müssen, und erklärte, wie gern er arbeiten würde. Zum Abschluß schlug er sich auf die Brust und schwor Warnawin, sämtliche Mauselöcher zu durchstöbern und die Brandstifter aufzuspüren.

Die Nacht warf dichte schwarze Zotten über die Straßen von Slatogorsk, als die beiden endlich ankamen. Wie ein Schneeberg, umfriedet von bizarr verschlungenen weißen Gittern aus Metallstengeln, die hypnotisierten Schlangen glichen, stand vor ihnen die Villa von Struk.

Als sie um das Gebäude herumgegangen waren, meinte Warnawin:

»Ganz schön raffiniert hingeklotzt.«

»Und wie!« stimmte Petka das As zu. »Und wie, verdammt und zugenäht!« sagte er noch einmal und schlug mit der Hand gegen die Zaunstäbe.

Stille. In der Villa nicht das geringste Lebenszeichen. Und man wußte nicht recht, ob das nun ein Haus war oder ein unförmiger weißer Katafalk von gewaltigen Ausmaßen.

Die verschüchterten Häuschen ringsum, winzige, in der Dunkelheit kaum auszumachende graue Flecken, ließen durch ihre Schäbigkeit die Türme und Ecken der Villa nur um so wuchtiger erscheinen.

Noch einmal umrundeten sie das Gebäude.

»Hm«, befand Andrej Warnawin, »vielleicht ist gar keiner drin, und wir zockeln hier ewig rum. Kommt mir fast so vor.«

Er zog die Nase hoch und schielte mißtrauisch zu Petka hinüber.

»Kommt mir so vor«, wiederholte er, »als ob an der Sache ein Haken wär, was?«

Petka das As packte einen Ring am Zaun und suchte ihn unter Anspannung aller Kräfte umzudrehen.

»Warte«, sagte er, als Warnawin zu ihm trat. »Da hab ich was, das werden wir gleich mal … Los, faß mit an!«

Sie zogen den Ring nach unten und nach allen Seiten, Petka das As hängte sich mit seinem ganzen Körpergewicht daran, doch der Ring rührte sich nicht.

»Blödes Ding«, knurrte er ärgerlich.

»Blödes Ding«, pflichtete Warnawin bei. »Laß den Mistring, wir klettern über den Zaun.«

»Hilfe!« brüllte hinter ihm plötzlich Petka das As.

»Ii-ee!« echote Warnawin, stieß mit der Schulter gegen eine Wand und flog zur Seite.

Beide waren von dem Aufprall betäubt, und jemand drehte ihnen die Hände auf den Rücken. Andrej suchte sich mit aller Macht loszureißen, doch er gab auf, da seine ganze Hand von einer blutigen Schramme brannte. Leben kam in die Straße, sie hallte wider von Pfiffen und Schüssen.

»Na endlich, ihr Früchtchen!« hörte Andrej triumphierend rufen, und als er mühsam den Kopf wandte, sah er, daß bärenstarke Milizionäre ihn und Petka das As in ihrer Gewalt hatten.

In Strugaljowka waren zwei Häuserviertel niedergebrannt. Die erschöpften Feuerwehrleute bespritzten nur noch schwelende Trümmer. Das Feuer hatte alles ratzekahl abgefressen. Die Einwohner waren im Schlaf von dem Brand überrascht worden und hatten sich gerade noch ins Freie retten können. Jetzt lagerten sie am Flußufer, standen in Gruppen beisammen und erzählten einander aufregende Gerüchte.

»Dem Karp Iwanytsch ist die Alte verbrannt, und er selber hat alles bis aufs Hemd verloren …«

»Was heißt hier Karp Iwanytsch, zähl mal zusammen, wieviel Leute umgekommen sind!«

»Nun sag doch mal«, fiel eine weibliche Stimme ein, »wo kommt bloß dieser Unsegen her? Als würd das Feuer vom Himmel fallen. Die Strafe Gottes …«

»Paß auf, daß deine Zunge nicht Feuer fängt«, bemerkte ein rußgeschwärzter Greis verärgert. »Wenn weniger gebechert würde …«

Doch die Frau, die gesprochen hatte, zuckte darauf nicht einmal mit der Wimper, sondern stürzte zu einer anderen Gruppe von Brandgeschädigten und brachte bald darauf die Neuigkeit, die Brandstifter seien in der Stadt, auf der anderen Seite des Flusses, gefaßt worden.

Licht und weit zog der Morgen herauf. Die Sonne flirrte im leichten Dunst über dem Fluß, als eine Gruppe von Arbeitern auftauchte, an der Spitze der Schmied Klim Welitschko, die auf das Exekutivkomitee zuhielten.

»Da kommen sie … bringen die Brandstifter …«

»Wen? Ihr habt ja nicht mehr alle!«

Umringt von Milizionären schritten Petka das As und Andrej Warnawin den Arbeitern entgegen.

Den Schmied zupfte eine weinende alte Frau, Andrejs Mutter, am Ärmel.

»Ist doch viel zu früh, die Seele so mit Tränen naß zu machen«, redete Onkel Klim auf sie ein. »Das glaub ich nie im Leben, daß Andrej sang- und klanglos untergeht.«

Sie sprachen miteinander, und der wolkenlose Himmel strahlte vor Lebensfreude, und aus der herbstlichen Steppe wehte ein verspieltes Lüftchen, liebkosend und duftend …

ACHTES KAPITEL

EIN GESPRÄCH IM HOTEL BELLEVUE

von Wladimir Lidin

Der Herbst hatte dieses Jahr ungewöhnliche Tage über der Stadt ausgegossen. Goldene Lichtmyriaden lullten sie in herbstliche Stille, und mit flämischer Üppigkeit – rotgelb, smaragdgrün – überhäuften sie Blumen und Früchte.

Schon hatte der Rückstrom von Süden nach Norden eingesetzt, in den Expreßzügen tauchte immer öfter die zarte Sonnenbräune von Frauen- und Mädchengesichtern auf, und in die Gegenrichtung fuhren, zum Herbsturlaub an die Sauerbrunnen, Männer, die an Katarrhen, Nierenbeschwerden, Diabetes und den Folgen galanter Abenteuer litten.

Zweiunddreißig Tage, ein runder Monat also, war seit der Stunde vergangen, als wattiges Grauen Berloga verschlungen hatte. Was in diesem Monat mit ihm vorgefallen war, wessen geheimer Schachzug die unheilschwere Rochade mit ihm vollführt hatte, diese unerhörten Fragen tobten im Kopf des Reporters und drohten ihn zu zerfetzen. War er vielleicht tatsächlich schwer, unheilbar krank, hatte er selbst die unheilvollen Halluzinationen in die Wirklichkeit umgesetzt?

Das halbhoch weißgestrichene Fenster ging auf den Garten hinaus. Dort stützten riesige Pappelwipfel den Herbsthimmel. Die widerlich säuerlichen Ausdünstungen jener unreinen Menschheit, die in diesem Haus unter Verschluß gehalten wurde – geniale Feldmarschälle, verkannte Führer und sanftmütige, vergeistigte Besessene –, der Geruch ihres Harns, den sie majestätisch abließen, wo sie auch gingen und standen, die Stunden des Mittagsbrots, der Spaziergänge, des Nachmittagstees – dies waren für Berloga in diesem Monat der Einsamkeit die einzigen Lichtblicke. Übrigens hatte er auf dem Spaziergang einmal Iwan Kulakow gesehen: Kulakow horchte nur noch auf die Stille in sich selbst. Die Tage der Erleuchtung waren vorüber, freudlose Düsternis hatte ihren verzehrenden Schatten auf ihn geworfen. Er saß auf einer Bank und sah teilnahmslos in den Herbsthimmel, über den friedfertige Wolken krochen. Berloga setzte sich neben ihn. Iwan Kulakow erkannte ihn nicht; nach einer Weile sagte er jedoch mit tiefem, qualvollen Seufzer:

»Unbekannter Freund, ich gehe zugrunde … Der Mensch, dem ich im Wege war, hat ein ungeheuerliches Verbrechen an mir begangen. Ich stellte mich seinen Plänen in den Weg, ich wollte das Gespinst seiner Verbrechen aufdecken, ich hatte Beweise in der Hand … Er wollte seine Erfahrung auf die Fabrik der Kulakows anwenden, sie ebenso in Brand stekken wie Dutzende anderer Fabriken – und nun hat er mich zugrunde gerichtet … Wißt Ihr, wer er ist?«

Iwan Kulakow erhob sich, aus seinen zerquälten Augen schwappte wilde Inspiration, und sein behagliches Provinzgesicht war in diesem Moment sogar schön.

»Wer? Wer?« fragte Berloga und preßte seine Fingerkuppen gegen die Bank. Sein Atem stockte.

»Ein Gauner«, sagte Iwan Kulakow plötzlich sehr verächtlich, »ein Gauner auf Durchreise – mach, daß du weiterkommst! Kulak Iwanow weiß, wozu er auf Erden berufen ward: um das Paradies zu schaffen, er ist – Adam!«

Und Iwan Kulakow setzte sich wieder auf die Bank, friedfertig und schaudernd vor Trauer. Seine tiefliegenden Augen blickten Berloga ganz schwarz ins Gesicht – sie waren voll Schwermut.

»Wie ist sein Name?« Berloga fragte mit dem Gefühl, daß von dieser Antwort, so kurz wie ein Atemzug, sein Schicksal und der geheimnisvolle Lauf vieler außerordentlicher Dinge abhing – doch Iwan Kulakow war von Schwermut befallen. Er stützte seinen gedankenvollen Kopf in die Hand, und die Schwermut war so heftig, daß er die Frage gar nicht gehört hatte. Berloga wischte sich Wange und Stirn ab; der Schweiß strömte ihm übers Gesicht. Das kurze Wort war ungesagt untergegangen. Und an diesem Tag, spürte Berloga, ging auch er selbst unter, wie Iwan Kulakows ungesagtes Wort. Wo er war, schenkte man Vernunft und Beweisen keinen Glauben. Der lebendige Faden kranken menschlichen Wollens und beflügelter Träumereien wurde um die kalte Spule der Wissenschaft gewickelt. Wer würde kommen, um zu helfen, zu retten? Die Hilfe kam unerwartet, genau in jenem Moment, als alles hoffnungslos verloren schien.

An einem dieser begnadeten Herbsttage, erfüllt von satter Wärme, vom Pfirsicharoma der traubenbehangenen Obststände und von wilden, erregenden Gemüsegerüchen – da kam mit dem Moskauer Expreßzug ein Mann in die Stadt, den die Gepäckträger am Bahnhof gleich recht zu würdigen wußten, denn die ganze Meute stürzte hin, seine Koffer zu holen. Im blauen Coupé des internationalen Waggons lag jedoch nur eine einsame Reisetasche mit Segeltuchschoner im Gepäcknetz, daneben einige zerknitterte Moskauer Zeitungen und eine leere Gebäckschachtel; es roch nach gutem Tabak, und überall war Asche verstreut. Der Ankömmling verteidigte ruhig das Coupé vor der Invasion, wartete, bis die Welle der Träger zurückflutete, als habe eine Mole sie gebrochen, dann griff er nach Reisetasche und brauner Aktenmappe und stieg ohne Hast aus dem Waggon auf den Bahnsteig.

Der Tag ging zur Neige, die Geschäfte schlossen bereits, nur neben den Straßenkiosken, wo Sirupretorten in allen möglichen Farben leuchteten, drängten sich nach südlichem Brauch die Männer, und neben den Obstständen, wo fahlgelb die Melonen sich türmten, langweilten sich die persischen Händler und rauchten. Der Phaëton des Droschkenkutschers war weich und geräumig wie ein türkischer Diwan, und das Pferdezweigespann brachte, fröhlich mit dem Geschirr klirrend, den Ankömmling flott in die Stadt. Zwanzig Minuten später zügelte der stimmgewaltige Kutscher aus Nachitschewan die Pferde vor dem besten Hotel, das noch unter dem Vorkriegsnamen Bellevue geführt wurde.

Unter der Treppe hervor kroch in silberbetreßter Livree ein Boy, der eher einem Kirchenchorsänger glich – im Hotel hielt man auf europäischen Chic. Der Hotelchef Awetik Ter-Pogasjanz verband überschwengliche östliche Gastfreundschaft mit europäischer Würde. Der Ankömmling, obwohl ohne Koffer, wurde sogleich richtig eingeschätzt und bekam Zimmer vierundzwanzig, ein nicht sehr teures, doch durchaus komfortables Zimmer mit Telefon und garantiert ohne Wanzen. Der Fremde stellte sich als Ingenieur Kukowerow vor. Aber nicht nur Name und Stand kennzeichnen den

Menschen, o nein. Awetik Ter-Pogasjanz war ein Mann von unglaublichem Durchblick, ein Kenner der menschlichen Seele, und darum wurde zu dem Ankömmling keiner jener ehrlichen Makler vorgelassen, die sonst gewöhnlich Vorkriegslustbarkeiten anboten wie etwa ein Chemin-de-fer-Spiel oder reizende Weiblichkeiten, bezaubernd schön und sogar fürstlichen Geblüts, dazu »ganz bestimmt unschuldig«.

Der Ankömmling bezog Zimmer vierundzwanzig, und der Etagenkellner, der es für seine Pflicht hielt, alles zu belauschen, was in den Zimmern vor sich ging, um stets mit den Ereignissen Schritt zu halten, er hörte, wie Kukowerow mehrfach das Amt anrief und sich verbinden ließ. Ein paarmal begab er sich für längere Zeit in die Stadt, speiste im Restaurant des Hotels, die Nacht verbrachte er ruhig, hatte sich nur einen starken Tee aufs Zimmer kommen lassen. Am nächsten Tag, um halb neun Uhr abends, fuhren zwei Männer in einem Phaëton vor dem Hotel Bellevue vor. Der eine sah schrecklich abgespannt aus, hatte Bartstoppeln wie ein Kranker und bleiche, welke Wangen wie ein Häftling; er trug eine Art Anstaltskleidung aus Drillich und wurde begleitet von einem sehr phlegmatischen Mann, der geradezu professionell neben ihm saß und sein Leben lang nichts anderes zu tun schien, als Menschen zu begleiten. Die beiden fragten nach Kukowerow und stiegen die Treppe hinauf, wobei der Begleiter ein wenig zurückblieb. Im übrigen wurde er schon im nächsten Augenblick nicht mehr gebraucht, denn der Bürger Kukowerow schlug ihm vor, ein Stündchen oder zwei in der Portiersloge zu verbringen oder in der Bierkneipe nebenan, sich jedoch bloß nicht zu betrinken und gegen zehn seinen Gefährten abzuholen.

Der Hergebrachte blieb in Zimmer vierundzwanzig bei

Kukowerow. Ein klein wenig scheu, fest die Arme um sich gelegt, schaute er auf den gelassenen Mann im vorzüglichen grauen Anzug, der von einer Zimmerecke zur anderen schritt und schließlich zu ihm sagte:

»Hören Sie, Genosse Berloga, versuchen Sie, mir höchste Aufmerksamkeit und Schlichtheit entgegenzubringen, obwohl Sie wahrscheinlich, nach dem, was Sie erdulden mußten, erschöpft sind. Es geht um Folgendes: Ich bin hier, um die zahllosen Verbrechen in dieser Stadt zu bekämpfen, Verbrechen, die alle den gleichen Ursprung haben und mit den gleichen Mitteln verwirklicht werden, deren Ziele jedoch äußerst rätselhaft sind.«

Berloga, den ein Pfleger aus dem Krankenhaus hergebracht hatte, blickte voller Pein und Grauen auf den Mann, der gekommen war, seinen qualvollen Traum noch zu verlängern. Kukowerow aber sagte sehr schlicht und freundlich:

»Ich möchte vor allem feststellen, daß ich Sie für absolut unschuldig und an der ganzen Sache unbeteiligt halte, außerdem für völlig gesund … Ich bin überzeugt, daß Sie nicht aufgrund objektiver Defekte in die Heilanstalt gesperrt wurden, sondern daß ein böser, verbrecherischer Wille dahintersteht, denn in Freiheit hätten Sie den Plänen des geheimen Zentrums schaden können. Sie haben offenbar etwas gewußt, Berloga, aber das wäre nur halb so schlimm gewesen, wenn Sie nicht auch über gewisse Eigenheiten verfügten, die zum Teil berufsbedingt sind. Ich meine damit Schwatzhaftigkeit, Sensationsgier und den Hang zur Übertreibung. Seien Sie bitte nicht gekränkt, das ist nun mal so. Doch jetzt – zur Hauptsache. Gleich morgen setze ich durch, daß Sie befreit werden. Beim Entwirren dieses verbrecherischen Netzes werden Sie meine rechte Hand sein.«

Berloga stand auf. Mit ungläubigen, schwermütigen Augen sah er nun diesen Menschen an, der sich seiner erinnert hatte in jener Wüste, wo er sich schon für immer verloren glaubte. Gewaltige Begeisterung durchwogte ihn und erschütterte ihn zutiefst.

»Sie sagen die Wahrheit?« Endlich hub er zu sprechen an, rang seine abgezehrten Finger. »Ich werde frei sein?«

»Absolut. Ab morgen, sobald alle Formalitäten erledigt sind. Ich brauche Sie, Berloga. Ich bin über Ihre Tätigkeit voll und ganz informiert, und einige der Schritte, die Sie unternommen haben, halte ich für durchaus vernünftig und wichtig, wäre da nicht Ihr Leichtsinn und Ihr Hang zum Hyperbolischen. Gehen wir jedoch der Reihe nach vor. Bemühen Sie sich, meinen Worten aufmerksam zu folgen, und bemühen Sie sich außerdem, alle meine Fragen so genau wie möglich zu beantworten. Falls Ihr Gedächtnis Sie im Stich läßt, antworten Sie lieber nicht, sondern suchen Sie sich besser zu erinnern.«

»Mein Gedächtnis hat sehr nachgelassen«, murmelte Berloga. »Ich bin sicher, Sie wollten mich nicht verletzen, aber das Krankenhaus hat mir mindestens fünf Jahre meines Lebens geraubt.«

»Halb so schlimm. Wir beschaffen Ihnen einen Platz im besten Kurort, sobald ich Sie hier nicht mehr direkt brauche. Sagen Sie, Berloga, wer ist das?«

Der Ingenieur holte aus der braunen Aktentasche eine Zeitschrift und zeigte dem Reporter ein Porträt, wobei er die Bildunterschrift zuhielt.

»Elita Struk!«

Berlogas Atem kam pfeifend aus seinem Mund, sein Blick verschlang die wie ein Flitzebogen geschwungenen Lippen, die feinen, leicht gestrichelten Brauen, die weit geöffneten, strahlenden, ironisch blickenden Augen, den kurzen goldenen Haarschopf.

»Sie irren sich.« Der Ingenieur nahm die Hand weg. »Laut Bildunterschrift haben Sie die Filmschauspielerin Dina Kamenezkaja vor sich. Unter der Rubrik ›Blick in die Studios‹ stehen in derselben Zeitschrift folgende vier Zeilen: ›Dina Kamenezkaja weilt derzeit zu Aufnahmen für den Film *Amerikanische Raubtiere* in Slatogorsk. Bis Januar wird noch gedreht.‹ Tatsache ist jedoch: Heute haben wir den dreiundzwanzigsten Oktober, und Dina Kamenezkaja ist aus der Stadt verschwunden.«

Berloga schwieg eine Weile, völlig verstört. Ein kalter Tropfen kitzelte plötzlich seine Schläfe.

»Verschwunden?« fragte er und konnte nicht weitersprechen.

Kukowerow zündete sich gelassen eine Papirossa an.

»Dina Kamenezkajas Spuren verlieren sich auf der Bahnstation Armawir. Uns liegt ein Brief von ihr vor, in dem sie einer Moskauer Freundin schreibt, sie fahre zu Aufnahmen nach Baku. In Baku ist sie aber nicht, dort wird auch kein Film gedreht. Doch bewahren Sie Fassung, Berloga. Ich habe eine wesentlichere Frage an Sie. Sagen Sie bitte, kennen Sie das?«

Kukowerow öffnete seine Aktentasche und holte ein zerknülltes blaues Papier hervor. Auf dem Papier, auf dem blauen Umschlag, stand, schmerzlich und schrecklich bekannt, die Inschrift: »Akte Nr. 1057.«

»Die Brandstifterakte! Meine Akte!« brüllte Berloga und riß Kukowerow das Papier aus der Hand. »Meine verschollene Akte!«

Blau und schrecklich entfaltete sich vor ihm das leere Papier: Es war der Umschlag, nur der zerknitterte, leere, fettfleckige Umschlag, ohne das Herzstück, die Akte Nr. 1057. Wie der leere Ärmel eines Invaliden, der den Arm verloren hat.

Mit ersterbender Stimme fragte Berloga: »Was hat das zu bedeuten?«

»Es bedeutet, daß die Akte verschwunden und nur der Umschlag übriggeblieben ist«, sagte Kukowerow wütend. »Nur der Umschlag, Berloga! Ich erzähle Ihnen, wie uns dieses – wenn auch läppische – Beweisstück in die Hände gefallen ist. Während einer Razzia im Zusammenhang mit den Bränden wurde am 8. Oktober ein Gewohnheitsdieb festgenommen, der unter dem Namen Petka das As bekannt ist. Bei der Leibesvisitation entdeckte man in seinem Stiefel eine Einlage, ebendiesen Umschlag der Akte Nr. 1057, den er, wie er erklärte, der Wärme halber hineingelegt habe, da sein Stiefel durchlöchert sei. Der Stiefel war tatsächlich durchlöchert, und man hätte diesem Papierfetzen keinerlei Bedeutung beigemessen, doch ein zur gleichen Zeit festgenommener Verdächtiger namens Andrej Warnawin gab zu Protokoll, Petka das As habe irgendwo eine wichtige Akte mit der Nummer 1057 versteckt, die sich auf Brandstiftungen in Slatogorsk beziehe. Petka das As stritt dies zunächst kategorisch ab und erklärte, er habe den Umschlag aus einem Mülleimer gefischt. Dann gestand er, daß er Ihnen diese Akte entführt habe, und zwar im Auftrag eines jungen Mannes, der befohlen habe, die Mappe in das große neue Haus des Konzessionärs Struk zu bringen. Mehr war nicht herauszubekommen, denn in Struks Haus gibt es keinen jungen Mann. Dina Kamenezkaja alias Elita Struk ist verschwunden, Petkas

Zimmergenossin Seufzer-Lenka ist flüchtig, und Sie befinden sich, wie Ihnen wohlbekannt, im Irrenhaus!«

Berloga mühte sich krampfhaft, all diese entgleitenden Einzelheiten zu einer Kette zu verknüpfen; fast wie im Wahn schaute er auf den Menschen, der gekommen war, ihn ins Leben zurückzubringen und ihn zunächst bis ins Mark erschüttert hatte. War denn mit seinen – Berlogas – Hirnwindungen auch alles in Ordnung, hatte er sich selbst bis auf den Grund geprüft? Vielleicht war sein Platz tatsächlich dort, in dem Haus für die Feldmarschälle und Besessenen, Seite an Seite mit Iwan Kulakow? Kulakows lichter Augenblick im Garten, sein letztes Wort, verweht vom Sturm des Wahns, jenes eine Wort, welches den Kern der verschollenen Akte hätte enthüllen können – dies alles wurde Berloga mit einemmal zutiefst und eindringlich klar.

»Iwan Kulakow«, sagte er, »er ist der einzige Mensch, der alles aufdecken kann, ein Besessener, Geistesgestörter, Besitzer von Luftschlössern – er allein!«

Und er erzählte, sein Gesicht so nahe an Kukowerow gerückt, als wollte er die Worte ausstrahlen, alles über Iwan Kulakow.

Kukowerow hörte zu, derweil trug seine rechte Hand hastig in sein Notizbuch ein, was der Reporter ihm sagte. Und vor dem Fenster die südliche Nacht – Elektrische quietschten, herbstlich satte Brisen wehten zum Fenster herein, und ein lindes Lüftchen strich kühlend um die Stirn des Reporters. Schließlich war er am Ende.

»Fahren Sie nun zurück, Berloga«, sagte Kukowerow. »Morgen früh komme ich zu Ihnen und erledige alle Formalitäten für Ihre Freilassung. Ich brauche Sie, sehr sogar. Sind Sie einverstanden, eine Zeitlang mit mir zu arbeiten? Grundsätzliche Voraussetzung wäre allerdings: keinerlei Geschwätzigkeit, keinerlei Sensationen. Zur Arbeit in der Zeitung kehren Sie erst nach Abschluß dieses Falls zurück. Bis zu diesem Moment zahle ich Ihnen Ihr monatliches Gehalt. Woher ich komme und wer ich, außer dem Ingenieur Kukowerow, sonst noch bin – das erfahren Sie in Kürze.«

»Ich werde alles tun, was Sie von mir verlangen«, sagte Berloga aus tiefstem Herzen.

Sie schüttelten einander die Hand. Der Pfleger aus dem Krankenhaus, welcher die Bierkneipe weidlich genossen hatte, wartete unten. Derselbe Phaëton brachte ihn und Berloga zurück. Kukowerow trat auf den Balkon und sah zu, wie sie sich in die Kutsche setzten. Warm und sanft umschmiegte die Nacht sein Gesicht. Es war stockfinster, am dunklen Himmel blähten sich riesige Sterne. Dann bemerkte er, daß, gleichsam von den Straßenlaternen ausgehend, ein rosa Dunst durch die Nacht drang, ein rosa Dunst verlieh dieser Nacht riesige, sanfte Fittiche, und auf einmal schlängelten sich durch den rosa Dunst in der Ferne unbekümmerte rote Feuerzungen. Das dumpfe Geläute einer uralten provinziellen Sturmglocke irgendwo am Stadtrand geleitete diesen immer rötlicheren Flug der Nacht.

9

NEUNTES KAPITEL

ZUM ARBEITSAMT!

von Isaak Babel

Kukowerow war am zweiundzwanzigsten August in Slatogorsk angekommen. Am fünfundzwanzigsten um acht Uhr abends begehrte er Einlaß am Zaun der Strukschen Villa. Dieser Zaun erinnerte bekanntlich an verschlungene Lianen im tropischen Urwald oder an ein Geknäuel versteinerter, hypnotisierter Schlangen. Bei näherer Betrachtung erwies er sich als Gitter aus Holzstäben, die silbrig gestrichen waren. Kukowerow wartete bange auf den Augenblick, da die Zaunstengel, die Lianen und Schlangen, sich auseinanderschieben würden. Danach, d.h. nachdem die hypnotisierten Schlangen sich auseinandergeschoben hätten, müßte sich im Zaun bekanntlich ein Durchgang bilden oder, genauer gesagt, eine Allee, und diese müßte enden vor einer automatischen Tür ohne alle Türgriffe, aber aus Nußbaumholz. Diese Tür wiederum führte, in der hitzigen Phantasie Berlogas, zu einer Kluft, welche ausgekleidet war mit einem jedermann unbekannten blauen Stein, durchzogen von roten Äderchen.

Statt der ausgekleideten Kluft tauchte indes vor Kukowerow ein verzwickt frisierter Bursche in einem Barchenthemd und großen, knarrenden Soldatenstiefeln auf. Am ausgestreckten Arm des Burschen baumelte wie an einer Stange ein Jackett. In der anderen Hand hielt er ein Fläschchen mit Benzin. Der Bursche entfernte mit dem Benzin offenbar Flekken aus dem Jackett. Daran konnte es nicht den geringsten Zweifel geben.

»Was wollen Sie?« fragte der Bursche.

»Bürger«, sprach Kukowerow feierlich, »heute um sechs Uhr neun habe ich Mister Struk ein Blitztelegramm geschickt. Selbiges enthielt die Frage, ob Mister Struk mich um acht Uhr empfangen könne.«

»Der Herr ist, glaub ich, in die Garküche rübergegangen«, sagte der Bursche, spuckte auf das Jackett und verrieb die Spucke mit einem benzingetränkten Lappen, »vielleicht ist er auch daheim … Gehn Sie die Treppe rauf, dann nach rechts, dann gradeaus, immer gradeaus …«

Die Tür öffnete sich, und Kukowerow trat ins Vestibül. Hier führte bekanntlich eine messingglänzende Metalltreppe hoch hinauf.

»Aber, Freund, die läuft ja von alleine!« sagte der Ingenieur bange.

Doch statt einer Antwort starrte der Bursche gierig auf die Papirossa, die Kukowerow sich anzündete.

»Dürft ich Sie vielleicht um eine Papirossa schädigen, Bürger?« murmelte er, und als er eine bekommen hatte, blies er den Rauch aus Mund, Nasenlöchern und quasi auch aus den Augen …

»Vorgestern ist sie noch gelaufen«, sagte er, wobei ihn der Rauch in Ohrennähe umrankte, »aber gestern ist sie verreckt. Der Bohnermann ist draufgefallen, da war's aus mit ihr. Jetzt läuft sie nicht mehr, und der Herr hat auch befohlen, daß sie stehenbleibt. Soll sie doch stehen, bis sie schwarz wird, hat er gesagt, ich muß jetzt der Frau des Bohnermanns Sozialversicherung zahlen, und die Gewerkschaft schleift mich von einem Gericht zum anderen, ich hab schon genug Jahre auf dem Buckel, mir geht's gegen den Strich, der Bohnerfrau was zu zahlen, auf die Art bin ich mein Geld bald los …«

Der Bursche erwies sich als ausgesprochen redseliger Raucher. Kukowerow konnte sich kaum vor ihm retten. Er rannte die Treppe hoch, die unermüdlich mit den Messingteilen glänzte, durchmaß den Korridor, auf dem überall kaputte Kübel für subtropische Pflanzen standen, und stürmte in den runden Saal, der bekanntlich einen Durchmesser von drei Saschen hatte. Es war jener Saal, in dessen Mitte einst ein kleiner Springbrunnen mit bizarr überkreuzten Wasserstrahlen geschäumt und gezischt hatte. Diesmal war er stumm, so stumm wie jeder Springbrunnen, der den Bürgerkrieg durchgemacht hat. Unweit davon saß an einem Kartentisch eine runzlige Alte in prunkvoller Samtrobe. Ihre Runzeln waren mit lila Puder bepudert, die Haare mit violetter Farbe gefärbt.

»Gnädige Frau, könnte ich …«, begann Kukowerow gemessen, doch die alte Dame unterbrach ihn und reichte ihm mit majestätischem, gelassenem Lächeln einen Fragebogen in französischer Sprache.

»Füllen Sie erst den Fragebogen aus«, sagte sie, ebenfalls auf französisch, »der Zweck Ihres Kommens, die Bestätigung, daß Sie keinen fotografischen Apparat mit sich führen und keine Geheimnisse ausplaudern …«

»Hölle und Schwein!« ertönte da hinter Kukowerows Rükken eine dünne, nuschelnde, gekränkte Tenorstimme. »Verdrehen Sie den Leuten wieder mit diesen Fragebögen den Kopf?«

Der Ingenieur wandte sich um. Vor ihm stand ein glattrasierter, gutgekleideter Greis mit schlaffem Bauch und großer Nase.

»Ich werd hier von Teufeln gepiesackt«, schrie der Greis vorwurfsvoll, warf den Mund zu bitteren Kinderfalten auf und begann fast zu weinen, »und Sie lungern mit Donner einen ganzen Monat in Moskau herum ... Ich werd hier von Teufeln gepiesackt«, schrie der Greis noch einmal und begann wieder fast zu weinen.

»Mister Donner wurde aufgehalten«, sagte Kukowerow betreten und verneigte sich, »er antichambriert noch in der Konzessionshauptverwaltung.«

»Konzessionshauptverwaltung, Konzessionshauptverwaltung«, murmelte Struk. Tränen traten ihm in die Augen, und plötzlich drohte er der violetten Alten mit der Faust. »Hölle und Schwein, Fürstin!« quäkte sein weinerlicher Tenor, »Sie bringen mich noch ins Grab!« Er trippelte auf seinen großen alten Füßen ins Zimmer zurück, und sein Bauch schaukelte schlaff hin und her, wie eine Fahne bei windstillem Wetter.

Drei Stunden dauerte Kukowerows Unterredung mit dem Millionär. Drei Stunden später trat er aus dem Kabinett – als Sekretär von Mister Struk. Der Ingenieur hatte nämlich eine Empfehlung von Donner mitgebracht, dem Vorsitzenden der russisch-amerikanischen Handelskammer. In diesen drei Stunden erfuhr Kukowerow, daß Struk aus dem Kleinbürgertum der Stadt Belostok im Gouvernement Grodno stammte, sein Vermögen in Amerika mit Kriegslieferungen gemacht und bisher bloß die Konzession für eine Knopffabrik in Moskau erhalten hatte. Was den Altai angeht, also, vom Altai weiß er überhaupt nichts und interessiert sich auch nur für eine Traktorenfabrik im zentralen Teil der Sowjetunion. Traktoren sind schließlich keine Knöpfe! Machen sich die Sowjets über einen lustig, oder was? Knöpfe sind schließlich keine Traktoren! Außerdem erfuhr Kukowerow, daß Bachmetjew, ehem. zaristischer Botschafter in Amerika, die Schuld an Mister Struks Unglück trug. Der Greis war so unvorsichtig gewesen, vor der Abreise in die UdSSR Bachmetjew von seinem Vorhaben zu erzählen. Der ehem. Botschafter gab ihm darauf den Rat, als Verwalter den ehem. Baron Mengden, als Sekretärin die ehem. Fürstin Abamelek-Lasarewa und als Architekten den ehem. Militäringenieur General Duchowskoi zu engagieren. Dieser ehem. Militäringenieur, der, wie sich herausstellte, von Oktober 1917 bis Mai 1925 arbeitslos gewesen war und in der ganzen Zeit kein Geldstück im Wert von mehr als zehn Rubel auch nur von weitem gesehen hatte, der ließ, nachdem er zweihundertfünfzigtausend Rubel zum Bauen erhalten hatte, für dieses Geld schnellstens den Springbrunnen mit den hypnotisierten Schlangen und die selbstfahrende Treppe errichten – »ich werd von Teufeln gepiesackt, wenn ich diese Villa seh, graue Haare hab ich gekriegt …« Und die ehem. Fürstin Abamelek-Lasarewa – sobald diese sich als Herrin über Kartentisch und Telefon fühlte, kleidete sie sich unverzüglich in uralten Samt, färbte sich lila und violett und orderte Fragebögen auf französisch. Was jedoch den Verwalter angeht, den ehem. Baron, der erledigte die ihm erteilten Aufträge folgendermaßen: Als »persönliche Sekretärin« brachte er aus einem Filmstudio Dina Kamenezkaja zu Struk. Nachdem dieses Frauenzimmer fürs erste 25 Tscherwonzen erhalten hatte, nannte sie sich Elita, kaufte sich metallfarbene

Schuhe und einen Chauffeursanzug, entfernte mit irgend so einer persischen Creme die Haare am ganzen Körper außer am Kopf, erklärte sich für unschuldig und begann den Greis zu überreden, ihm stünde wohl an, sich mit der höchsten Form von Wollust zu geißeln, der Wollust der Entsagung … »Und das in meinem Alter, in meinem kranken Alter!« Überraschend war Dina nach Armawir abgereist, zu Filmaufnahmen für ein utopisches Drama, dessen Handlung in einem ungeheuer industrialisierten Land des Jahres 2000 spielt. Dieses war der erste Streich des ehem. Barons, sein zweiter Streich hatte zu tun mit so einer albernen Geschichte um so ein albernes Papier … In Amerika zahlt man für ein derartiges Papier 25 Rubel, und damit hat sich's, doch der ehem. Baron … O Kummer über Kummer!

Und darum, »my dear Kukowerow, besorgen Sie mir Leute beim Arbeitsamt, Leute, die vom Oktober 1917 an keine Minute arbeitslos waren, keine einzige Minute!«

Acht und drei gibt elf. Nicht zwölf, was natürlich langweilig ist, doch auch die Zahl elf befriedigt vollauf. Darum verabschiedete sich Kukowerow Punkt elf von Struk und schritt rasch in Richtung auf sein Hotel. Er hegte die Absicht, unterwegs an einem Obststand Pfirsiche zu kaufen, da Slatogorsk bekanntlich an gesegneten Herbsttagen von satter Wärme und Pfirsicharoma erfüllt ist, seine Obststände stets mit Trauben behangen sind und wilden, erregenden Gemüsegeruch verströmen. Doch ach! am Obststand gab es nichts außer getrockneten Pflaumen. Nichts, rein gar nichts.

ZEHNTES KAPITEL

VORAHNUNGEN

von Feoktist Beresowski

Ob es alte Gewohnheit war oder vom Vater ererbt, daraus konnte Pantelejmon Iwanytsch nie recht klug werden. Zechte er eine Woche lang – es kam auch vor, daß er zwei Wochen aus dem Haus verschwand –, überfiel ihn jedesmal für mehrere Tage eine reuevolle Stimmung. Unruhe umklammerte wie eine Zange seine Brust, ihn marterte Schwermut.

So auch diesmal. Nach dem Telegramm von Bruder Iwan hatte er in Moskau eilends die Firmengeschäfte geregelt, war nach Slatogorsk zurückgekehrt, hatte Sonetschka eine Riesenszene gemacht und dann zwei Wochen durchgezecht.

Erst brauste er mit Elita Struk im Automobil von einer Vorstadtspelunke zur anderen; nach Elitas Abreise trank er mit Freunden in Restaurants, Bierkneipen und auf Datschen, umgeben von Schauspielerinnen, Zigeunern und Prostituierten. In Hotelzimmern und bei unverheirateten Freunden hatte er zwischendurch geschlafen.

Und nun tappte er schon den dritten Tag durch seine Wohnung, in Schlappen und einem weiß-grün gestreiften turkestanischen Seidenschlafrock, strählte mit seinen Wabbelfingern das graue Bärtchen und strich sich den ebenso grauen Haarsaum auf dem nackten, rosaglänzenden Kopf, als wollte er sich vergewissern, daß die Reste seines einstigen Haarschopfs unversehrt geblieben waren; er seufzte tief, bewegte die dünnen bleichen Lippen, und von Zeit zu Zeit bekreuzigte er sich.

Die Geschichte von Sonetschka mit Prejtman hatte sich als Ausgeburt der kranken Phantasie von Bruder Iwan erwiesen, welcher nicht ohne Pantelejmon Iwanytschs Beihilfe im Irrenhaus gelandet war. Pantelejmon Iwanytsch war sich durchaus bewußt, daß Sonetschka, sosehr sie auch schmollte, ihm ja doch vergeben würde, und das Leben käme wieder ins alte, ausgefahrene Gleis. Ein wenig beunruhigte ihn sein beträchtlicher Rückstand bei den Steuern. Doch Mister Struk hatte sich gebrüstet, er habe einen neuen Sekretär, der »alles fertigbringt«. Pantelejmon Iwanytsch war voller Unruhe und Schwermut. Ihn quälten unklare Vorahnungen. Und er erwartete ein Unglück.

Er entsann sich seines seligen Vaters, eines vierschrötigen alten Sibiriers, dessen Saufgelage stets einen Monat gedauert hatten; danach schlief er seinen Rausch aus und erhob sich, als wäre nichts gewesen, leerte eine Kanne Gurkenlauge, schwitzte vier Stunden in der Sauna und stürzte sich gewiß dreimal von der obersten Bank direkt in den Schee. Und mit neuer Kraft, nicht im geringsten zerknirscht, wickelte er seine Millionengeschäfte ab.

Pantelejmon Iwanytsch entsann sich des Alten und empfand Rührung. Wäre er nicht gewesen, wäre niemandem in den Sinn gekommen, die Geschäfte während der Wirren zu liquidieren und fast das gesamte Barvermögen auf ausländische Banken zu transferieren. Die ganze Familie wäre jetzt bettelarm. Der Selige aber setzte seine harte Linie durch. Als er den letzten Banküberweisungsschein erhalten hatte, schritt er über die Schwelle seines Moskauer Hotelzimmers und schlug, purpurrot im Gesicht, krachend zu Boden. Und stand nicht mehr auf.

Pantelejmon Iwanytsch blieb vor der silbergefaßten kleinen Ikone stehen, die im vorderen Winkel des mit Eichenmöbeln ausstaffierten Eßzimmers hing, bekreuzigte sein faltendurchzogenes rosa Gesicht und sagte laut seufzend:

»Herr im Himmel, vergiß meinen Vater nicht ... deinen Knecht Iwan ... laß ihn nicht entgelten ...«

Wie ein überbrühter rosa Krebs kroch er, in den gestreiften Seidenfetzen gehüllt, durch die Zimmer, schlurfte mit seinen Schlappen übers Parkett; immer wieder kehrte er in Gedanken zu den Steuern und dem großen Geschäft mit den Konzessionen zurück; ihm fiel das Gerede der Familie über Bruder Iwans letzte Tage ein, die dieser in Gesellschaft des Zeitungsschreibers Berloga verbracht hatte; und er sann über Elita Struk und seine jüngste geschäftliche Bekanntschaft mit Seufzer-Lenka nach. Er fühlte, daß ihn von neuem Unruhe überkam, ihm von neuem Schwermut am Herzen nagte. Durch die leere, wie ausgestorbene Wohnung tappte er und stammelte unsteten Blickes Gebete, die er noch aus seiner Zeit als Vorsteher der Kathedralsgemeinde auswendig konnte.

Er betrat sein Kabinett. Brachte das blakende ewige Lämpchen vor dem reichvergoldeten Heiligenschrein in Ordnung. Aus seiner Brust verdrängte er die Unruhe, aus seinem Kopf die sündigen Bilder und fiel auf die Knie. Weit ausholend bekreuzigte er sich, beugte die Stirn bis zum kalten Parkett. Und stammelte:

»Herrgott, mein Leben ist in deiner Hand … der Geist des Müßiggangs und der Verzagtheit … behüte mich …«

In seinen Kopf aber drängten beharrlich Elita und die Zigeunerinnen, mit denen er sich zwei Wochen verlustiert hatte.

Vor der Tür waren Schritte zu hören. Pantelejmon Iwanytsch sprang auf, und da er am Klappern der Absätze seine Frau erkannte, setzte er ein freundliches Lächeln auf. Sonetschka aber zürnte nicht mehr. Mit ihren langen, schmalen Händen schob sie die Portiere auseinander, trat ins Kabinett, blieb neben dem schwedischen Schreibpult stehen und sagte geschäftig:

»Eine Frau will zu dir. Ihren Nachnamen verrät sie nicht. Sagt: Richten Sie einfach aus – Jelena. In einer Angelegenheit, die Pantelejmon Iwanytsch und Mister Struk betrifft …«

Kulakow zuckte zusammen. Schlug die Augen nieder. Sein Gesicht verfinsterte sich, mit hüpfenden Fingern fuhr er sich durch den aschfarbenen Bart und murmelte:

»Mascha soll sagen, ich bin nicht da … Komme erst später … Ein andermal …«

Sonetschka stand an der Tür – eine Hopfenstange, der man einen rosa Seidenkittel wie eine griechische Tunika umgehängt hatte, so stand sie da und wartete noch auf etwas.

Pantelejmon Iwanytsch begriff, daß seine Frau ihm nicht mehr übelwollte. Darum schrie er gereizt:

»Na, sag eben – irgendwas! Ich kann nicht … empfange nicht … kapiert? Soll gegen Abend kommen!«

Sonetschka maß mit ihren grauen Augen die gestreifte Gestalt des Gatten, einen Moment verweilte ihr Blick auf seinem rosa Gesicht mit den Falten und Tränensäcken, dann drehte sie sich stracks um und verließ schweigend das Kabinett.

Pantelejmon Iwanytsch aber schlurfte auf seinen Schlappen aus dem Kabinett in den Korridor, von dort in den blauen Salon. Schlurfte und knurrte dabei:

»Mister Struk, Mister Struk … Sauhund! Wär ich denn dein Freund, hättst du keine amerikanischen Millionen …«

Vor dem Ripsdiwan blieb er stehen, unterdrückte die erneut aufwallende Unruhe und seufzte:

»O Gott, wer ist ohne Sünde … verzeih, o Herr, in deiner großen Güte … Auch das ist Politik …«

Und plumpste auf den blauen Rips. Lange saß er so, unterdrückte seine Unruhe und dachte über ein großes und schwieriges Geschäft nach – den Altai und die Strukschen Konzessionen.

Der Abend rückte heran.

Es war zwar immer noch warmes Wetter, doch die Fenster der Wohnung blieben geschlossen.

Zuweilen drang aus der Stadt das ferne und dumpfe Gerumpel der Straßenbahnen in den Salon. Und vom Zaun herauf schallte eine träge Jungenstimme:

»Gebackene Birnen … Gebackene Zuckerbirnen …«

Walentina Petrowna durchquerte den Salon.

Von Schwermut, bösen Vorahnungen und Furcht überwältigt, rief Kulakow ihr nach:

»Walentina, schick Sonetschka zu mir …«

Ohne sich umzuwenden, gab sie knapp zurück: »Gut …«

Die Minuten zogen sich lang und schrecklich quälend dahin.

Endlich war Absatzgeklapper zu hören. Sonetschka, stolz aufgereckt und platt wie ein Brett, trat in den Salon und fragte:

»Na? Was ist?«

»Na, was ist«, äffte Pantelejmon Iwanytsch sie ärgerlich nach, da er sich endgültig von der versöhnlichen Stimmung seiner Frau überzeugt hatte. »Der Tisch muß gedeckt werden … Foma Strukow schneit bald herein …«

»Das hat Zeit, ist nicht deine Sorge«, schnitt ihm Sonetschka ebenso ärgerlich das Wort ab. »Mistär Struk ist nicht das erste Mal unser Gast.«

Um ihre kulturelle Überlegenheit über den Gatten zu beweisen, sprach Sonetschka alle E's in fremdländischen Worten als Ä aus.

Pantelejmon Iwanytsch erkannte, daß Sonetschka nur noch der Form halber böse war.

Er blickte auf die Fenster, zu denen violette südliche Dämmerung hereinkroch, und mit derselben verärgerten, vom langen Trinken heiseren Stimme befahl er:

»Fahr auf – gedörrten Stör, Gürkchen, Pilze … Hol aus meinem Kabinett, du weißt doch, ein Fläschchen von dem französischen Cognac …«

Sonetschka zog verwundert die gefärbten Brauen hoch:

»Mistär Struk trinkt doch gar nicht …«

»Hol ihn der Teufel … soll er doch … ich selber …«

Sonetschkas vertrocknetes Pferdegesicht wurde im Nu so bleich, daß unterm Puder die Sommersprossen hervortraten, und von den karminroten Lippen löste sich ein Schreckensschrei: »Schon wieder?«

Pantelejmon Iwanytsch wandte den Blick ab, schlug die Schöße des gestreiften Schlafrocks übereinander und murmelte besänftigend:

»Jammere nicht … Ein Gläschen für den Seelenfrieden … das bringt mich nicht um …«

Er drehte sich zum Fenster und murmelte weiter:

»Die Schwermut hat mich gepackt ... so eine Unruhe ... Verdammt!«

Er schwieg. Und ohne sich umzuwenden, fragte er seine Frau:

»Was ist mit Iwan, hast du nichts gehört?«

»Der Professor sagt, er hat progressive Paralyse«, antwortete Sonetschka. »Und der Doktor meint, er hätte eine Psychose, die sich wieder geben kann ...«

Pantelejmon Iwanytsch riß den Blick vom Fenster los und rannte schimpfend durch den Salon:

»Der spielt doch bloß den Blöden, der gemeine Kerl! Ist einer ein Schuft, nutzt auch Bildung nichts. Vater und ich haben das Vermögen erworben, haben ihn was werden lassen, aber er, der Lump – nun gerade! Meine ganze Klasse, sagt er, werd ich entlarven, bis sie vom Erdboden ausradiert ist ...«

In dem Moment schnaubte nahe beim Haus ein Automobil. Und im Vorzimmer erklang das Getriller der elektrischen Klingel.

Sonetschka stürzte aus dem Salon in den Korridor und weiter ins Vorzimmer. Aus der Küche hörte man auch das Dienstmädchen hinrennen.

Pantelejmon Iwanytsch wurde von unerklärlicher Furcht ergriffen.

Mit zitternden Händen betatschte er bald den einen, bald den anderen Schoß seines Schlafrocks, klapperte mit den Zähnen, starrte mit kreisrunden Augen zur Tür, durch welche die Katastrophe ins Haus kommen mußte. Gespannt wartete er auf das Unglück.

Doch statt des Unglücks und der Katastrophe schlug im Vorzimmer Sonetschkas tiefe, fröhlich vibrierende Stimme an:

»Pantelejmon! Schatz! Begrüße unseren lieben Gast … Mistär Struk ist da …«

Es war noch nicht einmal sieben Uhr, doch Slatogorsk umhüllte so schwarze Finsternis, daß der Himmel wie pechbeschmiert tief auf der Stadt zu hängen schien. Über die Trottoire schlenderte eine bunte und erregt summende Menschenmenge. In den Bierkneipen, deren Fenster offenstanden, wimmerten quäkend die Geigen.

Das Haus, in dem die Kulakows wohnten, stand am Hang. Aus dem Eßzimmer war das ganze Stadtzentrum zu überblikken, das jetzt wie eine riesige Pfanne aussah, auf der weißglühende Kohlen verstreut lagen.

Längst waren die geschäftlichen Gespräche zu Ende. Längst waren Pantelejmon Iwanytsch und Mister Struk aus dem Kabinett ins Eßzimmer übergewechselt, plauderten mit den Damen und vertilgten den üppigen Schmaus, und jeder trank, wonach ihm der Sinn stand: Struk Kaffee, Sonetschka Madeira, Walentina Petrowna und Pantelejmon Iwanytsch geschmuggelten französischen Cognac.

Pantelejmon Iwanytsch hatte sich in Schale geworfen; er trug ein gestärktes Hemd zum schwarzen Anzug.

Schon leerte er das dritte Glas, fühlte aber, daß alles vergebens war. Schwermut, Unruhe und seltsam drückende Vorahnungen verließen ihn nicht.

»Ein Zuckerpüppchen hast du da, kann ich dir sagen … Und der Name, also, eine Schäkerei! In meinem Zustand kann ich den gar nicht aussprechen …«

Er wandte sich an seine Frau.

»Wie war das noch mal, Sonetschka? Na? Sag's doch!«

Sonetschka reichte Struk Kaffee und schlichten Zwieback,

ohne den der Alte sich nicht zu Tische setzte, und sagte affektiert, mit tiefer Bruststimme:

»Was ist schon Besonderes dran … ein ganz normaler Name … Elit, ein schöner, klangvoller Name …«

Da sie ihrem Gatten eins auswischen und dem langnasigen, aufgeplustert dasitzenden Greis schmeicheln wollte, fügte sie schalkhaft hinzu:

»Dem einen gefällt nun mal Elit, dem anderen Pan-te-lej-moon …«

»Au, das sitzt!« gab Pantelejmon Iwanytsch ebenso schalkhaft zurück. »Dumme Gans!«

»Schwatz nicht«, wies Struk ihn zurecht, knabberte am Zwieback und nippte am Kaffee. »Die Leute könnten über mich alten Mann Gott weiß was denken. Den Papieren nach ist sie schließlich meine Enkelin.«

Sonetschka und Walentina Petrowna wechselten vielsagende Blicke und lächelten sich zu.

Pantelejmon Iwanytsch aber horchte auf einen immer stärker anschwellenden Gesang und fuhr fort:

»Nein, alles, was recht ist, Foma, deine Wahl kann ich nur gutheißen. Ein Weib wie Feuer! Wenn die so weiterarbeitet und wenn in Moskau alles klappt, verblüffen wir nicht nur ganz Rußland, dann redet alle Welt von uns …«

Nun senkte er seine heisere Stimme:

»Und wie ist dein neuer Sekretär? Dieser Kukowerow?«

»Der arbeitet vortrefflich.«

»Und hast du auch erfahren, ob er wirklich Ingenieur ist? Glaubst du ihm?«

Der Alte schob die Tasse weg, zog die Serviette aus dem gestärkten Kragen, lehnte sich zurück und erwiderte entschieden:

»Jetzt vertraue ich Kukowerow wie mir selbst. Fachleute haben seine technischen Kenntnisse überprüft. In Moskau kennt er sämtliche Hintertüren, und seine politische Zuverlässigkeit wurde von allen Seiten durchleuchtet. In der Hinsicht habe ich keinerlei Sorgen …«

Mister Struk schwieg. Er lauschte auf den offenbar in der Nähe tosenden Gesang einer riesigen Menschenmenge. Und fügte noch überzeugter hinzu:

»Demnächst werden wir wohl doch die Konzession unterzeichnen. Dann schicken wir ihn fort.«

Pantelejmon Iwanytsch wiegte den Kopf.

»Ach, Foma! Mir steht's nicht zu, dich zu belehren. Du und mein seliger Vater, ihr habt euch nie ein X für ein U vormachen lassen. Trotzdem, sei auf der Hut! Die Bolschewiken sind mit allen Wassern gewaschen, die wühlen sich überall rein, nicht nur in die Herzen der Menschen …«

Kulakows Stimme zitterte, er brach ab. Im Eßzimmer wurde es still.

Von draußen aber drang das Gedröhn von abertausend Tritten, die schwer aufs Pflaster schlugen.

Mister Struk ließ den Blick seiner tiefliegenden gläsernen Augen von Kulakow zu den Damen wandern und wieder zurück; auf ihren Gesichtern las er Schrecken und Unruhe und konnte nicht begreifen, was los war.

Sonetschkas Sommersprossen traten wieder unterm Puder hervor. Walentina Petrowna rang die Hände und knackte mit den Fingern. Und auf Pantelejmons rosa Glatze bildeten sich Schweißtropfen, sein Gesicht wurde blau, die Augen kreisrund.

»Was ist denn, Herrschaften?« fragte Mister Struk verwirrt. »Was ist los?«

Doch niemand antwortete ihm,

Wie auf Kommando sprangen alle vom Tisch auf, stürzten zu den Fenstern und schauten, die Arme auf die Fensterbretter gestützt, vom ersten Stockwerk hinab auf die dunkle Straße, durch die von der Ecke eine tausendköpfige Arbeitermenge zog.

Im gelben Widerschein der Straßenlaternen loderte über den vorderen Reihen eine purpurrote Fahne, und ein metallischer Tenor schwang sich in die Lüfte:

Gräben voller Schützen
Im Feuer der Haubitzen,
Doch die rote Kompanie fürchtet sich nie!

Das nächtliche Dunkel, durchtränkt von der stickigen Fäule abgefallener Blätter und dem reifen Herbstgeruch von Gemüse und Früchten, barst von dem Gebrüll aus aberhundert kräftigen Kehlen:

Wir schreiten kühn voran
In die Schla-acht,
Und sterben wie ein Mann
Für die Sowjetma-acht …

Die schwarze Riesenmasse mit den schwankenden Fahnen zog rasch, im Takt marschierend, an den Fenstern der Kulakows vorüber. Nicht die Stiefel der Menschen schienen auf das Pflaster zu krachen, sondern dichte Gewehrsalven.

Über das Fensterbrett gebeugt, fühlte Pantelejmon Iwanytsch, daß ihn heftiges Fieber schüttelte.

Von seinen ausgetrockneten Lippen löste sich ein Flüstern und fiel in das Dunkel der Straße:

»Da! Es fängt an! Die Arbeiter … aus unserer Fabrik … die Eisenbahner … die aus Strugaljowka … alle! Gesindel! In Rotten stehen sie auf … alle Pläne brechen zusammen … alles ist aus … alles …«

Niemand hörte sein Flüstern.

Als die singende Menge vorübergedonnert war und sich in Richtung auf das Stadtzentrum entfernte, huschte um die Ecke der leeren Straße der schwarze Schatten einer Frau. Sie trug einen kurzen Rock, Hut und pelzbesetzten Mantel, in der Hand hielt sie einen Schirm. Mit einem Sprung war sie am Eingang des Kulakowschen Hauses und verschwand im finsteren Korridor. Oben blieb sie vor der Wohnung der Kulakows stehen und drückte rasch den elektrischen Klingelknopf.

Mascha fragte hinter der Tür hervor: »Wer da?«

»Ich bin's«, antwortete Seufzer-Lenka, »Jelena …«

»Aah«, sagte Mascha gedehnt. Das Türschloß klickte.

Mascha riß die Tür auf, ließ Lenka herein und sagte:

»Bitteschön … Der Herr ist zu Hause … Sie werden erwartet. Der Amerikaner ist auch da …«

11

ELFTES KAPITEL

DER DOPPEL-GÄNGER

von A. Soritsch

Als Ingenieur Kukowerow um vier von Struk in sein Hotel zurückkehrte, erblickte er an der Kreuzung Gogol- und Chausseestraße beim Zeitungskiosk einen Mann mit Gummimantel und in den Nacken geschobener Mütze. Der Mann verlangte »Ogonjok«, schlug die Zeitschrift auf und stellte sich in die Warteschlange an der Straßenbahnhaltestelle. Er schien aufmerksam die Seiten durchzugehen, sah hin und wieder auf und ließ den Blick gleichgültig über den Gehsteig gleiten; der war zu dieser Stunde überfüllt mit Menschen, die vom Dienst heimkehrten.

Ingenieur Kukowerow trat ebenfalls an den Kiosk und verlangte ebenfalls die Zeitschrift; er warf, während der Verkäufer das Wechselgeld abzählte, einen raschen, prüfenden Blick auf die Warteschlange und schaute sich von hinten den Mann mit Gummimantel und in den Nacken geschobener Mütze an: Der Mann hielt die Zeitschrift, in der er so aufmerksam las, verkehrt herum in den Händen!

Kukowerow nahm das Wechselgeld, bog um die Ecke und

ging ohne Eile die Chausseestraße hinunter, dabei blieb er ab und zu vor einem Schaufenster stehen. In den spiegelnden Scheiben waren die Straße und der gegenüberliegende Gehsteig zu sehen; auf der anderen Seite ging langsam der Mann mit Gummimantel und in den Nacken geschobener Mütze und blieb ebenfalls vor Schaufenstern und Litfaßsäulen stehen. Beim alten Griechen vor dem Druckerklub, an dessen Stand eine Tafel mit der Inschrift hing: »Snellreparatur von Suhsohlen, auch Snürsenkel«, ließ Kukowerow sich die spitzen braunen Halbschuhe putzen; der Mann mit Gummimantel auf der anderen Straßenseite kaufte sich eine Mohnpirogge, und auf einem Eisenpfosten am Eingang des Stadtgartens sitzend, kaute er daran lange und träge. Der Grieche war mit dem Schuheputzen fertig, tippte mit seinem knochigen schwarzen Finger auf die glänzende Schuhspitze und steckte das Zehnkopekenstück, nachdem er es mit einem weichen Lappen abgerieben hatte, in seine Kiste. Kukowerow schritt nun sehr rasch die Straße hinunter und bog hastig um die Ecke. Es gibt eine primitive, jedem Geheimagenten bekannte Regel für die Beschattung und Beobachtung auf der Straße. Wenn der beschattete Mensch um eine Ecke biegt, muß der Beschatter in Gedanken die Zeit abmessen, die der andere, je nach Gangart, braucht, um fünfzehn oder zwanzig Schritte zurückzulegen, erst danach darf er selbst um die Ecke schwenken, damit jene minimale Distanz nicht verringert wird, die stets zwischen beiden gewahrt bleiben muß.

Als Kukowerow um die Ecke bog, blieb er gleich an einem Fallrohr stehen und schlug, gespannt zur Seite blickend, die Zeitschrift auf. Zwei Minuten später tauchte der Mann mit Gummimantel auf; er warf einen lauernden Blick über die ganze Straße, und als er Kukowerow bemerkte, ging er ohne Hast weiter.

Diesem Menschen begegnete Kukowerow, bei seiner Rückkehr von Struk, schon zum vierten Mal; in dem Zusammenhang fiel ihm ein, daß die Geschäftspapiere in seinem verschlossenen Schreibtisch bei Struk jeden Morgen in einer anderen Reihenfolge lagen, daß von seinem Telefonapparat in der sonderbaren Villa gleich am ersten Tag nach seinem Arbeitsantritt unter einem Vorwand eine Zweigleitung in die hinteren Zimmer gelegt worden war, die er noch nie betreten hatte, schließlich fiel ihm auch die übertriebene und unangenehme Freundlichkeit ein, die Struk ihm gegenüber an den Tag legte, und damit war für ihn offenkundig, daß er bespitzelt wurde.

Spöttisch schmunzelnd, setzte er sich in eine Droschke und fuhr zum Hotel Bellevue. Der Boy in der betreßten Livree, der einem Chorsänger glich, begrüßte ihn mit jenem zuvorkommenden Lächeln, mit dem in Hotels die ständigen Gäste bedacht werden, welche die besten Zimmer belegen.

»Haben Sie wieder etwas vergessen?« fragte der Boy und wischte beflissen die Staub- und Farbflecken ab, die sich der Ingenieur an der Ecke bei dem Fallrohr geholt hatte.

»Nein, wieso? Nichts habe ich vergessen«, erwiderte Kukowerow ein wenig verwundert, maß der Frage jedoch keine Bedeutung bei und stieg zu seinem Zimmer hinauf.

Ohne abzulegen, schritt er zum Telefon und ließ sich die Nummer sechs vierundachtzig geben.

»Hallo«, sagte der Ingenieur und fügte rasch und rätselhaft hinzu: »Der Expreß Nummer sieben, Moskau-Sewastopol?«

»Hat eine Stunde zwanzig Verspätung!« tönte es dumpf aus dem Hörer. »Ich höre …«

Leise und vorsichtig, offenbar seine Worte wägend, sagte der Ingenieur:

»Ecke Chaussee und Gogol, Chaussee und Grünanlage – was habt ihr dort? Wie? Nein, direkt auf der Straße … Genauer gesagt: ein Blonder, glattrasiert, die Stirn hoch und blatternarbig, Gummimantel, schwarze Stiefelgamaschen … Nein? Na gut. Weiter nichts. Ein Zufall, wie immer …«

Erst jetzt streifte sein Blick durchs Zimmer, und sogleich fiel ihm die seltsame Unordnung auf, die im Raum herrschte: sein Koffer war durchwühlt, das Oberste zuunterst gekehrt, und an mehreren Stellen war er mit dem Messer aufgeschlitzt; die Papiere und Sachen aus dem Koffer lagen durcheinander auf dem Boden; Kissen, Leintücher und Decke waren in eine Ecke des Betts geschoben, und aus der aufgetrennten Matratze quollen Sprungfedern, Roßhaarbüschel und Lumpen; im offenen, von der Wand weggerückten Schrank lagen Papier- und Zeitungsschnipsel, und sogar das ganze Zahnpulver war aus der Odol-Schachtel in die Waschschüssel gekippt worden.

Ingenieur Kukowerow verriegelte die Tür, schritt rasch zum runden Tischchen beim Fenster und hob den Rand des Teppichs. Er betastete etwas unter dem Teppich, dann zündete er ein Streichholz an und spähte darunter, worauf Spannung und Erregung aus seinem Gesicht schwanden. Das Tischchen stellte er wieder an seinen Platz, räumte eilig die verstreuten Sachen auf, läutete, und als der Boy von unten erschien, fragte er, wer sein Zimmer betreten oder wer in seiner Abwesenheit sich nach ihm erkundigt habe. Der Boy antwortete, erkundigt habe sich niemand und sein Zimmer habe erst recht niemand betreten können, da dies, Gott sei Dank, ein erstklassiges Hotel und keine Absteige sei, und in Abwesenheit des *Gastes*, wie der gut gedrillte Junge sagte, werde niemand es wagen, sein Zimmer aufzuschließen. Außerdem, wie dem Bürger Kukowerow wohl bekannt sei, lasse er ja nie den Schlüssel im Hotel, und das Zimmer werde auch nur in seiner Gegenwart abends gemacht. Der Boy blinkerte beunruhigt mit den weißlichen, farblosen Augen und wünschte dringend zu erfahren, was den Bürger Kukowerow zu dieser Frage veranlaßt habe.

»Ach, nichts«, erwiderte Kukowerow, »denken Sie lieber noch einmal nach, fangen wir morgens an. Um halb neun ging ich. Ja? Sie gaben mir die Zeitung und holten eine Droschke. Ja? Um halb vier rief ich an, man solle mir gegen fünf ein Bad einlassen und ein zweites Zimmer nebenan für meinen Kollegen vorbereiten. Ja? Um halb fünf kehrte ich zurück, und Sie …«

»Sie entschuldigen«, sagte der Boy mit der zufriedenen Miene eines Menschen, der zu einem nicht uninteressanten Gespräch eine treffende Bemerkung beitragen kann, »noch vor vier kamen Sie vorbei und sagten, Sie hätten in Ihrem Jackett ein Buch vergessen …«

»Was?!« rief Kukowerow und preßte gleich die glattrasierten dünnen Lippen zusammen, und an seiner Wange zuckte ein Muskel beim linken Auge. »Nachdem ich angerufen hatte?«

»Richtig«, meinte der Bursche grinsend, »keine fünf Minuten waren vergangen. Ich hab noch gesagt: Was gibt's bei uns doch schnelle Droschken! Eben haben Sie angerufen, und schon sind Sie da. Und Sie haben gesagt: Richtig, nicht jede Stadt hat solche Droschken, ein wahrer Segen. Und gingen auf Ihr Zimmer, und nach einer halben Stunde oder soundsoviel Minuten brachen Sie dann auf, und jetzt, als Sie zurückkehrten, hab ich Sie gefragt: Haben Sie wieder etwas vergessen? – Nein, haben Sie gesagt, ich komme aus einem anderen Grund. Und gingen natürlich …«

»Ja, ja«, sagte Kukowerow, nun bereits gleichgültig. »Und sonst war niemand da? Seltsam, ich erwarte einen Mann in so einem … verdammt, wie heißt das doch gleich … in einer Biberpelzjacke. Der ist nicht gekommen?«

»Nein«, entgegnete der livrierte Boy und rieb sich den Rücken am Türpfosten.

»Gut. Sie können gehen. Zimmer 23 ist bereit?«

»Jawohl!«

»Gleich kommt der Bürger Berloga und zieht dort ein.«

Als der Boy draußen war, schritt Kukowerow im Zimmer auf und ab und wischte sich die Stirn. Der Nerv an seinem linken Auge zuckte immer häufiger.

»Ruhig Blut, nur ruhig Blut«, sagte der Ingenieur zu sich selbst, durchmaß noch einmal das Zimmer, trank ein Glas lauwarmes, nach Reisigbesen riechendes Wasser aus der Karaffe und trat zum Telefon.

Er ließ sich mit der Psychiatrischen Klinik verbinden, sagte, der diensttuende Beamte des Slatogorsker Gesundheitsamtes sei am Apparat, und bat, ihm unverzüglich mitzuteilen, gegen wessen Unterschrift der Kranke Berloga entlassen und in wessen Hände er übergeben worden sei. In der Klinik gab man zur Antwort, der Kranke Berloga sei vor genau fünf Minuten entlassen worden, und ihn begleite der Ingenieur Boris Samoilowitsch Kukowerow, der auch unterschrieben habe.

»Ruhig Blut, nur ruhig Blut«, sagte Kukowerow noch einmal zu sich selbst und wischte mit dem Taschentuch die Stirn ab, die sich mit kalten Schweißtröpfchen überzogen hatte.

Sogleich griff er erneut zum Telefon, verlangte die Nummer sechs vierundachtzig, wechselte wieder mit jemand Unsichtbarem seltsame Worte bezüglich des Expreßzuges Nummer sieben, der sich um eine Stunde zwanzig Minuten verspätet habe, und sagte kurz angebunden, mit der Stimme eines Menschen, der gewohnt ist zu befehlen:

»Sofort Verbindung zur Chaussee aufnehmen. Was soll die Maskerade? Wer fährt mit ihm? Schon zehn nach fünf, warum ist er noch nicht da? Ich habe in der Klinik …«

»Er ist abgefahren«, unterbach ihn die dumpfe Stimme aus dem Hörer, und im Tonfall des Sprechenden schwang Kränkung mit, »Sie kontrollieren mich zu Unrecht, seien Sie unbesorgt. Fünf vor fünf ist er auf der Chaussee am Steinbruch vorbeigefahren, und Sie wissen genausogut wie ich, daß Sie persönlich ihn begleitet haben …«

»Halt! Hören Sie!« stieß Kukowerow nervös hervor, doch gleich darauf zischte und knackte es im Hörer, und eine gleichgültige Frauenstimme fragte:

»Sprechen Sie noch?«

»Ja, ich spreche noch, unterbrechen Sie mich nicht, hol Sie der Teufel!« schrie Ingenieur Kukowerow.

»Fluchen Sie nicht!« rügte die Telefonistin. »Sonst schalte ich Ihren Apparat ab.«

»Bitte, verbinden Sie mich schnellstens«, sagte Kukowerow leise und ballte die Fäuste, und auf seiner Stirn schwoll eine Ader, »sechs vierundachtzig.«

»Be-setzt!« gab das Fräulein vom Amt schadenfroh zurück, und wieder zischte und knackte es im Hörer.

Kukowerow hämmerte noch gut eine halbe Minute wie

besessen mit dem Fingerknöchel auf die Telefongabel; dann schmiß er den Hörer hin und riß die Schnur heraus, stürzte zur Tür und rannte, unterwegs den Mantel überziehend, an dem verdutzten Hotelboy vorbei auf die Straße, sprang in eine Droschke, die an der Ecke stand, und stieß atemlos hervor:

»Große Chaussee, zum Steinbruch, zehn Rubel.«

»Holla, Jungs!« schrie der Kutscher, richtete sich auf dem Bock auf und peitschte auf die wohlgenährten Füchse ein, die ungestüm losgaloppierten und erschreckt die Ohren anlegten.

Als sie nach achtminütiger, rasender Fahrt die letzten Elendshütten am Stadtrand passiert hatten, entlohnte Kukowerow den Kutscher und schritt, nun bereits nicht mehr eilig, die lindengesäumte Chaussee entlang. Diese war pfeilgerade, und einige Minuten später tauchte in weiter Ferne der schwarze Punkt eines rasch der Stadt zustrebenden Automobils auf. Der Punkt wurde größer und kam näher, Staubwolken aufwirbelnd, und noch eine Minute später bremste ein kleiner, viersitziger Fiat, ununterbrochen hupend, vor dem Mann, der direkt vor der Nase des Autos auf der Fahrbahn sinnlos hin und her rannte. Als der Wagen hielt, wich der Mann zur Seite, fluchend gab der Chauffeur gleich wieder Gas, und das Automobil raste weiter.

Ingenieur Kukowerow sah für einen Augenblick das fassungslose, bleiche Gesicht Berlogas aufblitzen, der etwas schrie und aus dem Auto wollte. Doch der zweite Mann, der daneben saß, packte schnell seine Hand und drehte ihm heftig den Arm um, so daß Berloga auf den Sitz zurückfiel. Die beiden Kukowerows, der auf der Chaussee und der im Automobil, blickten sich an, doch schon war der Fiat fortgebraust und wirbelte hinter sich Staub auf, weshalb es nicht einmal möglich war, die Nummer auf dem Schild neben dem roten Rücklicht des Wagens zu erkennen …

ZWÖLFTES KAPITEL

EINE GRAUEN-VOLLE NACHT

von Alexej Nowikow-Priboi

Seufzer-Lenka trat ins Haus der Kulakows und legte im Vorzimmer ab. Walentina Petrowna brachte sie schweigend ins Eßzimmer und schloß hinter ihr die Tür. Am Tisch saßen dieselben bekannten Gesichter wie beim vorigen Mal: Pantelejmon Iwanowitsch und Mister Struk. Beide standen zur Begrüßung auf, lächelten und sprachen sie freundlich an:

»Freun uns, Sie zu sehen, Jelena Petrowna!«

»Wir haben Sie längst erwartet.«

In dem dünnen braunen Wollkleid, den Lackpumps mit französischen Absätzen und den durchsichtigen Seidenstrümpfen wirkte sie wie eine schlanke, reizvolle Frau.

Pantelejmon Iwanowitsch musterte sie von Kopf bis Fuß und geriet in Entzücken:

»Wie der neue Putz Ihnen steht! Wunderbar! Ich möchte fast sagen – jetzt brechen Sie jedes Männerherz.«

Mister Struk fügte hinzu:

»Wäre ich ein Dutzend Jahre jünger, ich läge Ihnen betört zu Füßen, Jelena Petrowna!«

Seufzer-Lenka winkte kokett ab und lachte fröhlich, dabei ließ sie zwei Reihen kleiner Zähne so weiß wie Zucker sehen.

»Nun haben Sie aber genug über mich gescherzt!«

Man bot ihr einen Platz bei Tische an.

Pantelejmon Iwanowitsch wies auf eine ganze Anzahl von Flaschen und fragte: »Was darf ich Ihnen einschenken? Es gibt Madeira, Portwein.«

Mister Struk warf ein: »Ich empfehle Barsac. Den trinke ich selbst. Er hat Aroma, schmeckt und heitert das Gemüt auf.«

»Mir ist alles gleich«, gab Seufzer-Lenka zur Antwort.

Ihr gefielen alle Weine, sie probierte mal die eine, mal die andere Sorte, dazu aß sie Käse, Obst, Kuchen und Konfekt. Ihr gepudertes, von kurzen ondulierten Haaren umrahmtes Gesicht überzog sich mit heißer Röte. Aus ihren Augen sprühten violette Funken. Die Männer gingen höflich mit ihr um. Das war etwas anderes als in Strugaljowka, wo alle sie als Prostituierte ansahen. Hier fühlte sie sich als anständige Frau, nicht schlechter als andere. Außerdem spielte sie eine wichtige Rolle, zwar blind und ständig getrieben von vager Unruhe, doch dafür zahlte man ihr eine schöne Stange Geld.

Durch die spiegelnden Fensterscheiben und die gemusterten Gardinen brach die Abendsonne. Im bildergeschmückten Eßzimmer, das ausstaffiert war mit teuren Möbeln und einem riesigen geschnitzten Büfett in der Ecke, war es hell. Über den farbenprächtigen Teppichen zerstoben goldene Lichtstrahlen.

Kulakow stand vom Tisch auf, schaute vor die Tür, und als er zurückkam, sagte er:

»Tja, nun zum Geschäftlichen, Jelena Petrowna.«

Er strich sich über die Glatze und senkte seine Stimme bis zum Flüstern.

Während sie ihm zuhörte, zog sie ernst die feinen schwarzen Brauen zusammen, die sich wie zwei Sicheln bis zu den Schläfen schwangen.

Und als Seufzer-Lenka sich von den Männern verabschiedete und von Kulakow zur Tür geleitet wurde, blickten sich beide vielsagend an und prusteten vor Lachen.

Ins Eßzimmer zurückgekehrt, sagte Pantelejmon Iwanowitsch:

»Unser Ränkespiel kommt nicht schlecht in Gang.«

Mister Struk gab ihm den Rat:

»Ruf gleich an.«

Kulakow griff zum Telefonhörer und verlangte die Nummer 28–74.

Um fünf Uhr stieg Seufzer-Lenka den Berg hinab in Richtung Hafen.

Direkt von Süden zog, einem Rauchschleier gleich, eine schwarze Wolke auf. Sie bedeckte den halben Himmel, verbarg die Sonne. Es wurde dämmerig. Die Luft zuckte, als stünde sie unter Spannung. Dann brach eine Bö über die Stadt herein, heulte um die Zäune, wirbelte ungestüm Staub und Abfälle durch die Straßen. Das Meer, das in der Ferne hinter der Hafenmauer zu sehen war, verfinsterte sich wie die Stirn eines von Wahnsinn befallenen Menschen.

Seufzer-Lenka schritt gebeugt gegen den Wind. Mit der einen Hand hielt sie ihr blaues Hütchen auf dem Kopf fest. Die Schöße ihres grauen Sommermantels flatterten, als wollten unsichtbare Hände sie entkleiden. Wohlbehalten kam sie durchs Tor, an den Zöllnern vorbei, die sie im übrigen gar nicht beachteten. Sie bog nach links, auf den Weg, der zu den Landungsbrücken für Passagiere führte. Der Mann, den sie suchte, war nirgends. Und erst als sie noch weiter hinabgestiegen war, kam ihr ein Mann mit Gummimantel und graukarierter Mütze entgegen, den Spazierstock in der einen und die Aktentasche in der anderen Hand. In seinem Knopfloch steckte eine Chrysantheme.

›Er ist es‹, sagte sie in Gedanken und geriet aus irgendeinem Grund in Unruhe.

Sein Gesicht war gepflegt, die Nase gerade, der kleine Schnurrbart zu Kreisen aufgezwirbelt. Prüfend richteten sich zwei gelbe Augen auf sie, die widerlich starren Augen eines Hechts. Als er mit ihr auf gleicher Höhe war, sagte er:

»Bald kommt der Winter.«

»Und danach das Frühjahr«, erwiderte Seufzer-Lenka wie vereinbart. Sofort blieb er stehen.

»Folgen Sie mir, Jelena Petrowna.«

Sie bogen um die Ruinen ehemaliger Lagerhäuser. Als er sich überzeugt hatte, daß ringsum kein Mensch war, blieb er wieder stehen. Sie zog ein kleines, sorgfältig verpacktes und versiegeltes Päckchen unterm Mantel vor und gab es dem Mann. In diesem Moment bemerkte sie, daß er neben dem linken Nasenflügel eine Warze hatte und am rechten Ohrläppchen die Narbe einer längst verheilten Wunde.

Als Seufzer-Lenka sich von ihm verabschiedet hatte, wollte sie nach Hause, doch sie hatte das Hafengebiet noch nicht verlassen, da hörte sie ein langgezogenes Tuten. Sie blickte sich um. Dem Hafen näherte sich, in der aufgestörten Dünung schaukelnd, ein Dampfer. Es kam ihr so vor, als gliche er dem »Kommunarden«. Vor drei Monaten war der Steuermann Kortschagin darauf zu einer Auslandsfahrt ausgelaufen. Das war ein netter Kerl, ein Spaßvogel, tollkühn und mit Bärenkräften. Sie erinnerte sich, wie er in Strugaljowka mit ihr eine Nacht verbrachte. Damals bekamen Petka das As wie auch Pfriem seine wuchtigen, eisernen Pranken zu spüren. Sie aber, Lenka, bedachte er reichlich und versprach, beim nächsten Mal, wenn er von der Fahrt zurückkäme, Geschenke aus dem Ausland mitzubringen.

Nach kurzem Überlegen begab sie sich wieder hinab zum Ufer.

Der Arbeitstag ging dem Ende zu. Nur auf wenigen Schiffen ratterten noch, dampfumhüllt, die Schiffswinden. Gruppen von Schauerleuten auf dem Weg nach Hause kamen vom Kai. Der Wind trieb sie an, blies ihnen in den Rücken.

Der unbekannte Dampfer hatte die steinerne Mole umrundet, die Hafeneinfahrt durchquert und bewegte sich nun mit halber Fahrt auf jenes Ufer zu, wo die langgestreckten rötlichen Gebäude der staatlichen Warenlager standen. Aus seinem Schornstein quoll schwarzer Rauch, zog über ihn hinweg und fiel vor ihm in Fetzen aufs Wasser. Die Augen zusammengekniffen, spähte Seufzer-Lenka ungeduldig zu dem Schiffsrumpf. Sie konnte schon die Buchstaben am schwarzen Bug entziffern: »Kommunarde«. Das Herz der Frau begann freudig zu pochen.

Die Windböen wurden immer heftiger und ohrenbetäubender. Mit Pfeifen und Tosen zog der Sturm herauf.

Unweit von Seufzer-Lenka scharten sich Frauen und Kinder am Ufer. Die Frauen warteten auf die Fischer, ihre Männer, die Kinder auf ihre Väter, die aus den tobenden Elementen noch nicht zurück waren.

Der »Kommunarde« näherte sich der Kaimauer und legte backbord an. Seufzer-Lenka ging dorthin. Auch da standen Frauen, die zur Begrüßung ihrer Männer oder Geliebten gekommen waren. Über ein Fallreep gingen Behördenvertreter an Bord, um die Revision des Schiffes vorzunehmen. Schon zehn Minuten später tauschten Matrosen und Frauen scherzende Worte aus.

Der Steuermann Kortschagin beugte sich über das Schanzkleid und schrie hinab:

»Lenka, Liebchen, ich erkenn dich ja nicht wieder! Todschick bist du geworden! Danke, daß du gekommen bist!«

Seufzer-Lenka fragte:

»Hast du bald frei? Ich bin schon ganz durchgefroren.«

»Halt's noch eine halbe Stunde aus, Goldstück. Die Revision ist bald zu Ende. Dann walzen wir geradewegs zu deiner Wohnung. Wie ich dich bewirten werd!«

Kortschagin zwinkerte ihr verschmitzt lächelnd zu. »Und für die ganze Nacht geh ich an deinem Herzen vor Anker!«

Rechts im Hafen lag der »Rote Strahl«, ein riesiges Tankschiff, dessen Laderaum an die siebenhunderttausend Pud Erdöl enthielt. Von seiner Bordwand legte eine Jolle mit zwei Mann ab und hielt auf das Ufer zu. Bei den Steinstufen, die vom Kai ins Wasser führten, sprang vom Heck der Jolle ein Passagier an Land und entlohnte den Ruderer. Seufzer-Lenka, die gerade in der Nähe stand, erkannte den Mann mit Gummimantel, jenen Mann, dem sie das geheimnisvolle Päckchen übergeben hatte. Er machte sich eilig auf den Weg zur Stadt, ohne sich ein einziges Mal umzublicken.

Rasch rückte die Nacht heran, eine düstere, unruhvolle Nacht. Der Hafen wurde von elektrischen Monden erleuchtet, die Schiffe von Sternen. Baken flimmerten rot und grün. Jede Minute blinkte das Feuer des Leuchtturms auf, dreimal hintereinander; grelle Lichtbündel bohrten sich zwanzig Meilen weit in die Finsternis. Der Wind wehte so stark wie zuvor. Über den tiefhängenden Himmel rollten Wolken. Das Meer toste, die Brandung dröhnte, als stürzten mehrstöckige Gebäude ein.

Seufzer-Lenka war es nicht beschieden, den ihr holden Matrosen zu treffen, auf den sie so lange gewartet hatte. Etwas anderes geschah. Zuerst sah sie, wie auf dem »Kommunarden« Leute aufgeregt hin und her liefen und schrien. Der betagte Kapitän kam auf die Kommandobrücke gehastet, wandte sich zum Heck und brüllte aus voller Kehle:

»Leinen los! Ingenieure und Maschinisten an die Plätze! Maschine unter Dampf!«

Jemand kreischte durchdringend:

»Feuer! Feuer!«

Seufzer-Lenka zuckte zusammen. Vor Schreck stand ihr das Herz still. Verwirrt blickte sie um sich. Dann lief sie mit den anderen Frauen davon.

»Himmel! Der Erdöltanker brennt! Wir sind verloren!« schrie ein Mann, der an ihr vorbeirannte.

Bestürzt hielt sie im Laufen inne.

Über dem Heck des »Roten Strahls« stieg schwarzer Rauch auf. Auf dem Deck jagten Matrosen umher. Die einen ließen Boote zu Wasser, andere, die sich am Bug des Schiffes befanden, setzten das Ankerspill in Gang. Die eisernen Kettenglieder klirrten beim Hieven des Ankers.

Die Kunde von der Gefahr verbreitete sich wie eine magnetische Welle über den ganzen Hafen. Alles, was Beine hatte, drängte schreiend zum Ufer. Aus einzelnen Sätzen von Seeleuten begriff Seufzer-Lenka, welch schreckliche Gefahr der Stadt drohte. Das ganze Ufer war mit Lagerhäusern bebaut, in denen sich feuergefährliche Waren stapelten. Außerdem standen hier auch riesige Öltanks. Wenn das alles in Brand geriete, brächen über Slatogorsk verheerende Flammenwirbel herein.

Als erster legte der »Kommunarde« ab. Seinem Tuten schlossen sich die Sirenen zweier ausländischer Dampfer an, die am Speicher Getreide luden. Dann heulten alle Schiffe los, als wollten sie den Sturm übertönen. Jedes Schiff suchte schnellstens den Anker zu lichten. Für sie gab es nur eine Rettung: in See stechen, bevor sich das brennende Öl über den ganzen Hafen ergoß.

Seufzer-Lenka spürte, wie ihr die Beine den Dienst versagten, und setzte sich auf die Steinstufen, die zum Wasser hinabführten. Hier war die kleine Bootsanlegestelle, wo vor einiger Zeit der Mann mit Gummimantel aus der Jolle gestiegen war. Die Frau dachte nun mit Ekel an seine Hechtsaugen. Einer glühenden Nadel gleich brannte eine fürchterliche Vermutung in ihrem Gehirn. Ein nervöses Zittern lief durch ihren Körper, die Zähne klapperten. Sie wäre gerne in die Stadt geflohen, um die Tragödie, die sich hier im Hafen abzuzeichnen begann, nicht mit ansehen zu müssen, doch ihr fehlte die Willenskraft, sich zu erheben. Und so blieb sie wie angefesselt auf ihrem Platz sitzen und schaute widerstrebend dem Geschehen zu, das sich wie auf einer Bühne vor ihr abspielte.

Berittene Miliz kam angesprengt und streifte am Ufer entlang. Danach brauste knatternd die Feuerwehr an – das Signalhorn tönte, die spitzen Messinghelme funkelten. Automobile und Droschken mit Amtspersonen trafen ein. Dann füllte sich der Hafen allmählich mit Fußgängern. Es kamen Männer und Frauen, Greise und Jünglinge, Amtsangestellte und Arbeiter, Kleinhändler und Rotarmisten. Doch was weiter? Wie ließ sich das Unheil abwenden, das die ganze Stadt dem Erdboden gleichzumachen drohte? Niemand wußte es.

Die Feuersbrunst war allzu ungewöhnlich: ein Tankschiff läßt sich nicht mit Brandhaken auseinanderziehen, brennendes Öl nicht mit Wasser löschen. Und nicht nur das Volk, auch die Feuerwehrleute mit all ihren Feuerspritzen und Riesenleitern konnten nichts ausrichten. Die Menschen standen dicht an dicht, die ganze Flachküste schien sich zu bewegen. Geschrei und Radau nahmen zu, vermischten sich mit dem Heulen des Sturms und dem Tuten der auslaufenden Dampfer.

Inzwischen hatten den »Roten Strahl«, dessen Heck eine schwarze Rauchwolke immer dichter umhüllte, bereits zwei starke Schleppdampfer angelaufen: »Bootsmann« und »Steuermann«. Auf jedem der beiden befand sich rund ein Dutzend Mann, selbstlose Seeleute, die sich unter Gefahr für ihr eigenes Leben zu dieser Heldentat entschlossen hatten. Keine Sekunde war zu verlieren, und so kam die Arbeit rund um das Unglücksschiff rasch in Gang. Als der Patent-Anker des »Roten Strahls« über dem Wasser auftauchte, war die eine, dem »Roten Strahl« übergebene Stahltrosse schon sicher am eisernen Poller belegt. Der »Bootsmann« nahm langsam Fahrt auf und zog an der Trosse, damit das brennende Schiff sich nicht dem Ufer näherte. Der »Steuermann« hinkte mit seinen Zurüstungen etwas nach.

Vom Bug des Unglücksschiffes ließen sich die restlichen Matrosen in die Rettungsboote hinab. Jemand wurde auf den »Steuermann« übergesetzt. Dieser nahm ebenfalls Fahrt auf und zog an der Schlepptrosse. Schließlich setzte sich auch der »Rote Strahl« in Bewegung – einem tobenden Ungetüm in der Fangschlinge gleich – und hielt auf die Hafeneinfahrt zu.

Das ganze Ufer schwankte unter den Tausenden von Menschenleibern, es hallte wider von überschwenglichen Freudenschreien:

»Er fährt! Er fährt!«

»Sie ziehn ihn!«

»Gerettet!«

»Ho-ho-ho!«

Alte Frauen bekreuzigten sich. Die Jugend schmähte voller Zorn die Brandstifter.

»Bootsmann« und »Steuermann« wurden schneller und gaben ununterbrochen Signale, damit die Fahrrinne geräumt wurde. Auf dem Heck des abgeschleppten Schiffes weitete sich das Feuer aus.

Die anderen Schiffe liefen eiligst aus dem Hafen aus. Sie fuhren in die finstre Nacht, auf das wutentbrannte, furchtgebietende Meer, ohne zu wissen, ob sie je zurückkehren würden.

Die Rettungsboote vom »Roten Strahl« näherten sich der kleinen Anlegestelle, an der Seufzer-Lenka saß. Hierher strömten die Milizionäre und die Menge. Die ankommenden Matrosen wurden dicht umringt. Zwischen Männerschultern eingezwängt, hörte Seufzer-Lenka, wie ein hochgewachsener Mann, wahrscheinlich der Milizchef, fragte:

»Wo ist der Kapitän?«

Ein Seemann mit goldenem Abzeichen an der Mütze antwortete ihm:

»Der Kapitän hat auf den Schlepper ›Steuermann‹ übergesetzt.«

»Und wer sind Sie?«

»Der Erste Offizier.«

»Aha. Wodurch ist der Brand entstanden?«

»Dahinter steckt ein Verbrechen, es war vorsätzliche Brandstiftung!«

»Wer konnte das tun?«

Nach kurzem Zaudern brüllte der Erste Offizier so laut los, als hätte er Taubstumme vor sich:

»Nur ein einziger Fremder war abends an Bord. Er gab sich als Korrespondent der hiesigen Zeitung aus, legte auch eine Bescheinigung vor. Angeblich hatte die Redaktion ihn beauftragt, unser Schiff zu besichtigen und seine Eindrücke zu beschreiben. Der Kapitän gestattete ihm dies. Er schaute buchstäblich in jeden Winkel. Und eine halbe Stunde nachdem er uns verlassen hatte, brach das Feuer aus …«

Seufzer-Lenka stöhnte leise. Sie war nicht fähig, länger zuzuhören. Als die Seeleute von einer Eskorte in die Stadt geleitet wurden, sank sie, nun wieder einsam, von neuem hilflos auf die Steinstufen der Anlegestelle. Ihr wurde drükkend heiß. Sie schlug die Schöße des neuen Mantels zurück. Einige Sekunden saß sie zusammengekauert da, klein und unbeweglich, doch in ihrem Hirn tobten finstere Wirbel. Plötzlich warf sie den Kopf zurück, und wie einen schweren Stein schleuderte sie in die Tiefe ihrer Seele den grauenvollen Vorwurf:

»Hast du gehört, was du angerichtet hast? Wie viele Kleider willst du dir denn noch kaufen? Du feiges Flittchen!«

Der »Rote Strahl«, von den beiden Schleppern gezogen, näherte sich bereits der Hafeneinfahrt. Die Feuersbrunst griff immer rasender um sich, sie drang schon zum Aufbau vor. Immer höher flackerten und züngelten die Flammen.

Über den ganzen Hafen jagten unheilvolle Schatten. Am erleuchteten Himmel war die Hölle los. Beißende Rauchfetzen gingen über dem Ufer nieder. Die Menschenmenge summte und wogte, als schwanke sie im Wind. Man wurde das Gefühl nicht los, es werde alles ein verhängnisvolles Ende nehmen: Das brennende Schiff schwamm zwar weg, doch vielleicht nur, um sich in Feuerströmen über die Stadt zu ergießen. Da verließ der »Rote Strahl« den Schutz der steinernen Mole, bewegte sich auf die offene See hinaus. Und plötzlich geriet er in riesige Wellen und bäumte sich auf wie toll, als wollte er sich aufs Heck stellen. Die beiden Schlepper rissen ihn zurück, selbst hin und her stampfend. Jetzt befand sich das feurige Ungetüm außerhalb der Hafenmauer. Es rollte von einer Seite zur anderen, fiel bald nach Backbord, bald nach Steuerbord ab, wühlte sich in die Dünung, sträubte sich, gebärdete sich störrisch und aufsässig – doch die Stahltrosse zogen es weiter und weiter. In der Menge erhob sich freudiger Lärm, man lobte die tapferen Seeleute in den höchsten Tönen.

»Wenn sie zurück sind, tragen wir sie wie Ikonen durch die Straßen.«

»Einen Dankgottesdienst müssen sie kriegen.«

»Dankgottesdienst ist Quatsch. Die verdienen Orden und eine Pension bis ans Grab.«

»Weil sie die Stadt gerettet haben, müssen sie das beste Haus bekommen.«

Seufzer-Lenka erhob sich und trat zwischen die Menge. Etwas Raubtierhaftes war in ihr erwacht. Ihr Gang wurde schleichend wie der eines Panthers. Scharf betrachtete sie die Kleidung der Männer und ihre Gesichter. Sie mußte den Mann mit Gummimantel und Warze am linken Nasenflügel finden, um sich mit Händen und Zähnen blindwütig an ihm festzukrallen und dann vor aller Welt das Geheimnis des Brandstifters hinauszuschreien. Sie merkte nicht, daß der Wind ihr längst das blaue Hütchen vom Kopf gerissen hatte. Ihr Haar war zerzaust, und das bleiche Gesicht spiegelte die Zuckungen ihrer verstümmelten Seele.

Vom Meer war das Tuten der Dampfersirenen zu hören. Der »Rote Strahl« hatte sich einige Meilen vom Hafen entfernt. Er war völlig von goldenen Federn überzogen, die der Wind aufplusterte. Plötzlich leuchtete der ganze Himmel auf, als erstrahle eine neue Sonne. Mit Geschrei und Geheul floh das Volk aus dem Hafen. Alles rannte zum Tor, in die Stadt, stieß sich im Gedränge.

Seufzer-Lenka drehte sich zum Meer um.

Auf dem »Roten Strahl« explodierte das Deck. Das Öl floß spritzend über Bord und brannte auf den Wellen weiter. Rings um das Schiff gleißten Lichtwirbel. Aus dem aufgeplatzten Schiffsbauch brach mit unbändiger Kraft eine Lohe hervor, jagte wutschnaubend in die Luft und spannte sich als gigantischer Strahlenbogen über das Heck. Vom Brand rissen sich kreiselnde Feuerwolken los und stürmten in Richtung Stadt. Doch der Wind war zu mächtig, er drückte sie nach unten, gegen die schattenhaften Hügel. Aus der Ferne zog sich schwankend ein breiter, funkelnder Weg bis zum Hafen. Darüber sausten Feuerwagen, stießen mit Schwung gegen die steinernen Hafenmauern und zersprühten in Kaskaden goldener Spritzer. In dem Lichtkreis, wo die Finsternis verdrängt war, schaukelten andere Schiffe, suchten sich dem Ansturm der aufgerührten Wasser zu widersetzen. Vom Feuerschein war alles in rotes Licht getaucht. Die Oberfläche des sturmzerfetzten, bis in seine Tiefen zerwühlten Meeres schien von Blut übergossen.

Einige Stunden lang wurde das brennende Schiff weggeschleppt, direkt nach Süden, dann drehten die Schlepper nach links ab. Sie ließen es zurück vor einem hohen, öden Ufer, das steil zum Meer abfiel. Noch bis zum Morgen kehrten Schiffe in den Hafen zurück.

DREIZEHNTES KAPITEL

EIN MANN AUS DER VERGANGENHEIT

von Alexander Jakowlew

»Sie behaupten also, Bürgerin, Sie hätten die Bombe einem Mann mit Gummimantel und grauer Mütze übergeben?«

»Ja.«

»Was können Sie über sein Äußeres sagen? War er jung, alt?«

»Nicht älter als fünfunddreißig. Gut aussehend. Neben der Nase – hier – hatte er eine Warze. Am rechten Ohrläppchen ist mir eine Narbe aufgefallen. Der Schnurrbart war zu Kreisen aufgezwirbelt. Als er mich im Hafen traf, steckte in seinem Knopfloch eine Chrysantheme.«

Und mit typisch weiblicher Genauigkeit beschrieb Seufzer-Lenka ihr Treffen mit dem Unbekannten.

Der Kripochef schaute seinen Nachbarn an, der rechts neben ihm saß.

»Ist wohl klar, ja?«

Sein Nachbar – es war der Milizchef Kort – nickte kurz.

»Bürgerin, Sie müßten nun hierbleiben«, sagte Mischin, der Kripochef.

Er läutete. Geräuschlos ging die Tür auf, und ein schnauzbärtiger Milizionär mit roter Mütze baute sich auf der Schwelle auf.

Der Kripochef befahl:

»Bringen Sie die Bürgerin auf Nummer sieben.«

In Begleitung des Milizionärs verließ Seufzer-Lenka den Raum.

Als die Tür sich wieder geschlossen hatte, sprang Kort erregt auf, wandte den Kopf nach rechts, zum Schrank, der an der Wand stand, und fragte:

»Na, was sagen Sie dazu?«

Hinter dem Schrank kam Kukowerow hervor.

»Wir müssen ihn sofort dingfest machen. Sie sind bereit?«

»Ja. Heute habe ich endlich das vereinbarte Klingelzeichen herausbekommen, auf das die Tür ohne Rückfragen geöffnet wird.«

»Verstehen Sie, es ist wichtig, den Kerl zu überrumpeln.«

»Alles ist vorbereitet, wie Sie angeordnet haben.«

Es war bereits tiefe Nacht, als ein Trupp Milizionäre und Kriminalbeamte – alle auf Fahrrädern, die Karabiner über der Achsel – zur Ecke Chausseestraße und Steile Gasse gebraust kam.

Die Stadt schlief, erschöpft von zwei grauenvollen Tagen und einer schlaflosen Nacht. Sogar die Bürgerwachen schliefen, welche jedes Stadtviertel »für den Brandfall« aufgestellt hatte.

An der Ecke wurde der Trupp bereits von Kort, Kukowerow und dem Kripochef erwartet, die zwei Minuten zuvor mit dem Auto gekommen waren. Alles ging schnell und schweigend vor sich. Auto und Fahrräder wurden an der Ecke unter der Bewachung von zwei Milizionären zurückgelassen, und der Trupp zog über die Gehsteige der Steilen Gasse. Niemand rauchte, niemand redete. Alle bemühten sich, vorsichtig und so leise wie möglich aufzutreten. Kukowerow schritt vorneweg. Am Ende der Gasse löste sich vom Tor des letzten Hauses eine dunkle Gestalt und trat zu Kukowerow. Dieser stellte flüsternd eine kurze Frage, der Dunkle antwortete. Und gleich darauf umzingelten die Milizionäre und Kripobeamten in Gruppen zu drei Mann das Haus.

Es war ein gewöhnliches, zweistöckiges Vorstadthaus. Das Haus schlief bereits. Nur im ersten Stock fiel schwacher Lichtschein aus den drei äußersten, dicht verhangenen Fenstern. Die Milizionäre schauten voller Furcht zu den erleuchteten Fenstern hinauf und hielten die Karabiner schußbereit. Kukowerow, der Kripochef, Kort und jener Dunkle, der am Tor gewartet hatte, traten auf den Hof und stiegen die enge, steile Treppe zum ersten Stock hoch. Drei hünenhafte Milizionäre begleiteten sie. Die runden Lichtflecke elektrischer Taschenlampen beleuchteten die Stufen. Schritte waren nicht zu hören. Nur die Holztreppe knarrte und ächzte unter den schweren Tritten, als wollte sie sich beklagen. Auf dem oberen Treppenabsatz blieben alle vor einer Tür stehen. Über die Tür kroch ein weißer Lichtfleck. Ein Emailschild mit der Nummer 4 glänzte auf. Unter der Nummer, einen halben Arschin tiefer, waren die grauen Umrisse einer runden Klingel zu sehen, daran stand: »Bitte drehen.« Kort persönlich streckte die Hand zur Klingel aus. Alle erstarrten und löschten die Lampen. Kort läutete – zweimal lang und dreimal kurz. Tief in der Wohnung wurden Schritte hörbar, kamen näher – und blieben hinter der Tür stehen. Eine Kette klirrte, weit öffnete sich die Tür. Auf der Schwelle stand ein junger, hochaufgeschossener Bursche in einem Hemd ohne Gürtel.

Aus der Tür strömte Licht auf den Treppenabsatz, eine Vielzahl von Händen griff nach dem Burschen und packte ihn bei den Armen und Schultern. Jemand warf ihm einen Mantel über den Kopf, suchte ihm den Mund zuzuhalten. Der Bursche wehrte sich und konnte noch einen Schrei ausstoßen.

Kukowerow und Kort stürzten in die Wohnung. Die Tür des Vorraums war abgeschlossen. Von dem Schrei und dem Getrampel aufgeschreckt, rannte drinnen jemand hastig davon. Ein Stuhl fiel um. Der Kripochef schob ein Brecheisen unter die Tür, sie krachte und fiel polternd in den Raum hinein. Hinter der nächsten Tür hörte man Fensterscheiben klirren, und auf der Straße fiel im gleichen Moment ein Schuß, ertönten Rufe: »Haltet ihn!«

Sie brachen auch die zweite Tür auf und traten ins nächste Zimmer. Auf dem Tisch brannte eine Lampe mit grünem Schirm. Das Fenster zum Garten, einem kümmerlichen Kleine-Leute-Garten, stand offen, und von unten hörte man Rufe und Getrampel.

»Kort, organisieren Sie sofort die Verfolgung!« befahl Kukowerow.

Kort rannte zurück zum Ausgang.

Der Kripochef lief durch alle drei Zimmer. Sie waren leer.

»Entwischt!« sagte er und fluchte zornig. Kukowerow beugte sich über den Tisch.

»Und was ist das für Teufelszeug?« hörte er auf einmal eine ärgerliche Stimme hinter sich.

Er blickte sich um. Der Kripochef deutete auf ein Tischchen, das in der Zimmerecke stand. Darauf waren längliche Holzkästchen aufgereiht. Kukowerow, ein Blatt Papier in der Hand, trat näher. In die Deckel der Kästchen waren viele kleine Löcher gebohrt.

»Müssen wir öffnen!« stieß Kukowerow hervor.

»Timoschenko, mach die Kästchen auf!« kommandierte der Kripochef.

Ein gewaltiger Milizionär trat zum Tisch und streckte unentschlossen die Hände zum ersten Kästchen aus. Auf seinem Gesicht lag Entsetzen.

»Na, hast du Angst?« rief der Kripochef.

Der Milizionär öffnete das Kästchen. Alle drei blickten hinein. In dem Kästchen lagen angefressene Papier- und Holzstücke, darüber krochen winzige Würmer. Kukowerow nahm eines dieser Stücke und ging damit zum Licht. Auf dem Papier war eine Schicht winziger Schimmelpilze, offenbar das Futter für die Würmer; ein scharfer Geruch ging davon aus.

Sie öffneten das zweite, dritte und vierte Kästchen. Überall waren Würmer.

»Das sind Larven von irgendeinem Insekt«, meinte der Kripochef.

»Tja, Bären sind es jedenfalls keine«, pflichtete Kukowerow bei.

Beide prüften eingehend den Inhalt der Kästchen. Der Milizionär machte den letzten Deckel auf. Goldfarbene Schmetterlinge kamen aus dem Kästchen geflogen und flatterten durchs Zimmer. Alle drei verfolgten eine Weile stumm ihren Flug.

»Komisch«, sagte der Kripochef. »Daß sich ein Mensch in so einer Zeit mit dem Züchten von Schmetterlingen abgibt.«

»Schaut unter dem Bett und in den Körben nach«, befahl Kukowerow.

Da führten Milizionäre den Burschen herein, der die Tür geöffnet hatte. Sie hielten ihn fest an den Armen gepackt. Als der Bursche die herumflatternden Schmetterlinge bemerkte, blieb er abrupt stehen und widersetzte sich, sein Gesicht wurde schreckensbleich. Im gleichen Moment loderte die Gardine am hintersten Fenster auf. Kukowerow und die Milizionäre stürzten hin, um sie zu löschen. Plötzlich füllte sich auch das Nebenzimmer mit hellem Licht.

»Feuer!« brüllte eine Stimme auf der Straße.

In den Zimmern rannte alles aufgeregt durcheinander. Die Fenstergardinen, die Türportieren und die Decke auf dem Bett gerieten gleichzeitig in Brand. Kukowerow hastete zum Ausgang. Die Milizionäre schleppten eilig den Burschen hinter ihm her. Der Kripochef sprang aus dem Fenster. Auf dem Treppenabsatz riß sich der Bursche mit einemmal los, stieß die Milizionäre beiseite, sauste die Treppe hinab, wobei er Kukowerow umstieß, und verschwand im Hof. Unter lautem Stiefelgepolter setzten die Milizionäre ihm nach. Über den Hof liefen halbbekleidete Leute, die Bewohner des Erdgeschosses. Aus allen Fenstern schlugen Flammen. Von der nächstgelegenen Kirche läutete es Sturm. In der Ecke des Hofs heulte gell ein Hund.

Um acht Uhr früh wurde Kukowerow vom schrillen Klingeln des Telefons geweckt. Er fuhr in die Höhe und ging, wie er war, nur in Socken zum Apparat.

»Hallo? Ja. Wer? Stepan Fjodorowitsch Gorbatschow? Von Beruf? Lehrer? Was liegt über ihn vor? Aha! In zwanzig Minuten bin ich bei Ihnen. Struk verhaften? Bloß nicht! Das würde alles verderben!«

Ein Untersuchungsrichter für Sonderaufgaben verhörte den Lehrer Gorbatschow in Anwesenheit von Kort und dem Kripochef.

Gorbatschow, mit schwarzem Vollbart und Glatze, sah

aus wie ein Räuber, und nur wenn man genauer hinschaute, konnte man feststellen: Ihn hatte das Leben bereits so mürbe gemacht, daß er zu keinem entschlossenen und wagemutigen Schritt mehr fähig war.

»Seit wann wohnen Sie hier?« fragte ihn der Untersuchungsrichter.

»Ich bin hier geboren«, antwortete Gorbatschow mit volltönender Stimme, wie sie bei Lehrern häufig vorkommt. »Nur während des Krieges war ich fünf Jahre abwesend. Seit 1920 wohne ich wieder ununterbrochen hier.«

»Haben Sie an der revolutionären Bewegung des Jahres 1905 teilgenommen?«

»Ja. Ich war Maximalist.«

»Sie erinnern sich bestimmt, daß es in Slatogorsk vor zwanzig Jahren ebensolche Brände gegeben hat?«

»Natürlich erinnere ich mich.«

»Uns liegen Hinweise vor, daß man Sie damals der Brandstiftung verdächtigte.«

»Das stimmt. Ich wurde deshalb festgenommen und befand mich einige Zeit in Haft.«

»Sagen Sie, gab es berechtigte Gründe, Sie der Brandstiftung zu beschuldigen?«

Gorbatschow wurde verlegen.

»Wie soll ich sagen … ja, doch, gewisse Gründe gab es.«

»Berichten Sie uns offen, was Sie von jenen Brandstiftungen wissen und wie Sie daran beteiligt waren.«

Gorbatschow ließ den Kopf sinken und saß eine Weile schweigend, in Nachdenken versunken.

»Ich war damals sechzehn und ging auf das hiesige Lehrerseminar. Wir Studenten waren alle von der revolutionären Bewegung ergriffen. Jeder war Mitglied einer Partei. Es gab bei uns Sozialdemokraten und Sozialrevolutionäre. Ich war Sozialrevolutionär. Einmal kam in unseren Zirkel ein Student und hielt ein Referat. Er war Maximalist. Er redete zündend, diskutierte mit uns. Er legte dar, die soziale Revolution müsse unverzüglich vollzogen werden, und führte sogar, ich weiß es noch wie heute, als Beweis die Carmagnole an: ›Gebt den Ackerbauern die Äcker, den Bergleuten die Bergwerke!‹ Kurz, ich ging nach der Versammlung zu ihm, und von diesem Abend an war ich Maximalist.«

»Doch die Brandstiftungen, wo bleiben die?« fragte Kort ungeduldig.

»Die Brandstiftungen kamen später.«

»Wann?«

»Ungefähr nach einem halben Jahr. Zuerst brach der Aufstand los. Wir waren natürlich Feuer und Flamme und machten mit. Dann siegte die Reaktion. Wir sahen unsere Träume vom sozialen Umschwung plötzlich zusammenbrechen. Und da kam zu uns ein sonderbarer Delegierter, angeblich von den Moskauer Maximalisten. Er sagte zu uns: ›Die Revolution ist mißlungen, weil der Kleinbürger schläft. Man muß Verwirrung in sein Leben bringen. Dann wacht er auf. – Und wie das? – Man muß ihn aus seiner Höhle vertreiben, diese Höhle abbrennen, ihn zu einem obdachlosen Proletarier machen, dann wird er rebellieren, dann heißt es – Tod der Regierung und der Bourgeoisie!‹ Uns grünen Jungen gefiel dieser Gedanke außerordentlich, und wir beschlossen zu handeln. Im Mai 1906 steckten wir in einer windigen Nacht die Salzspeicher am Flußufer in Brand. Wir dachten: Bei dem Brand versammelt sich viel Volk, wir halten anfeuernde Reden, das Volk stürzt sich auf die Polizei und die Kosaken, die damals in Mengen in der Stadt lagen, und die Revolution siegt. Als der Brand begann und das Volk zusammenlief, begann ich, maskiert, zum Aufstand aufzurufen. Die Kleinbürger hörten zunächst zu. Dann schrie jemand: ›Das ist der Brandstifter!‹ Und ich konnte mich nur mit Mühe in Sicherheit bringen. Damals brannten mehrere Stadtviertel ab. Am nächsten Morgen sahen wir, was wir Entsetzliches angerichtet hatten. Wir entschieden sofort, daß wir einen Fehler gemacht hatten. Den Moskauer ›Delegierten‹ jagten wir davon.«

»Und die Brände hörten auf?«

»O nein! Die Brände loderten erst dann mit besonderer Macht auf. Allen war klar, daß jemand die Stadt anzündete. Wir vermuteten, daß da der ›Delegierte‹ am Werk war.«

»Was heißt ›wir‹?«

»Die Maximalisten.«

»Waren das viele?«

»Wir waren nur zu dritt ... Übrigens brannten damals auch andere Städte. Die große Stadt Sysran zum Beispiel wurde durch Brandstiftung innerhalb von zwei Tagen in Schutt und Asche gelegt.«

»Haben Sie in jener Zeit den Namen Struk gehört?«

Gorbatschow dachte nach.

»Kommt mir fast so vor ... Doch mir fällt nicht ein, unter welchen Umständen.«

»Was halten Sie von den jetzigen Bränden?« fragte Kort ungeduldig.

»Ich bin überzeugt, daß auch heute irgendwelche einfältigen Jungen wie wir damals am Werk sind. Wir handelten seinerzeit im Namen der Revolution, jetzt handeln sie im Namen der Konterrevolution. Die Methoden sind die gleichen. Ich glaube, auch heute verbirgt sich hinter dem Rükken der dummen Brandstifter irgendein ›Delegierter‹, eine geheimnisvolle Gestalt, für die es von großem Vorteil ist, daß Slatogorsk brennt.«

»Pardon, aber – wer gehörte damals zu Ihrer Maximalisten-Organisation?«

»Wollen Sie die Namen wissen?«

»Ja.«

»Also, ich gehörte dazu.«

»Und wer war der Student, der Sie so verwirrt hat?«

»Der Student … sein Name war Kukowerow. Er studierte in Moskau.«

»Jetzt wissen Sie nicht, wo er sich befindet?«

»Nein.«

»Schauen Sie mal, kennen Sie diesen Bürger?«

Der Untersuchungsrichter wies mit der Hand nach rechts. Gorbatschow blickte sich um und stand auf einmal langsam auf. Seine Augen wurden rund.

»Bist du … bist du das, Alexander?« fragte er.

Kukowerow trat rasch auf ihn zu.

14

VIERZEHNTES KAPITEL

AUS DEM SPIEL GEFALLEN

von Boris Lawrenjow

Kukowerow packte den Verhörten an der Schulter.

»Spielen Sie nicht den Narren, Bürger. Das hilft Ihnen nichts. Erstens heiße ich nicht Alexander, sondern Boris, und zweitens haben Sie mich noch nie gesehen. Lassen Sie die Komödie!«

Gorbatschow fiel ganz in sich zusammen, wurde bleich und blickte verwirrt um sich.

»Entschuldigen Sie, mir ist nicht gut. Vor mir dreht sich alles.«

Kort goß ein Glas Wasser ein und führte es Gorbatschow an die Lippen. Er trank langsam, und man hörte, wie seine Zähne ans Glas schlugen. Als er ausgetrunken hatte, schloß er die Augen, fuhr sich mit der Hand über die Stirn und sagte:

»Ich verstelle mich durchaus nicht und will auch nicht Komödie spielen. Ich hätte schwören können, daß dieser Bürger jener Alexander Kukowerow ist, der als Delegierter des Moskauer Zentrums unsere Maximalisten-Organisation aufsuchte.«

»Was soll der Unsinn?« schrie Kort zornig.

Kukowerow schnitt ihm jedoch das Wort ab. Wie bei einem großen Raubtier, das vor dem entscheidenden Sprung alle Muskeln anspannt, strafften sich Kukowerows Gesichtszüge. Seine ganze Energie schien in den zusammengepreßten Lippen und dem stechend scharfen Blick konzentriert.

»Haben Sie sich erholt, können Sie auf Fragen antworten?« fragte er Gorbatschow.

»Ja.«

»Sie erinnern sich genau, daß der Name jenes Studenten Kukowerow war? Sie bringen da nichts durcheinander? Überlegen Sie bitte so gründlich wie möglich!«

Gorbatschow dachte einen Augenblick nach.

»Nein, wie könnte ich auch den Namen eines Menschen vergessen, der so viel Aufregung und Unruhe verursacht hat. Bis zu meinem Tod vergesse ich den nicht.«

»Und Sie glauben, das war ich?«

Gorbatschow hob den Kopf und sah dem Ingenieur lange und unverwandt ins Gesicht. Schließlich sagte er langsam und bedächtig:

»Natürlich ist das fast zwanzig Jahre her. Sie, das heißt jener Student, waren damals noch blutjung, trotzdem habe ich Sie gleich erkannt, als ich Sie erblickte. Darum bin ich so auf Sie zugestürzt.«

»Interessant«, bemerkte Kukowerow und drehte sich zu dem verdutzten Kort und dem Untersuchungsrichter um. »Entweder ein unwahrscheinlicher Zufall, eine Ähnlichkeit, oder eine unwahrscheinliche … Doch das ist unwichtig. Sagen Sie, erinnern Sie sich vielleicht, ob dieser Student … Kukowerow sonst noch mit jemand in der Stadt Kontakt hatte?«

Gorbatschow runzelte die Stirn.

»Sie haben mich vorhin nach einem gewissen Struk gefragt«, wandte er sich an den Untersuchungsrichter, »und ich gab zur Antwort, ich hätte den Namen schon gehört, mir fiele aber nicht ein, wo. Jetzt entsinne ich mich, Kukowerow hat von ihm gesprochen, als wäre es ein Verwandter von ihm.«

Kukowerow rückte näher an Gorbatschow heran.

»So, so«, sagte er gedehnt und fragte schnell: »Und Sie selbst haben außer dem Namen Gorbatschow keinen anderen Namen?«

Gorbatschow warf einen raschen Blick auf das angespannte Gesicht des Ingenieurs.

»Nein«, sagte er empört. »Was soll die Frage?«

»Das!« rief Kukowerow, reckte sich, und seine Hand schnellte zu Gorbatschows Bart. Die Finger umklammertem die Barthaare, rissen daran, und vor den Verhörenden erschien ein nacktes, ausgemergeltes Gesicht ohne den umgebundenen Bartschmuck.

»Oh!« schrie Kort.

»Halt! Faßt ihn!« brüllte Kukowerow.

Doch es war zu spät. Der Mann war aufgesprungen und hatte mit unerwarteter Kraft den schweren Tisch gegen Kukowerow, den Untersuchungsrichter und den Kripochef gekippt. Er tat einen Satz über sie hinweg, schlug Kort, der an seine Pistolentasche griff, blitzschnell zu Boden, schwang sich aufs Fensterbrett und ließ sich zwei Stockwerke tief in den Garten fallen. Der Kripochef kroch unterm Tisch vor und hob den Revolver.

Batz! Ein Schuß krachte.

»Verdammt, daneben!« fluchte der Kripochef wütend. Kriminalbeamte kamen ins Zimmer gerannt.

»Sofort die Verfolgung aufnehmen! Riegelt den Garten mit Berittenen ab. Der entkommt uns nicht.«

Die Kriminalbeamten wollten losstürzen, doch Kukowerow, der wieder auf die Beine gekommen war, hielt sie auf.

»Nicht nötig. Soll er ruhig fliehen. Es nützt uns nicht viel, wenn wir ihn fassen. Wir müssen den echten Gorbatschow finden, falls sie ihn nicht auch schon, wie Berloga, entführt oder gar umgelegt haben.«

Nach der seltsamen Begegnung auf der Straße hatte Berloga sich völlig erschöpft auf dem Sitz des dahinsausenden Automobils zurückgelehnt. Vor seinen Augen tanzten Funken, sein Mund war ausgetrocknet, und in seinen Schläfen hämmerte jemand ganze Fugen auf dem Klavier.

›Teufel noch mal‹, dachte der Reporter, ›während ich in der vermaledeiten Klapsmühle saß, bin ich wohl selber ein bißchen übergeschnappt. Hab ich auf der Straße wirklich einen Doppelgänger meines Nachbarn gesehen, oder bilde ich mir das ein?‹

Doch sogleich erinnerte er sich, daß das Automobil tatsächlich gehalten und dabei fast einen Menschen umgefahren hatte, der mitten auf der Straße stand.

Berloga schielte zu Kukowerow. Der saß ruhig da und schaute aus dem Fenster, betrachtete mit der unbeschwerten Neugier eines Touristen die Straße. Am Automobil zogen die grünen städtischen Weideplätze vorüber, auf denen gutgenährte, buntscheckige Kühe grasten. Die Hütejungen gafften verzückt dem halsbrecherisch dahinjagenden Auto nach. In Fahrtrichtung tauchten zwischen Staubwolken bereits die niedrigen Bauten von Strugaljowka auf.

Das Auto flitzte auf einer holprigen Brücke über einen

Bach, bog dann scharf nach rechts. Kukowerow beugte sich vor und sagte etwas zu dem Fahrer, allerdings nicht auf russisch.

Das Auto raste nun noch schneller dahin. Berloga warf seinem Begleiter einen beunruhigten Blick zu und wollte schon bemerken, nach den Straßenverkehrsregeln sei eine Geschwindigkeit von mehr als fünfzehn Kilometern innerhalb der Stadtgrenze verboten, doch er kam nicht dazu.

Kukowerow packte ihn plötzlich am Kragen und riß ihn vom Sitz. Aufjaulend sackte Berloga auf den Boden des Autos. Kukowerow drückte ihn mit der Linken nach unten, mit der Rechten hielt er ihm eine kleine Browning vor die Nase:

»Stillgelegen! Wenn Sie einen Mucks tun, schlag ich Ihre idiotische Birne zu Brei. Sie sind in meiner Macht. Bei dem Auspufflärm wird niemand etwas hören von Ihrem Tod«, brüllte er, das Tuckern des Motors übertönend.

Berloga verdrehte bloß kläglich die Augen. Allmählich war er das Übermaß an Eindrücken leid. Selbst für einen eingefleischten Reporter wurde das zuviel.

›Jetzt ein Rührei mit Schinken, und wenigstens ein Stündchen auf einem guten Bett schlafen, wie wär das schön!‹ dachte er und litt Qualen unter dem Rütteln des Wagens.

Bald verlangsamte sich das Tempo. Vom Boden des Autos nahm Berloga wahr, daß über seinem Kopf ein hoher Torpfosten aus Stein vorüberhuschte. Der Fiat ruckte noch einmal nach rechts, dann nach links und blieb stehen, keuchend von der anstrengenden Fahrt.

Kukowerow gab dem Reporter einen Fußtritt.

»Aufstehn, zum Donnerwetter! Wir sind da. Falls Ihnen das Irrenhaus nicht gereicht hat, kriegen Sie noch eins auf den Deckel!«

Berloga erhob sich. Das Automobil stand vor der Treppe eines einstöckigen Hauses, das einem englischen Cottage glich. Es sah unbewohnt aus.

›Eine Datscha‹, dachte der Reporter und streckte die eingeschlafenen Glieder. ›Nur sonderbar, daß ich sie noch nie gesehen habe.‹

Während er aus dem Auto kletterte, entgegnete er Kukowerow auf dessen Äußerung von zuvor:

»Warum meinen Sie, das Irrenhaus hätte mir nicht gereicht? Über Langeweile hab ich mich schließlich nicht beklagt.«

Kukowerow hörte über die Ironie hinweg und deutete stumm auf die Tür.

Der Reporter zuckte die Schultern, stieg die Treppe hoch und stieß die Tür auf.

Im Vorraum umfing ihn der würzige, angenehme Geruch von Moos und trockener Kiefer, der gemütliche Geruch aller Holzhäuser. Der Vorraum war leer. Kein Möbelstück, nichts, was darauf hingewiesen hätte, daß das Haus bewohnt war. Kukowerow öffnete ihm die Tür, die ins Hausinnere führte. Die Zimmer waren ebenfalls leer.

»Vorwärts!« sagte Kukowerow.

Aus dem Hof hörte man das Geräusch des abfahrenden Fiat. Berloga sah auf die leere Zimmerflucht und drehte sich zu Kukowerow um.

»Eigentlich, wenn Sie mich umlegen wollen«, sagte er höflich, »verstehe ich nicht, warum Sie sich die Mühe machen, erst noch durch leere Zimmer zu laufen. Meiner Ansicht nach wäre es hier sehr günstig. Es ist ziemlich dunkel, das böte die willkommene Möglichkeit, kein Blut sehen zu müssen. Es heißt, der Anblick von Blut sei auch für routinierte Mörder höchst unangenehm. Das habe ich im Leningrader Abendblatt, der ›Krasnaja Gaseta‹, gelesen. Darin steht immer eine Menge unnützer, aber interessanter Informationen.«

Kukowerow feixte.

»Niemand will Sie umbringen, aber ich finde, Sie sind selbst für einen Zeitungsfritzen zu redselig. Marsch!«

Berloga pfiff vor sich hin, steckte die Hände in die Taschen und ging los. Als er vier Zimmer durchwandert hatte und das fünfte betrat, stöhnte er auf vor Verwunderung. Dieses Zimmer war zweifellos bewohnbar, ja mehr noch, es war komfortabel, sogar luxuriös: eine Garnitur englischer Ledermöbel, zwei Schränke mit Büchern, auf dem Boden ein flauschiger Chorasan. Das Fenster, das auf eine Lindenallee hinausging, war allerdings mit einem dichten Gitter versehen, was die Anziehungskraft des gemütlichen Nests etwas minderte, vor allem in Berlogas Augen. Dennoch bemerkte er mit besonderem Vergnügen einen riesigen, breiten Lederdiwan.

Beim Anblick des Diwans zog in Berlogas zermürbte Seele plötzlich Ruhe und Klarheit ein. Er reckte sich und fragte Kukowerow:

»Und was ist mit der Miete? Die geht zu Ihren Lasten? Und überhaupt, für wie lange kriege ich diese Behausung?«

Kukowerow sah den Reporter mit zusammengekniffenen Augen an.

»Das hängt ganz von Ihnen ab. Wenn Sie einverstanden sind, nach meinem Diktat einen Brief an Kukowerow zu schreiben, können Sie sehr bald von hier fort.«

Dem Reporter knickten die Knie ein, er plumpste auf den heißersehnten Diwan, Mund und Augen weit aufgerissen.

»Einen Brief an Kukowerow? Sind Sie etwa nicht … Kukowerow?«

»Nicht ganz«, antwortete sein Gesprächspartner.

»Also ... also ist es mir nicht nur so vorgekommen, als hätte ich dort auf der Straße Ihr anderes Ich, das heißt den anderen Kukowerow, gesehen, das heißt, nein ... puh, wer ist in dieser ganzen Geschichte denn nun der wirkliche Kukowerow?«

Der andere Kukowerow schwieg und schaute Berloga fast mitleidig an. Nach einer Weile sagte er:

»Merken Sie sich, auf dieser Welt gibt es nichts Wirkliches. Alles hängt von Ihrer eigenen Vorstellung der Welt ab. Sie werden das verstehen, wenn Sie Schopenhauer gelesen haben.«

»Der kann mich, Ihr Schopenhauer! Ich möchte schlafen«, knurrte Berloga, »sonst verlier ich tatsächlich den Verstand.«

»Sie können schlafen, soviel Sie wollen. Aber zuvor muß ich wissen, ob Sie einverstanden sind, Kukowerow einen Brief zu schreiben.«

»Was für einen Brief?« fragte der Reporter und bekam einen Gähnkrampf.

»Sehr einfach. Sie bitten Kukowerow um seinen Besuch. Sie schreiben ihm, Sie seien in der Hand von Missetätern, hätten jedoch einen Weg gefunden, ihn zu verständigen. Sie bäten ihn, wenn er das Geheimnis der Brände aufdecken wolle, zu Ihnen zu kommen, doch unbedingt allein und sogar verkleidet, da Ihr Aufenthaltsort unter Beobachtung stehe und die kleinste Unvorsichtigkeit, wie etwa ein Auftauchen von Vertretern der Staatsgewalt, Sie das Leben kosten könne. Sie beschreiben Kukowerow einen Geheimgang zu Ihrem Versteck, den Sie zufällig entdeckt hätten. Erfüllen Sie diese Bedingung, erhalten Sie Ihre Freiheit wieder. Wenn Sie sich weigern, verschließe ich diese Tür, und in zehn Jahren gräbt Sie hier vielleicht ein Archäologe aus.«

Trotz seiner Müdigkeit und dem Gehämmer im Kopf erfaßte Berloga seine Lage mit der Blitzesschnelle des Reporters.

»Ich habe durchaus nicht vor, als Exponat aus dem Maschinenzeitalter ins Museum zu kommen«, erwiderte er. »Ich bin einverstanden, alles zu schreiben, was Sie wünschen. Letzten Endes«, setzte der Reporter mit giftiger Ironie hinzu, »ist es mir absolut gleich, ob ich den Brief schreibe oder nicht. Schließlich ist es mir nicht einmal zu wissen vergönnt, wer von euch beiden der wirkliche Kukowerow ist, wer ein Betrüger und wer ein ehrlicher Mensch und was ihr überhaupt von mir wollt.«

»Sie verfügen über gesunden Menschenversand«, bemerkte der andere Kukowerow, »setzen Sie sich, schreiben Sie.«

Berloga setzte sich langsam und lässig an den Tisch. Doch seine Nerven waren jetzt gespannt und zum Handeln bereit.

»Nun denn«, sagte sein Gesprächspartner, schob Papier und Tintenfaß näher und beugte sich zu Berloga. Der Reporter peilte ihn an, riß die Arme hoch und hieb mit aller Kraft auf den Schädel des anderen Kukowerow. Nase und Zähne krachten voller Wucht auf die Tischkante. Berloga schlug noch einmal zu. Der Mann stöhnte auf und rutschte unter den Tisch. Berloga umklammerte seine Gurgel. Als er hörte, daß das Röcheln verstummte, ließ er los und blickte um sich. Vom Fenster riß er eine Portiere ab, wickelte den halb Erwürgten hinein und verschnürte ihn. Der Blick des Reporters streifte den Diwan. Er ging hin und klappte den Sitz hoch. Mühsam hob er den Körper, verstaute ihn im Kasten und drückte den Sitz herunter.

Dann brach er in nervöses, dümmliches Lachen aus und sagte:

»Wenn's dir im Auto nicht gereicht hat, kriegst du eben noch eins auf den Deckel.«

Er lauschte. Nichts war zu hören. Nur die dröhnende Stille der unbewohnten Zimmer.

Auf Zehenspitzen schleichend und bei jedem Knarren der Dielenbretter zusammenschreckend, ging er bis zum Vorraum und machte behutsam die Tür einen Spalt auf. Draußen war es ebenfalls still und leer. Berloga stieg die Treppe hinab, lief zwischen den Bäumen durch, stieß auf einen mittelhohen, mit Nägeln bespickten Zaun, und beim Darüberklettern zerkratzte er sich die Hände und riß sich die Kleider in Fetzen.

Vor ihm lag öde Steppe. Als staubiger Streifen lief die Chaussee hindurch, in der Ferne waren das Meer und ein weißer Leuchtturm auf einer Mole zu sehen. Dahinter lag, mit dem Bug am Ufer, ein großer Dampfer schief im Wasser. Eine dünne Rauchsäule stieg über ihm auf. Es war der Öltanker, der letzte Nacht ausgebrannt war.

Berloga holte tief Luft, zog die Hosen hoch und rannte, was das Zeug hielt, in Richtung Stadt.

»Nun grämen Sie sich doch nicht so«, sagte Kukowerow zu dem Kripochef Mischin, der sich nach seinem Fehlschuß auf den falschen Gorbatschow immer noch nicht beruhigen konnte. »Ich sage Ihnen ja, er ist uns völlig gleichgültig. Er hat ausgespielt. Wenn wir bloß den richtigen Gorbatschow finden! Klar, der könnte äußerst wichtige Aussagen machen, deswegen hat man uns wohl so vorsorglich einen Falschen untergeschoben. Doch jetzt müssen wir noch einmal die junge Frau verhören, welche die Bombe für das Schiff übergeben hat. Auf zum Untersuchungsgefängnis!«

Kukowerow, der Untersuchungsrichter und der Kripochef traten auf die Straße. »Verdammt, wo ist das Auto?« fragte der Kripochef.

»Wozu denn. Fahren wir mit der Droschke.«

Sie riefen einen Kutscher und fuhren zum Untersuchungsgefängnis.

Seufzer-Lenka saß in der Zelle und ließ den Kopf hängen. Seufzer-Lenka litt Qualen. Sie litt aus zweierlei Gründen. Erstens hatte sie Gewissensbisse wegen des ungewollten, aber schlimmen Verbrechens. Zweitens bedauerte sie, daß es ihr nicht gelungen war, mit Waska Kortschagin, dem grauäugigen Steuermann des »Kommunarden«, eine heiße Nacht zu verbringen. Und Seufzer-Lenka wußte selber nicht, was sie mehr quälte.

Sie hob den zerzausten Kopf und schaute mit violetten Augen zu dem schmalen Fenster, das tief in der meterdikken Zellenwand steckte. Sie zitterte, es lief ihr kalt über den Rücken.

›Sicher werd ich dafür erschossen‹, dachte sie angstvoll, und ihre Fingerspitzen wurden zu Eis. »Nie wieder seh ich die Welt, weder Petka noch Waska, noch Andrej. Umsonst ist meine Jugend verblüht, dabei hab ich noch gar nicht recht gelebt.«

Lenka ließ den Kopf auf die Knie sinken und begann leise, mit durchdringender Fistelstimme zu weinen.

So weinte sie lange und inbrünstig, und vor lauter Weinen hörte sie nicht, wie der Schlüssel im Schloß der gepanzerten

Zellentür umgedreht wurde. Erst als der Aufseher sie anrief, drehte sie sich um.

»Bürgerin, stehen Sie auf! Zu Ihnen kommt der Untersuchungsrichter.«

Lenka sprang eilfertig auf und wischte mit dem Ärmel über die verheulten Augen. Auf ihrem Gesicht erschien sogleich ein professionell kokettes Lächeln. Sie verneigte sich vor dem eintretenden Untersuchungsrichter und verdrehte betörend die Augen.

Der Untersuchungsrichter legte seine Aktentasche auf den Tisch und sagte zu dem Aufseher:

»Sie können vorerst gehen, Genosse. Ich muß die Angeklagte unter vier Augen verhören.«

Der Aufseher verschwand.

Der Untersuchungsrichter zog den Hocker her, setzte sich mit dem Rücken zum Fenster und deutete auf das Bett.

»Setzen Sie sich.«

»Danke, ich kann auch stehen«, antwortete Lenka, erneut mit den Augen blitzend.

»Schauen Sie, ich komme als Freund zu Ihnen. Wir verstehen, daß Sie zufällig, und nicht aus böser Absicht, in das Verbrechen verwickelt wurden. Ich denke, nach meinem Verhör werden Sie auf freien Fuß gesetzt.«

Lenka seufzte laut und freudig und rückte näher zum Untersuchungsrichter.

»Wirklich?« sagte sie lächelnd und preßte die Hände auf den Busen.

Der Untersuchungsrichter starrte mit einem merkwürdigen Blick auf ihre Hände.

»Was für schöne Hände Sie haben«, sagte er nach kurzer Pause.

Lenka freute sich.

»Maniküre mach ich mir immer selber. Die Kavaliere mögen es, wenn man schöne Hände hat.«

»Sehr angenehme Hände«, wiederholte der Untersuchungsrichter und streichelte Lenkas Haut von der Hand bis zum Ellenbogen.

Lenka tat verschämt und schlug verspielt die Augen nieder. Der Untersuchungsrichter rückte noch näher und faßte Lenka um die Taille.

»So ein bezauberndes Mädchen«, sagte er gedehnt und sah Lenka in die Augen. »Man schämt sich direkt, so ein Mädchen im Gefängnis zu halten. Sie müssen freigelassen werden.«

»Lassen Sie mich frei, bitte, seien Sie so gut, Genosse. Ich bin wirklich unschuldig. Alles nur aus Dummheit«, bettelte Lenka und schmiegte ihre Hüfte an den Untersuchungsrichter. Der Kunstgriff war erprobt, und Lenka spürte, daß er wirkte.

»Und was kriege ich dafür?« fragte der Untersuchungsrichter und kniff wie ein schmusender Kater die Augen zusammen.

Lenka sah ihn an.

»Lassen Sie mich bloß frei. Dann werden Sie Ihr Leben lang Ihre Freude an mir haben, Genosse. Mich vergessen Sie in alle Ewigkeit nicht.«

Der Untersuchungsrichter lachte und tätschelte Lenkas Hüfte.

»Gar nicht übel. Na schön. Merk dir die Abmachung. Heute lassen wir dich frei.«

Er stand auf.

»Bis zum Abend mußt du noch aushalten, bis ich das Entlassungspapier geschickt habe. Und damit es dir nicht langweilig wird – da hast du was zum Knabbern.«

Er wühlte in der Aktentasche und zog eine flache Schachtel heraus, die mit einem bunten Band zugebunden war.

Fest und auf besondere Art – Lenka kannte diesen männlichen Griff aus dem Effeff – drückte er ihr die Hand und verließ die Zelle. Das Schloß schnappte ein. Lenka sah mit Bedauern auf die Tür, setzte sich wieder aufs Bett, zog an dem Band und öffnete die Schachtel.

Kaum hatte sie den Deckel gehoben, flogen aus der Schachtel mit leisem Rascheln ein paar Schmetterlinge, blau mit gelb. Sie stiegen zur Decke auf. Starr vor Schreck schaute Lenka ihrem lautlosen Geflatter zu.

Plötzlich ließ ein Schmetterling sich fallen und setzte sich auf Lenkas Schulter. Lenka machte unwillkürlich eine Handbewegung, um ihn zu fangen, da spürte sie, mit fassungslosem Entsetzen, ein Brennen an der Wange und sah eine Flamme aufflackern. Mit einem Schrei fuhr sie hoch, aber ein Schmetterling nach dem anderen setzte sich auf ihr Kleid.

Das Kleid entzündete sich an mehreren Stellen.

Lenka schrie markerschütternd und schlug auf die Flammen ein, doch sie erloschen nicht, sondern wurden nur noch stärker angefacht. Vom Feuer geblendet und versengt, stürzte Lenka zur Tür und bearbeitete sie brüllend mit den Fäusten. Das Brennen wurde immer unerträglicher, und Lenka brach zusammen, mit dem Kopf gegen die Tür schlagend. Sie stand bereits von Kopf bis Fuß in Flammen.

Sie fiel aus dem Spiel wie das Glied einer Kette aus Goldpapier, die am Weihnachtsbaum Feuer gefangen hat.

15

FÜNFZEHNTES KAPITEL

ZWISCHENBILANZ UND AUSBLICK

von Konstantin Fedin

Der Kutscher zügelte das Pferd vor einem düsteren Gebäude.

Am dröhnenden Eisentor stießen Kort und Kukowerow auf den Direktor des Untersuchungsgefängnisses.

»Genosse Kort ...«

Der Direktor sah scheel auf Kukowerow. Kort fing den Blick auf.

»Darf ich bekanntmachen: Genosse Kukowerow, mein neuer Untersuchungsrichter.«

»Sehr angenehm!«

Kukowerow drückte kurz die Hand des Direktors, die hart und kalt war wie eine Türklinke.

»Wir sind in höchster Eile«, erklärte Kort sorgenvoll. »Bitte, bringen Sie uns zu der Untersuchungsgefangenen mit Spitznamen Seufzer-Lenka.«

»Oho! Das scheint ja ein besonderer Vogel zu sein«, meinte der Direktor beziehungsreich, »die Untersuchungsrichter tanzen geradezu in hellen Scharen bei ihr an ...«

»Verzeihn Sie, was haben Sie gesagt?«

»Gerade eben ist ein Untersuchungsrichter zu Seufzer-Lenka gegangen …«

»Ein Untersuchungsrichter?«

Kort und Kukowerow schauten sich an.

»Bringen Sie uns auf der Stelle hin!«

»Ich glaube, das ist … eben jener Gorbatschow«, flüsterte Kort, außer Atem, Kukowerow zu.

»Das sehn wir, sehn wir gleich …«

Sie rannten durch einen Gang; ihnen entgegen scholl der Schrei einer Frau, dumpf widerhallend im Gewirr der Korridore.

»Na, na! Mach keinen Unsinn!« rief ein ferner Wachmann, und das Echo zersplitterte seine Worte, als ob an allen Ecken und Enden alle Wachmänner riefen: »Na, na! Mach keinen Unsinn!«

Kukowerow stieß Kort gegen die Wand, rannte fast lautlos auf Zehenspitzen weiter und verschwand hinter einer Biegung.

Der Mann mit der Aktentasche war zusammengezuckt, als er Lenkas Schrei hörte.

»Oh, verdammt! Die hat sich aber beeilt!«

Den Kopf eingezogen, huschte er in einen Seitengang, als plötzlich vor ihm das Gesicht Kukowerows auftauchte.

Der Mann mit der Aktentasche hielt den Atem an und drückte sich gegen die Wand, Kukowerow sah sich hastig um.

»Fliehen wir! Dort ist abgeschlossen!« zischte er dem Unbekannten ins Gesicht. »Los!«

Der Mann mit der Aktentasche seufzte erleichtert.

»Uff! Und ich dachte, Sie wären der echte!«

Beide rannten lautlos weiter.

»Wo ist der Journalist?« flüsterte der Unbekannte Kukowerow zu.

»Berloga?« Kukowerow schnippte geschickt mit den Fingern. Das konnte ein Schlüsselgeräusch andeuten oder auch einen Revolverschuß.

Dreißig, vierzig, fünfzig Schritte.

Eine Steintreppe führte nach unten. Unter der Tür fiel ein Lichtstreifen durch.

Bis zur Treppe waren es noch fünf Saschen, drei, einer …

Plötzlich federte Kukowerow ab, schleuderte das rechte Bein nach vorn und stieß heftig den Absatz in den Rücken des vor ihm laufenden Unbekannten.

Der fiel mit einem Schrei auf den Steinboden. Sein Körper, dessen Geschwindigkeit sich von dem Stoß noch erhöhte, glitt über die scharfkantigen Stufen, und Kukowerow, der sich auf ihn geworfen hatte und ihn mit seinem ganzen Gewicht niederdrückte, rutschte mit ihm nach unten.

»Kort, schnell! Ich hab ihn!« rief Kukowerow.

Sein Ruf ging jedoch in dem verzweifelten, grauenhaften Widerhall der reglosen Wände unter:

»Hilfe! Aufmachen! Feuer!«

Aber schon stand Kort neben Kukowerow. Er hielt den Revolver in der Hand.

»Lassen Sie ihn, Kukowerow, diesmal schieß ich nicht daneben!«

Kukowerow erhob sich von seinem Gegner. Der rollte wie ein Sack zur Seite.

»Nicht doch, Sie sollten ihn nicht … Dieser ›Untersuchungsrichter‹ kommt uns sehr zustatten«, sagte Kukowerow unwillig und schob Korts Hand weg.

Sie sahen sich den Unbekannten genauer an. Sein wirres Haar hing über die Stufen. Darunter kroch langsam, im Lichtstreifen sichtbar, ein schäumendes hellrotes Rinnsal hervor.

Aus dem Protokoll:

»Bei dem toten Unbekannten wurde außer einer leeren schwarzen Chagrinledertasche nichts gefunden. Die zunächst vermutete Identität des Unbekannten mit jener Person, die sich als Gorbatschow ausgegeben hatte und flüchtig ist, konnte nicht bestätigt werden. Der Tote wurde in der Leichenkammer des Gefängniskrankenhauses aufgebahrt.«

»Die Untersuchungsgefangene Jelena Tytschkina mit Spitznamen Seufzer-Lenka ist infolge schwerer Verbrennungen am ganzen Körper verstorben. Die Einrichtung ihrer Zelle ist verbrannt, die Tür verkohlt. Auf dem eisernen Bettgestell fand man eine rußgeschwärzte flache Asbestschachtel, die sich bis dato nicht unter dem persönlichen Eigentum der Gefangenen befunden hatte.«

»Die Untersuchungshäftlinge Andrej Warnawin und Luka Iwanowitsch Iwanow mit Spitznamen Petka das As sind während des Brandes in unbekannter Richtung entflohen.«

Als Kukowerow zu Struk kam, wunderte er sich, daß ihm nicht der schwachköpfige und – bekanntlich – verzwickt frisierte Bursche öffnete, sondern der zittrige, bucklige Verwalter, der Herr von Mengden, seines Zeichens ehemaliger Baron. Der ehemalige Herr Baron half Kukowerow aus dem Mantel.

»Sie kommen zum Dienst, Boris Samoilowitsch?« flüsterte Mengden.

»Sicher, wieso?«

»He-he-he! Könnte ich Sie vielleicht zwei, drei Minuten mit Beschlag belegen, für ein äußerst aufmunterndes Vergnügen? Mein ehemaliger Patron …«

»Wer war denn Ihr ehemaliger Patron?«

Mengden wandte den Blick ab.

»Böse Zungen behaupten, ich sei … ähem! ähem! … eine Kreatur des ehemaligen Botschafters Bachmetjew. In Wirklichkeit war ich Protegé des Generals Lebab.«

»Des Generals Lebab?«

»Sie kennen ihn nicht? Oh, das ist ein bekannter Hebraist. Angefangen hat er freilich« – Mengden senkte die Stimme – »ganz klein, mit Salzspekulationen. Dann aber hat er das Schicksal am Schwanz gepackt, hat es bis zum General gebracht und wurde Hebraist …«

»Und was haben Sie bei ihm gemacht?«

»Ich? Ja wissen Sie denn nicht, ich bin doch Homöopath. Von klein auf litt mein General unter gräßlichem Rülpsen. Sogar Schreikrämpfe …«

»Worauf wollen Sie hinaus?«

»Ähem! Mein ehemaliger Patron hat so nette Ansichtskarten gesammelt, und … die wollte ich Ihnen zeigen …«

»Was? Ansichtskarten?« rief Kukowerow. »Schaun Sie sich Ihre Ansichtskarten doch selber an!«

Mengden klimperte mit den Wimpern und setzte sich.

Kukowerow rannte in sein Arbeitszimmer.

»Monsieur Kukowerow«, rief ihm die lila Fürstin zu. »Ich habe in der Zeitung eine sensationelle Neuigkeit gelesen: Ihre Hoheit hat auf einem Ball ihre brillantenbesetzte Agraffe verloren!«

Kukowerow starrte die lila Fürstin an.

»Was für eine Hoheit?« fragte er finster.

»Ihre Hoheit.«

»Ihre …?«

»Ja, sie hat die Agraffe verloren … Wie entsetzlich!«

»In der Tat, entsetzlich«, murmelte Kukowerow und wischte sich die verklebten Haarsträhnen aus der Stirn. »Wo haben Sie das gelesen?«

Die lila Löckchen der Fürstin Abamelek-Lasarewa wippten gekränkt.

»In der Zeitung, sage ich doch – in der Zeitung!«

»Wenn ich nicht irre, ist das die ›Nowoje Wremja‹? Bitte mich ergebenst zu entschuldigen, doch Ihre Zeitung stammt aus dem Jahre 1914.«

»Auf jeder anständigen Zeitung steht das Datum nach dem alten Kalender.«

»Wie??«

»Ich habe gesagt: nach dem alten Kalender. 1914 nach dem alten Kalender ist 1927 nach dem neuen. Was ist daran so schwer zu verstehen, mein Herr?«

Die Fürstin entnahm ihrem Ridicul ein Döschen mit Pfefferminzbonbons und bot sie Kukowerow an.

Der verneigte sich und ging in sein Kabinett.

›Was für ein Idiot hat Struk bloß diese hochgradigen Kretins aufgedrängt? Ob das zur Irreführung dient? Und was soll dieses Larifari über Bachmetjew und Lebab? Im übrigen …‹

Da fiel Kukowerows Blick auf den Schreibtisch, und er sah, daß jedes Papier, auch der kleinste Gegenstand, unberührt in derselben Ordnung lag, wie er sie verlassen hatte.

›Was hat das zu bedeuten? Hat man das Bespitzeln aufgegeben? Oder fehlte die Zeit? Wenn das so ist, dann …‹

Kukowerow schloß die Augen, und wie auf einer Leinwand zogen, in einer blitzartigen Montage von Großaufnahmen, die Bewohner der Strukschen Villa an ihm vorüber. Struks gedunsenes Gesicht tauchte auf, für einen Moment erbebten die lila Löckchen der Fürstin Abamelek-Lasarewa, Baron Mengden kicherte geil, der linkische und – bekanntlich – verzwickt frisierte Bursche trollte vorbei, als Fragezeichen tauchte Miss Elita auf, doch da – schlagartig von allen Zweifeln befreit und genau wissend, welche Karte er aus dem Stoß ziehen mußte, hatte Kukowerow schon Bilanz gezogen und scharf resümiert.

›Es ist der Bursche!‹

Kein Bursche … keine Unordnung … Baron Mengden als Pförtner, natürlich …

Seine Augen öffneten sich wieder.

›Es ist der Bursche!‹

Berloga sprang auf und blickte sich um.

Ein Held, so er überhaupt einer ist, hat lapidar und kühn zu sein. Jeder Schritt ein Ereignis, jedes Wort eine These.

Jedoch – wohin? Eine ganze Nacht war zunichte. Nachdem Berloga sich aus dem Cottage befreit hatte, war er auf dem Weg in die Stadt völlig erschöpft in den Sand gefallen und hatte bis zum Morgen geschlafen. Nun durfte er keine Minute mehr verlieren.

Heftiger Hunger ist der beste Steuermann.

Also, beschlossene Sache: auf zur Wohnung Migunows, des lieben Warwi Migunow! Zur feuerspeienden, unerschöpflichen Jefrossinja!

Jefrossinja! Die Erfahrung in Person, am Herdfeuer gehärtet, die Verkörperung von Soßen und Marinaden! Sie stand, an den Türpfosten gelehnt, und sah gerührt zu, wie fette Beefsteak-Bissen in Berlogas Schlund verschwanden. Sie hob erst zu sprechen an, als Berlogas Kehle nach heftiger Arbeit ein Seufzer der Erleichterung entfuhr.

»So vor einer halben Stunde hat da ein Fräulein nach Ihnen gefragt ...«

»Warum haben Sie mir das nicht gleich gesagt?« fuhr Berloga auf. »Wo ist sie?«

»Gut, daß ich es nicht gesagt hab! Sie wären mir sonst noch hungrig davongelaufen, dabei ...«

»Wo ist sie?«

»Das Fräulein? Regelrecht ein nettes Fräulein, eine von den neumodischen ... Hat von Ihnen geredet und gesagt, Sie sollen zu ihr kommen ...«

»Zu ihr? Wohin?«

»In dieses Dingsda, wie heißt's doch gleich, Büllveh oder so, dieses Hotel, ins Zimmer 23, glaub ich ...«

Berloga war schon zur Tür draußen. Mit spitzen Fingern zauste er sich die Haarzotteln und stopfte sie unter die Mütze, die er im Laufen aus der Tasche geholt hatte.

Der Portier des Hotels Bellevue kam nicht einmal dazu, den Mund aufzutun, um diesem wüsten Menschen vorzuschlagen, seinen unmöglichen karierten Mantel abzulegen und die Füße abzustreifen.

Berloga jagte die Treppe hoch zum ersten Stock, glitt über den blauen Läufer im Korridor, drückte wie in einem Nebel die Türklinke von Nr. 23 nieder, vergaß sogar zu klopfen und stürzte ins Zimmer und zugleich in zwei helle Fenster – die ironisch blitzenden Augen von Miss Elita Struk, in gemeinem Russisch Dina Kamenezkaja, Filmschauspielerin, Privatsekretärin und Enkelin des geheimnisvollen Struk.

»Guten Tag, Berloga!« sagte die Frau leise und sprang

vom Sofa, dem verdatterten Journalisten entgegen. Verlegen drückte er ihr die Hand.

»Also, ich konnte es nicht länger ertragen. Die Rolle der Mätresse war mir zuwider. Ich lief unseren Regisseuren davon und kam durch Mengden zu Struk. Es gelang mir, ihn an die Kandare zu nehmen, allerdings nicht ganz; er blieb der Stärkere. Er hätte mich einsperren, mich verhungern lassen können. Nur eines konnte er nicht riskieren: mich fortzujagen. Ich war ihm bereits gefährlich. Wir schlossen einen bewaffneten Frieden, dabei fürchtete ich stündlich um mein Leben – sie mußten mich loswerden, und einen Versuch dazu unternahmen sie, als sie mich zur Grenze schickten, angeblich um dort jemand abzuholen. Meine Absicht war, Struks Auftrag zu erfüllen, jedoch zu Ihrem Vorteil, das heißt, zu Ihnen zurückzukehren. Vor der Abreise beschlossen sie, mich auf die Probe zu stellen. Bedenken Sie: Es gab keine persönlichen Aussprachen, ich weiß nicht, wer mich steuerte. Die Anordnungen bekam ich gewöhnlich per Post oder per Telefon. Mein Probefall waren Sie – Ihnen mußte ich die Freiheit rauben. Morgens erhielt ich brieflich den Befehl, mittags kam ein Telefonanruf, ich wurde provoziert …«

»Ich kenne dieses Gespräch«, warf Berloga kurz ein.

»Sie kennen es? Um so besser. Nun also. Ich brachte Sie ins Irrenhaus und reiste ab. Die Bedingung für meine Rückkehr war, daß Sie am Leben blieben.«

»Trotzdem wollte man es mir nehmen«, flocht Berloga ein.

»Zweifellos. Bei Minsk wurde eine Postkutsche überfallen, die kurz vor mir abgefahren war. Ein Mädchen wurde ermordet, das mir ungeheuer ähnlich sah, ich habe sie gesehen … das heißt, die Leiche, und ich bin sofort geflohen. Ich begriff, welchen Zweck meine Dienstreise hatte.«

»Sie lügen«, sagte Berloga barsch und schritt im Zimmer auf und ab. »Was soll die Geschichte? Ich glaube keine Sekunde an ›das ermordete Mädchen, das mir ungeheur ähnlich sah‹! An solche Zufälle! Die Frage ist – wer Sie sind! Sie selbst! Eine Abenteurerin? Eine Verbrecherin? Eine Psychopathin? Eine Sphinx?«

Elita sank in sich zusammen und begann auf einmal jämmerlich zu weinen, wie ein gekränktes Kind.

»Berloga! Ach, Berloga! Ich bin doch selber das ermordete Mädchen, bloß hab ich … ein klein wenig zu dick aufgetragen!«

»Teufel noch mal! Halten Sie mich für einen Esel? Also, wissen Sie …«

Elita erhob sich geschwind und knöpfte über der schmalen Schulter ihr Kleid auf. Sie drehte sich um und zeigte Berloga eine lange, leicht vernarbte Wunde am linken Schulterblatt.

»Meinen Sie denn, es wäre mir angenehm, Ihnen so etwas Abscheuliches zu zeigen?« stieß sie mühsam hervor.

»Was ist das? Wer war das?« Berloga errötete bis zu den Haarwurzeln und streckte die Hand nach Elita aus, als wollte er ihre Schulter bedecken.

»Berloga!« sagte Elita traurig. »Ich weiß, daß ich nicht auf Ihr Vertrauen rechnen kann. Vielleicht sollten Sie erst einmal … diese häßliche Narbe betasten? Aber bitte! Mein Gott, tun Sie, was Sie wollen, ich flehe Sie an!« Ihr versagte die Stimme, sie ging zu einem abgehackten Flüstern über. »Tun Sie, was Sie wollen, ich kann einfach nicht mehr! Ich bitte Sie! Berloga! Man will mich zugrunde richten, mich umbringen, Berloga. Ich habe eine Menge Fehler gemacht. Doch ich bin unschuldig, Berloga. Diese ekelhaften Pranken, die sich nach mir ausstreckten, nach meiner Seele, nach meinem ... Ich widersetzte mich, ich wurde eingeschüchtert, wurde gejagt, und zuletzt bekam ich, wie ein untauglicher Hund, wie eine gefährliche, widerspenstige Kreatur – ein Messer in den Rükken! Berloga!«

Dina Kamenezkaja näherte sich dem Journalisten, legte ihm die Hände auf die Schultern, sah ihm in die Augen.

»Berloga! Mein herrliches, rothaariges, sommersprossiges Rauhbein! Habe ich denn nicht bereits allem Kriminellen abgeschworen? Habe ich denn nicht ...«

Eine warme Welle schlug in Berlogas Gesicht.

Dieser trockene Notizblock, dieser schwarze, allgegenwärtige Füllfederhalter im karierten Mantel, dieser Reporter, Zeitungsmann – hatte er je Vergleichbares gesehen, gehört, erlebt? Er reckte sich ein wenig vor, und seine harten Lippen trafen auf die duftenden, von der Schminke fettigen Lippen Elitas.

O Wehmut! O Trauer! Nein, an dieser Stelle darf sich der Kreis der lyrischen amerikanischen Blende auf keinen Fall schließen! Eine Stimme, so kollernd wie eine heißgelaufene Wagenbuchse, störte das süße Happy-End.

»Nein, Bürgerin! Sie haben noch nicht allem Kriminellen abgeschworen!«

In der Tür stand Kukowerow.

Berloga stürzte zu ihm.

»Sie haben den Verstand verloren!«

»Greifen Sie sich erst mal selbst an den Kopf, Berloga!«

»Sie sind ein Dummkopf!«

»Und Sie – verhaftet!«

Zwischenbilanz und Ausblick?

Hier eine Übersicht über die Zu- und Abgänge.

Die verhaftete Dina Kamenezkaja alias Elita sitzt in einer Isolierzelle des Untersuchungsgefängnisses. Vorsorglich wurde die Zelle mit Asbestpappe ausgeschlagen.

Berloga ist rehabilitiert. Kukowerows ernsthafte Ratschläge und Wünsche haben ihn genötigt, seine so jäh wie die Slatogorsker Brände aufgeflammte Leidenschaft für die arme Elita vorerst auf Eis zu legen. Seine Besuche bei Dina sind reglementiert. Rein prophylaktische Maßnahme …

Außerdem wurden zwei Personen entlarvt und sind nun endgültig als Abgänge zu verbuchen.

Erstens:

Der Mann, den Kukowerow erledigt und der kurz vor seinem Tod Seufzer-Lenka zugrunde gerichtet hatte, wurde von Berloga als Arzt aus dem Irrenhaus identifiziert.

Zweitens:

Das abgelegene Haus, in dem Berloga seine Kraft bewiesen hatte, wurde sorgsam von der Miliz umzingelt. Unter allen möglichen Vorsichtsmaßregeln drang man in das Kabinett ein. Langsam wurde der Sitz des Diwans aufgeklappt, und Kukowerow erblickte den Leichnam des Mannes, der ihm ähnlich sah. Während des Kampfes mit Berloga war offenbar die Schminke von seinem Gesicht abgegangen. Kukowerow blickte dem Toten einen Moment ins Gesicht, dann löste er ihm geruhsam den nun überflüssigen Schnurrbart von den Lippen, und eine neue, unzweifelhafte Ähnlichkeit trat klar hervor.

Der verzwickt frisierte Bursche, der Einfaltspinsel, der Tranklotz – Pförtner und Hausknecht in Struks Villa!

Nun also räumt der schlaue, geschickte, bestens organisierte Feind allmählich seine Stellung. Doch – wie schade! – die Toten schweigen, Tote schweigen immer.

Nur mit Mühe erkannte Berloga sein Opfer, nun ohne Schminke – den Mann, mit dem er noch unlängst im Automobil dahingebraust war. Die Rechnung ist beglichen.

Ja, die Rechnung ist beglichen, aber wäre es nicht an der Zeit, die Bilanz zu erweitern? Ist nicht die Akte Nr. 1057 irgendwo bei Lenka versteckt? Warum kam sie um? Ist diese Geschichte mit den Schmetterlingen nicht ein verrücktes Hirngespinst? Wo ist Gorbatschow? Ob nun der falsche oder der echte – wo ist er? Wo sind, schließlich und endlich, beide Gorbatschows? Wo ist der Mann mit der Warze und der Schramme am Ohrläppchen?

Wo sind sie? Wo?

16

SECHZEHNTES KAPITEL

von Nikolai Ljaschko

DOCH DIE SCHRECKLICHEN GERÜCHTE ÜBER DEN ROTEN BAUERNKITTEL VERSCHWANDEN BEI TAGESANBRUCH.

GOGOL

Wanja Fomitschew hatte eine Tat begangen, die viele nüchtern denkende Menschen verblüffte. Besonders frappiert war der Slatogorsker Prophet der freien Liebe, ein ehemaliger Mystiker, jetziger Neurotiker und so eine Art Superkommunist und Individualist, unserer Meinung nach einfach ein »-ist«. Er wurde grün vor Verwunderung, gab sich geheimnisumwittert und sagte:

»Glaub ich nicht! Daß ein echter Komsomolze, ein Fußballer, so etwas begangen hat? Das ist Verleumdung der Jugend! Glaub ich nicht!«

Dann glaubt er's eben nicht.

Alles hatte damit begonnen, daß Wanja im Klub der Fabrik sein Stück vorlas. Ein überragendes Stück war es nicht gerade, aber der Theaterzirkel des Klubs machte sich dran und probte lange. Zwei Tage vor der Aufführung verrenkte sich einer der Schauspieler den Fuß, und Wanja mußte für ihn einspringen.

So kam er in der Rolle seines eigenen Helden auf die

Bühne, eines Rotarmisten und gutmütigen Kerls. Die Rolle seiner Braut spielte die ehemalige Büroangestellte der Metallergewerkschaft Sarotschka Möbel.

Gegen Ende des Stücks entwickelte sich die Handlung folgendermaßen: Die Stadt wurde von den Weißen umzingelt, der Rotarmist trat mit seinem Regiment den Rückzug an, die Weißen nahmen die Stadt ein, ins Haus der Rotarmistenbraut drang ein Offizier, das Mädchen gefiel ihm, er begann, um sie zu scharwenzeln, Händen und Lippen freien Lauf zu lassen … Schon sah es aus, als geselle sich zu den zahllosen bisherigen Gewalttaten noch eine neue. Doch da: MG-Salven, Hufgetrappel, eine Explosion – und auf der Schwelle stand der Rotarmist, d. h. Wanja. Er riß seine Braut, d. h. Sarotschka Möbel, aus den Händen des Gewalttäters. Er umarmte sie und drückte sie fest an sich, so richtig fest, wie ein Gewehr, und sagte dann, was in dem Fall gesagt werden mußte, ohne Rücksicht auf den Text und das böse Zischen des Souffleurs. Mit dieser Eigenmächtigkeit rettete er die Aufführung wie sein Stück: das klang feurig, überzeugend und gut. Die Zuschauer zuckten zusammen, hörten auf, Zuschauer zu sein, und für einen Augenblick stockte ihnen der Atem …

Sarotschka war ebenfalls mitgerissen, Millionen Werst trennten sie jedoch von dem Gedanken, Wanja sei nicht ihr Bräutigam, sondern die Verkörperung von Freiheit und Rache aller Unterdrückten … Im Gegenteil, sie empfand, daß Wanja sie, nur sie, umarmte, und zwar so, wie noch nie zuvor sie jemand umarmt hatte, nicht einmal im Traum. Sie war begeistert, und es kam ihr vor, als klatschten die Zuschauer ihretwegen, als freuten sie sich für sie: Endlich war auch zu ihr das Glück gekommen! Daß sie bis zu dieser Minute unglücklich war, ahnte überhaupt niemand. Man hatte sie sogar beneidet.

War sie doch aus einer alten und reichen Familie. Ihr Papa, der Möbel Samuil, hatte unter dem Zaren eine Mühle in Slatogorsk gehabt, und was für eine, eine mit Dampf, und Kaufläden, und ein Haus, und eine Familie, und ein paar warme Nester noch nebenbei.

Die Nationalisierung brachte ihn auf den Hund. Er weinte, raufte sich den weiß werdenden Bart und sagte:

»Nu nehmt doch, nehmt doch alles, was ich hab, ist euer. Hätt ich ein Leben wie ihr …«

Schneeweiß wurde der Möbel Samuil und sein Rücken krumm. Als leidgeprüfter Hiob zog er durch die Stadt, schlug sich vor lauter Gram mit der behaarten Faust an die Brust und fragte alle und jeden:

»Wer bin ich denn jetzt? Wer hat jetzt auf Erden das Sagen? Hätt ich ein Leben wie ihr … Und hat denn nicht meine Mühle euch ernährt?«

Die Straßen schwiegen, die Leute hüllten sich in Schweigen, bloß Lenin blickte mit zusammengekniffenen Augen von den Türen der Komitees, Kommissionen, Konferenzen herab und blies ihm den Marsch:

»Was, du jammerst? Ach, hör auf …«

Der Alte wandte den haßerfüllten Blick ab und jammerte noch zorniger, und die Familie jammerte mit, doch Sarotschka – was war sie doch ein kluges Kind! –, Sarotschka jammerte nicht.

Die Hacken lief sie sich ab und ergatterte schließlich ein Plätzchen, und nicht irgendwo, sondern in der Metallergewerkschaft. A-ha! Schrecklich sind sie, die Genossen, die Revolution haben sie gemacht, das schon, aber wenn man ihnen schöntut und nicht auf den Mund gefallen ist, da lächeln sie sogar und werden zugänglich – Tatsache!

So ging's mit Sarotschka bergauf. Nicht schnell, aber immerhin. Stetig ging's bergauf, und sie half mit Augen, Lippen und Zunge nach. Schon hatte sie fast eine Dienstreise in der Tasche. Doch auf einmal – aus der Traum! Ach, wie dumm! Gutmütig sind sie, die Genossen, zutraulich, lächeln können sie, die Revolution haben sie gemacht, sind mit Koltschak, mit Denikin fertig geworden, aber vor einer läppischen Personalakte kriegen sie einen Schreck. Nun ja, Sarotschkas Personalakte hatte Macken, gewiß. Die konnte man noch so ausbügeln und frisieren, aber was taugen würde sie erst nach einer gewissen Dienstzeit. Und was hatte Sarotschka schon an Arbeitsjahren aufzuweisen? Also ging die Plackerei wieder los! Und Sarotschka plackte sich und wurde aktiv und bewies Initiative ... Und wieder ging's bergauf, wieder hatte sie eine Dienstreise schon fast in der Tasche, aber wie eben das Leben manchmal so zuschlägt – zack! Kräftig schlug es zu, und zwar mit dem, was das Liebste und Teuerste war – mit der NEP ...

Na, wer hatte nicht auf die NEP gewartet? Eine wunderbare Sache! Sogar die Toten reihten sich in den Freudentanz: So, so, Genossen, ihr gebt klein bei? So, so, laßt wieder Freiheit zu? Allgemeiner Jubel, bloß Sarotschka hatte Kummer. Freilich nicht sofort. Der Papa war schuld. Der hatte seine Hiobsmaske fallen lassen und wurde Geschäftsmann, hatte heimlich was zurückgelegt. Den einen Laden mietete er auf seinen eigenen Namen, den anderen auf den Namen seiner Frau, den dritten auf den Namen des verwitweten Sohns. In alle Läden setzte er angebliche Verwandte – bitteschön, eine Genossenschaft! –, dann ging er dran, zu schalten und zu walten. Zu schalten verstand er ja, und zu walten erst recht – hielt ihm jemand den Finger in den Mund, wurden sogar die Knochen zu Mehl ...

Die erste Zeit lief alles still und unbemerkt, aber als den Kramläden auch noch Kleinbetriebe angehängt wurden, da riß das Fädchen von Sarotschkas Dienstlaufbahn ab. Irgendwelche Genossen hatten in irgendwelchen Papieren gewühlt, hatten rausgekriegt, daß sie wieder warm in der Wolle saß, zur NEP-Bagage gehörte, und pardauz! lag sie auf der Straße.

So war's für Sarotschka aus damit, in der Metallergewerkschaft die ein- und ausgehende Post durchzustöbern, die Feder über Karteikärtchen kratzen zu lassen, und vor lauter Kummer fing sie an, bei verschiedenen passenden Leuten einen Ankerplatz für ihr Herz zu suchen … Gut fing sie das an, wie Mama und Tante es lehrten, nach allen Regeln der Kunst: über Malerei und Musik redete sie, seufzte tief, verdrehte die Augen, zwitscherte, wie einsam sie doch sei. Die passenden Leute hörten zu, gähnten heimlich, grinsten in sich hinein und waren drauf aus, schnellstens zum Küssen und allem anderen zu kommen. Aber kamen sie zu allem anderen, da wurd's ihnen langweilig, da mieden sie Sarotschka, gingen ihr aus dem Weg. War eben an Sarotschka irgendwas … nun, Abstoßendes, oder so. Schlank war sie ja, und die Figur konnte sich sehen lassen, und girren konnte sie auch, und die Augen nicht ohne, aber da war was an ihr, was davon abhielt, vor Anker zu gehen. Vielleicht das Schnurrbärtchen auf der Oberlippe? Wer weiß!

Nach den ersten Liebschaften war Sarotschka arg geknickt, jedesmal fand sie's zum Kotzen, aber deshalb von der nächsten die Finger lassen konnte sie auch nicht. Die Langeweile, die Schwermut. Und wer war sie schon? Ein wohlbehütetes Töchterchen von 27, Mamas Hätschelkind. Ach, diese Mama! – auch jetzt noch sah sie in ihr das kleine Mädel. So ein Dummerchen, einfach schrecklich: und wenn auf einmal was Kleines kommt? Die Tante bringt's raus, die nächste auch, die dritte ist eine Klatschbase, die schreibt's nach Kiew, nach Mogiljow, nach Minsk …

Da lief's Sarotschka kalt den Rücken runter, und sie wollte aus Büchern lernen, wie man liebt, ohne daß was passiert. Tja, was helfen da Bücher? Selbst die bringen einem das nicht bei. Sarotschka grämte sich, und damit es sie vor lauter Schwermut nicht wieder zu den passenden Leuten hintrieb, ging sie in den Klub, machte beim Theaterzirkel mit. Ganz richtig hat sie da kalkuliert: Bin doch gebildet, hat sie gedacht, und die Arbeiter sind ungeschliffen, grob, da riskier ich sowieso nichts. Klug war sie, die Sarotschka, aber das Leben warf ihr wieder einen Knüppel zwischen die Beine. Und wie das? Im Klub gab's einen Komsomolzen, den Hammerschmied Wanja Fomitschew … Der schaute sie partout nicht an; wenn sie was wollte, setzte er eine eiserne Miene auf. Das brachte Sarotschka in Rage: ›Wer bin ich denn, ich erniedrige mich doch nicht vor so einem dreckigen Arbeiter! Pfui!‹ Richtig, so eine Erniedrigung war nichts für sie, aber auf die Theateraufführung war sie dann doch scharf, und ihre Rage klang ab. Überhaupt, wenn sie bloß an ihn dachte, geriet sie in Wallung: Das war ein Mann, so was von Kraft, und der Wuchs … Da zuckte die Lippe mit dem Schnurrbärtchen, da huschte die Zunge durch den ausgetrockneten Mund. So fing Sarotschka an, Begegnungen mit Wanja zu suchen, aber der war ständig auf Achse – auf Versammlungen oder im Klub. Zweimal lud sie ihn per Brief zum Tee ein, um über das Stück zu reden.

Wanja kam nicht, und auf die Briefe antwortete er nicht, und sowieso sah er Sarotschka vom Klassenstandpunkt …

Alles Holzgerümpel war in der Fabrik beiseite geschafft worden. Das Wasserleitungsnetz reichte bis in die hintersten Winkel. An allen Rohren hingen Feuerlöschschläuche. Nachts streiften Wachposten durch die Werkshallen. An der Pforte paßte die »Schnapswache« auf: Sobald einer mit den Füßen Kringel malte und die ganze Welt umarmen wollte, packten sie ihn am Ärmel:

»Genosse, ab nach Haus!«

»Aber, Genossen, ich bin doch ganz in Ordnung ...«

»Puste mal ... bäh, was für eine Fahne! Einstimmig ist beschlossen worden, keine Betrunkenen reinzulassen. Hast doch auch mitgestimmt? Oder? Na also, zieh Leine ...«

Das Modell-Lager wurde Tag und Nacht bewacht, in der Modellschreinerei räumten sie zweimal am Tag sämtliche Holzspäne und Abfälle weg, abends besprengten sie den Boden, die Fenster wurden kontrolliert, und die Nacht über patrouillierten Arbeiter an allen vier Seiten. In der vom Laternenschein aufgehellten Dunkelheit war immer wieder zu hören:

»He, schlaf nicht ein!«

»Paß auf, schlaf selber nicht ein!«

»Ist schon gut!«

In der Nacht, als das Öl auf dem Meer brannte, schob Wanja beim Modell-Lager Wache. Über die Stadt flogen purpurne Lichtstreifen und brachen sich an Scheiben und Dächern. Die Schatten von Pfosten, Bretterbuden und Röhren jagten über den Hof zwischen den Werkshallen. Auf dem hintersten Hof ächzten die alten Kessel im Wind, und bei ihrem Geächze kam es einem vor, als pirschten sich aus der Steppe leise Schritte an.

Wanja schritt von Ecke zu Ecke, spähte in die wankende

Finsternis und ließ seinem Ärger über Kripo, Miliz und Exekutivkomitee freien Lauf. Blöde Schlafmützen das, sitzen dick und fett auf ihren Hintern, statt durchzugreifen! Die sollten mal Parteimitglieder, Komsomolzen und Rotarmisten zusammentrommeln und auf einen Schlag alle Häuser durchsuchen … das Oberste zuunterst kehren, dann würden sich die Brandstifter schon finden.

Nach Mitternacht kam seine Ablösung. Wanja wechselte mürrisch ein paar Worte mit dem Genossen, übergab den Revolver und schritt in Richtung der abflauenden Feuersbrunst. Hinter der Mole kreiselten Flammenbündel übers Wasser. Das Meer sah aus wie eine verwüstete Gießerei, in der ein glühender Kuppelofen geborsten war. Der Wind wirbelte Flammen auf die Stadt zu. Rote Feuerzungen zerschellten an der Mole und flogen in Purpurfontänen oder als Sternschnuppenschwärme in die Höhe. Wo die Finsternis gewichen war, schaukelten Schiffe – Gerinnsel aus Hoffnung und Unruhe.

Von Feuer, Wind und dem Glänzen des Wassers, der sich lichtenden Menschenmenge und ihrem Gerede wurde es Wanja übel. Die Leute kamen ihm dumm und gleichgültig vor. Er schlenderte durch die Menge, fing einzelne Wörter auf und ballte die Hände in den Taschen. Was soll das Palaver? Das Ah und Oh? Da verbrennen ungeheure Werte, vielleicht laufen sogar die Brandstifter durch die Menge und lachen sich ins Fäustchen, aber die Leute hecheln bloß verschiedene Brandgeschichten durch. Und er ist auch hergekommen. Wozu? Was hat er hier verloren? Helfen, löschen kann er ja doch nicht …

»Ah, wie schön!«

»Zum Kuckuck, was ist daran schön?« Er riß den Kopf

herum, doch da – helles Licht, Schreie: »Schaut doch, schaut doch! Ooh!« –, und er blickte wieder zum Meer.

Vom Wasser stieg eine zerfranste, blutige Schlange auf, blähte sich im Flug, glitt drohend über die Mole und floß, im Winde zitternd, ins Wasser zurück, wo sie qualmend verlosch.

»Wunderschön!« Dieselbe Stimme ließ Wanja wieder zusammenfahren, doch da schlug an sein Ohr eine andere, fast erstickte Stimme:

»Genosse Fomitschew, was für ein Unglück, was für ein gräßliches Unglück! Guten Abend. Ich kann mich absolut nicht beruhigen. Und wie ich sehe, sind auch Sie völlig verstört. Gehen wir weg von hier. In solchen Augenblicken erschüttert es einen, wie ohnmächtig man ist …«

Sarotschka erzählte mit Feuereifer, wo sie sich befunden hatte, als der Brand ausbrach, wie sie zum Hafen stürzte, wie es ihr den Atem verschlug. Dann stockte sie und flüsterte:

»Warum haben Sie auf meine Briefe nicht geantwortet?«

Wanja wollte sich schon abwenden, warf dann jedoch den Kopf zurück und knurrte:

»Wir zwei passen nicht zusammen, Genossin Möbel, wozu dann schreiben!«

Empört ließ Sarotschka ihre »Marmorschultern« beben:

»Schämen Sie sich, Genosse Fomitschew! Hat uns die Sowjetmacht nicht gleichgestellt? Sind Sie und ich denn nicht gleichberechtigt? Ich passe nicht zu Ihnen, das stimmt. Wer bin ich schon? Aber Sie, Sie haben Talent. Ihr Stück … es ist absolut begabt, darin …«

Wanja war das peinlich und angenehm zugleich. Da schau her, diese Sarotschka! Und er dagegen? Ach! Vom Stück brachte Sarotschka das Gespräch auf sich selbst: Das kleinbürgerliche Milieu habe sie schon ganz krank gemacht, niemand verstehe sie, in ihrem Herzen sei sie eine bessere Kommunistin als manch einer mit Parteibuch, sie sei so bedrückt, so finster sehe es in ihr aus, dabei sei sie doch auch ein Mensch, sehne sich nach einem anderen Leben, nach erfüllter Arbeit, nach Menschen, die nachdenken …

Sarotschka sprach voller Gefühl, dabei lenkte sie unmerklich Wanja. Sie waren bereits am Stadtrand. Schwarze Finsternis, ab und zu von Ölexplosionen zerrissen, blickte auf sie aus der Steppe, nur in der Ferne blinkten die Laternen der Fabrik.

»Zu meiner Schande muß ich gestehen, ich bin müde – ach, wie bin ich müde. Ruhen wir uns dort aus …«

Sarotschka deutete in die Dunkelheit, und dort, bei einem altersschiefen Tor, wuchs quasi eine Bank aus dem Boden. Sie nahmen Platz. Sarotschka erinnerte sich, mit wem sie früher hier gesessen war, und sie begann zu zucken, zu zittern, sich Vorwürfe zu machen.

»Ich habe meine Nerven absolut nicht unter Kontrolle. Es schüttelt mich richtig, nicht?«

Wanja druckste herum, wußte nicht, was er sagen sollte. Sie nahm seine Hand und legte sie auf ihren Arm, auf das warme, feste Oval oberhalb des Ellbogens.

»Spüren Sie?« flüsterte Sarotschka. »Das bringt mich absolut aus der Fassung. Ich möchte so gerne reden, aber dieses widerliche Zittern … Sie verstehen mich?«

Wanja brummte zustimmend und zog seine Hand weg, doch Sarotschka hielt sie fest:

»Nein, bleiben Sie, bitte … Vielleicht komme ich so zur Ruhe.«

Wanja schnitt eine Grimasse. ›Worauf will die bloß raus?‹

Und er redete über die Brände, davon, daß er und Welitschko als Delegierte gewählt worden waren, daß er nach Moskau fahren, dort die Genossen aus Slatogorsk und Lenin im Mausoleum sehen würde. Sarotschka äußerte sich anerkennend, und als er verstummte, beugte sie sich plötzlich zu ihm und faßte seine andere Hand.

»Lassen Sie uns mal die Kräfte messen. Ob ich Sie wohl in die Höhe ziehen kann? Auf!«

»Nicht doch, Genossin Möbel, lassen Sie doch«, protestierte Wanja, aber Sarotschka umfaßte ihn, lachte auf und hauchte an seine Wange: »Nein, ich fürchte, ich kann's nicht … So stark, wie Sie sind …«

›Quatsch mit Soße!‹ dachte Wanja und wollte aufstehen. Sarotschka hielt ihn zurück, nahm ihm die Mütze ab, legte ihre Hand auf seinen Kopf und staunte:

»Haben Sie aber weiche Haare! Warten Sie, ist Ihnen auch kalt? Nein? Aber warum zittern Sie dann? Oh, Ihnen ist kalt, aber Sie genieren sich, warten Sie …«

Sarotschka umarmte Wanja, drückte ihn fest an sich, flüsterte: »Ist's so besser?« und faselte haarsträubenden Unsinn.

Zu faseln verstand sie ja, nicht schlechter als das Brimborium in manchen Büchern:

»Alles rundum vergessen, für einen Augenblick fortfliegen aus dieser Welt mit all ihrem Gezänk, werden wie ein Gott … Ach, was sind Sie doch, was bist du doch, mein …«

Sarotschkas Schnurrbärtchen zuckte krampfhaft. Sie preßte ihre lechzenden Lippen auf Wanjas Mund und fuhr ihm ganz wundersam mit der Zunge über die Lippen. Das entzündete Wanja. Seine Hände packten gierig zu, seine Augen trübten sich, in den Ohren rauschte das Blut. Schon umklammerte er Sarotschka und flog mit ihr in den Nebel.

Ihm war, als würden er und sie gleich Macht gewinnen über den Wind, das Lodern der Feuersbrunst, die fernen Sterne, die schwarze Nacht der Steppe und die fernen Fabriklaternen.

Sarotschka schnappte mit den Zähnen nach der Haut an seinem Hals, gluckste und gackerte, packte seine Hände und drückte sie gegen Busen und Hüften. Wanja verlor seine Leichtigkeit, und in seinem Gehirn stieg ein wilder, ätzender Gedanke auf, nämlich, daß da neben ihm ein jahrhundertelang verhätscheltes Wesen saß, daß in den fettgepolsterten, quecksilbrigen Schulterblättern, im Zittern der hervorquellenden Brüste, im Lachen, durchsetzt von Gekreisch, in der Schärfe der Zähne, in der Behendigkeit und dem Geschmack der entfesselten Zunge irgendein Gift verborgen lag. Dieser Gedanke bestürzte ihn: Er würde über Wind, Sterne und Finsternis keine Macht gewinnen. Er wurde flammend rot, ließ eine Art Dunstschleier über sein Gehirn sinken, umfaßte Sarotschka und preßte den Kopf an ihren Busen, in den benebelnden Duft, der aus ihrer Bluse drang.

Sarotschka sprang ungestüm auf, riß sich kreischend den Hut vom Kopf, ließ die Haare herunter und setzte sich ihm auf den Schoß. Unter ihrem Gewicht und dem aufreizenden, hastigen Geflüster bäumte sich in Wanja der wilde, ätzende Gedanke wieder auf und stürzte sein Herz in Verwirrung. Er spürte plötzlich – noch einen Moment, dann würde ein Feuer auflodern, und von ihm bliebe nur ein Schandfleck übrig. Er fuhr in die Höhe, stieß Sarotschka vom Schoß, schritt über sie hinweg und rannte, die Hände erhoben, als kämpfte er sich durch Flammen und Rauch, auf die Laternen der Fabrik zu.

Die Erde unter seinen Füßen wurde plötzlich golden, die Finsternis sprang bis zum Horizont zurück, und der geblendete Wanja erblickte die Fabrik, taghell erleuchtet, die Arbeitersiedlung mit den Rundfunkantennen und die struppigen Pappeln des Datschenvororts. Die Empfindung von Sarotschkas Händen, der Nachgeschmack von ihrer Zunge waren sofort wie weggeblasen. »Noch ein Brand?« Er hatte noch nicht begriffen, in welchem Stadtteil es brannte, als aus der nächsten Straße, überschnappendem Gebell gleich, Sturmgeläute und Schreie herklangen:

»Haltet ihn! Rennt ihm nach! Aah!«

Wanja hatte die Vorstellung, gleich würde er die davonlaufende Sarotschka erblicken, doch statt dessen kam ein Mann aus der Straße gerannt und jagte in Richtung Steppe. Die Schöße seines Mantels oder Umhangs flatterten, und der riesige Schatten, den er auf die purpurrote Erde warf, schien der Sturmglocke nachzueifern. Der Mann sprang davon und hielt in der ausgestreckten Hand eine kleine Schachtel. Wanja suchte ihm den Weg abzuschneiden. Die Brandstätte war von Rauch umhüllt, die Steppe von Finsternis bedeckt, und die Verfolger, die aus der Straße hervorbrachen, konnten nichts mehr sehen und zerstreuten sich bei den letzten Häusern. Wanja rief, schwenkte die Arme, doch Wind und Sturmgeläute übertönten sein Rufen. ›Der entwischt, wenn ich noch lang rumbrülle‹, dachte er ärgerlich und nahm allein die Verfolgung auf.

Die abflauende, qualmende Feuersbrunst jagte Unmengen von Schatten über die Steppe. Der Fliehende verschwand darin, doch Wanja spürte ihn immer wieder auf, und sein Herz klopfte freudig: ›Denkste, dich krieg ich!‹ Er malte sich bereits aus, wie die Wachposten aus dem Betrieb gelaufen kommen, wie der Fliehende zurücksetzt, auf ihn zu, wie er ihn faßt, ins Büro der Fabrik bringt, die Kripo holt und ihn ausliefert:

»Da habt ihr ihn, ihr Maulhelden!«

Auch der Fliehende malte sich wahrscheinlich aus, wie Wanja ihn den Kripobeamten übergibt, und bog auf einmal zur Rückseite der Fabrik ab. »Oh, du schlauer Hund!« stöhnte Wanja. Im hintersten Fabrikhof war niemand, hinter dem Zaun wuchs Unkraut und Steppengras, und durch dieses Gestrüpp zogen sich Gräben, dahinter Gruben, dahinter eine Schlucht. Und die Feuersbrunst erlosch bereits, flackerte nur noch, die Finsternis wurde dichter. »Er entwischt!«

Wanja raffte seine letzten Kräfte zusammen, aber die Ecke des Zauns war zum Greifen nah. Voller Zorn hob Wanja einen Stein auf, schrie: »Halt! Halt!«, warf den Stein und traf die Schachtel.

Die Schachtel begann zu surren, dann folgte ein ohrenbetäubender Schlag, und Wanja wurde zurückgeschleudert. Er taumelte, stürzte zu Boden, und kurz bevor er das Bewußtsein verlor, erstarrte er vor Schreck: Der Mantel des Fliehenden wirbelte durch die Luft, unter ihm hervor flatterte ein Schwarm gleißender Flämmchen, stob zum Zaun und lohte dort hell auf, als wäre es Papier.

… Als Wanja wieder zu sich kam, lag er auf einem Unkrauthaufen. Die Ecke des Zauns hing seltsam schief. Im Licht des heraufziehenden Morgens blinkten die Schaufeln der Arbeiter, welche die versengten Zaunpfähle ausgruben und neue einsetzten. Neben Wanja schlief, durch die Nase pfeifend, ein Milizionär.

Wanja hieb ihm auf die Schulter: »Der Fabrik ist nichts geschehen, Genosse?«

Der Milizionär schreckte auf und murmelte etwas, aber Wanja hörte gar nicht hin, sondern riß verblüfft die Augen auf: Vor ihm lag jener Gummimantel, der nach der Explosion der Schachtel durch die Luft gewirbelt war. Er nahm ihn rasch und wollte zu den Arbeitern laufen, doch der Milizionär hielt ihn fest:

»Halt, wohin?«

»Was soll das heißen?«

»Dageblieben!«

Auf den Lärm kamen die Arbeiter her, Wanja suchte sich aus dem Griff des Milizionärs zu befreien und fragte:

»Wo ist der Mann, der in dem Mantel drin war?«

»Das ist doch dein Mantel!«

»Wa-as?!«

»Von wem denn sonst?«

Wanja lief rot an und begann schon, mit den Händen fuchtelnd zu berichten, was nachts mit ihm passiert war, doch da zupfte ihm Klim Welitschko von hinten an der Jacke und fiel ihm ins Wort:

»Halt die Klappe, sonst gibt's Durchzug! Ab in die Stadt, wenn du was weißt! Vielleicht finden sie den Satansbraten, dem das schäbige Stück da gehört. Mach bloß voran, morgen müssen wir fahren! Hast du gehört?«

Am Horizont blitzten die Strahlen der jungen Sonne auf. Die Arbeiter schauten, die Augen mit den Händen abschirmend, Wanja und dem Milizionär nach und wiegten die Köpfe:

»Also, so was! Da werd mal einer klug draus!«

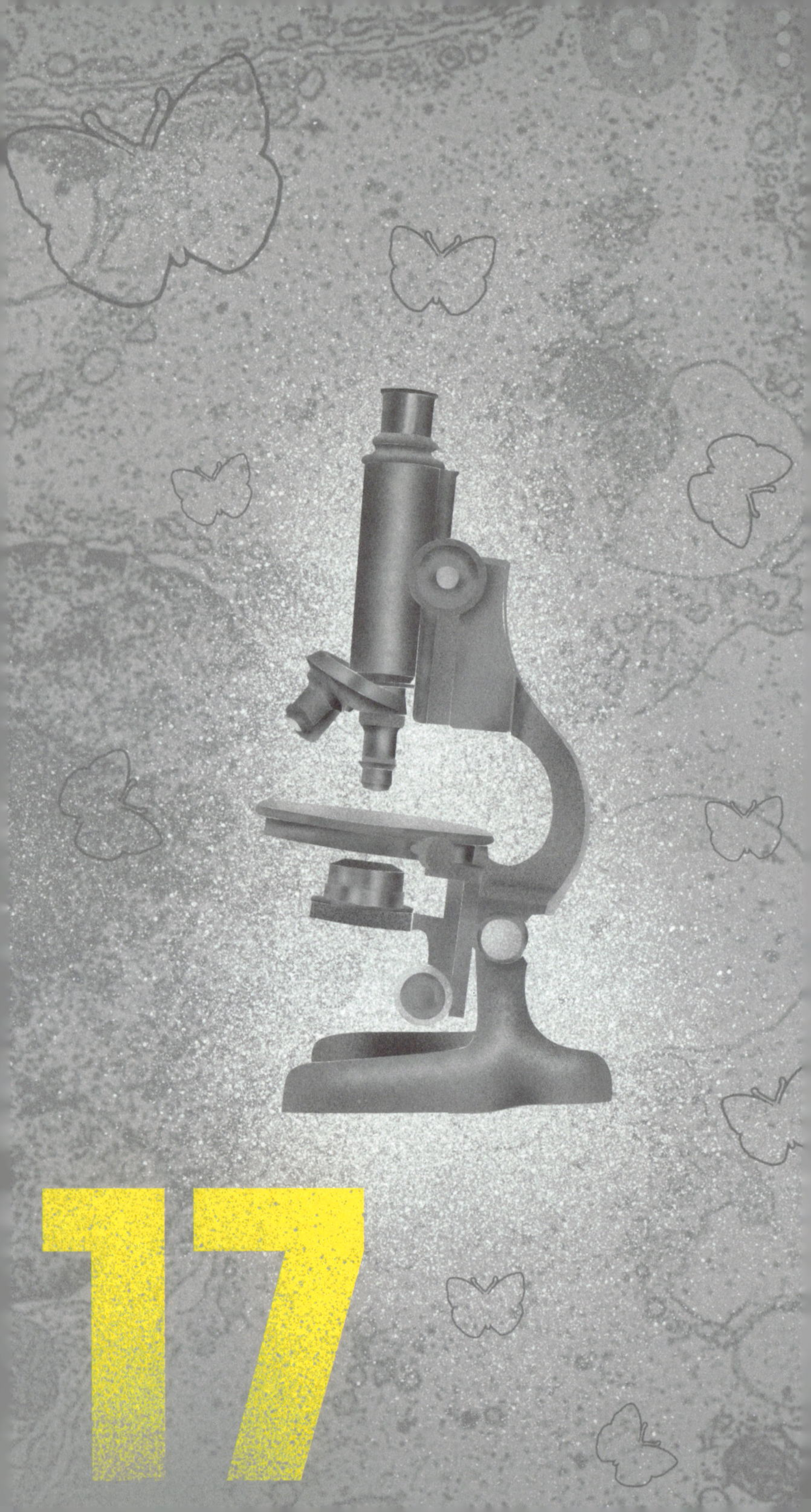
17

SIEBZEHNTES KAPITEL

DIE SCHMETTER-LINGE

von Alexej Tolstoi

Du lieber Gott, was haben die sechzehn Autoren nicht alles angerichtet! Dem Leser schwirrt der Kopf. ›Die haben den Faden verloren‹, denkt er, ›haben sich verheddert, sitzen in der Tinte, wissen selbst nicht mehr, wie diese irre Geschichte entwirren mit all den Bränden, Schmetterlingen, Verkleidungen, Doppelgängern, Mördern, Fenstersprüngen …‹ und so weiter.

Zum Beispiel: Was hat Pantelejmon Iwanowitsch Kulakow in dieser Geschichte zu suchen? Oder: Wer ist Struk denn nun in Wirklichkeit? Zu welch teuflischen Vorhaben wurde die unglückliche Schauspielerin Dina Kamenezkaja alias Elita alias … in die Sache hineingezogen? Viel, sehr viel ist unklar. Was weiß der Paralytiker Iwan Iwanowitsch Kulakow, der wegen seines Wissens im Irrenhaus landete? Welche Beziehungen hatte er zu der umgekommenen Seufzer-Lenka? Worüber berieten Pantelejmon Kulakow und Struk bei einem Gläschen Cognac? Worüber sprachen sie mit Lenka?

Wer ist eigentlich Kukowerow (der echte), der mehr und mehr in den Vordergrund des Romans rückt? Oder – was für eine geheimnisvolle, ungreifbare Figur ist der Mann im Gummimantel mit dem Riß am Ohr und dem bulligen Unterkiefer? Liegt etwa bei ihm der Schwerpunkt des Romans? Hat etwa er mit Elita Struk aus der Redaktion des »Roten Slatogorje« telefoniert? Hat etwa er, mittels einer noch nicht aufgedeckten Intrige, den Reporter Berloga, nachdem er ihn ordentlich durchgewalkt und ihm das Teuerste auf der Welt, seine Füllfeder, genommen hatte, zu Iwan Kulakow und dem unglücklichen Warwi ins Irrenhaus gesteckt?

Und die Hauptsache – die Schmetterlinge? Die Brände? Ihr Ziel?

Ah, verdammt! Tausende ungelöster Fragen. Manch ein Leser wird von Zweifeln ergriffen (daran ist leider nichts zu ändern): »Moment mal, Freundchen (d. h. Romanautoren), führt ihr euch womöglich gegenseitig und damit auch mich an der Nase herum?«

Nein, lieber Leser, beruhige dich und schüttle die Zweifel ab. Glaub mir, kein einziges Detail dieses Romans wurde unbedacht eingeführt oder fallengelassen und taucht nicht wieder auf. Alles wird in Ordnung gebracht, alle Ereignisse und Personen werden sich in großartiger Folgerichtigkeit entwickeln. Alle Geheimnisse werden gelöst, alle Knoten aufgedröselt.

»Hier, Genosse Mischin, ein Telegramm«, sagte Kukowerow und reichte dem Kripochef einen chiffrierten Text. »In Moskau nimmt man die Slatogorsker Brände außerordentlich ernst. Diese Wende trat unlängst ein, Anlaß dazu war eine Kurzmeldung in einer New Yorker Zeitung.«

»Und was nun?«

»Vorläufig muß ich Schweigen bewahren. Also, die Ermittlung in diesem Fall wurde mir übertragen, Sie und der gesamte Ermittlungsapparat unterstehen jetzt meinem Befehl.«

Mischin überflog das chiffrierte Telegramm mit gerunzelter Stirn. Seine kalten Augen glitten einen Moment über Kukowerows Gesicht. Er nickte kurz.

»Gut. Ihre Anordnungen?«

Kukowerow zog den Notizblock hervor.

»Wurden Maßnahmen getroffen, um Petka das As und Andrej Warnawin ausfindig zu machen?«

»Jawohl. Nach ihnen wird in Strugaljowka gefahndet. An alle Eisenbahnknotenpunkte wurden Telegramme geschickt.«

»Wurde die Kaschemme ›Venedig‹ durchsucht?

»Jawohl. Das Zimmer, in dem Seufzer-Lenka gewohnt hat, wurde von oben bis unten durchsucht. Es gibt Hinweise, daß eine Stunde vor der Haussuchung jemand die Dielenbretter aufgebrochen hat und durch den Fußboden eingedrungen ist. Weder die Schmutzwäsche noch die Akte Nr. 1057 wurde gefunden.«

»Das Haus von Pantelejmon Kulakow wird, hoffe ich, weiterhin beobachtet?«

»Ja. Bisher nichts Neues. An dem Abend, als der Tankprahm angesteckt wurde, tauchte Kulakow unter. Seine Angehörigen sind offenbar nicht eingeweiht. Es gibt keinen Austausch zwischen ihnen und Kulakow. Wir haben die Zigeuner aus dem Lager verhört, wo Kulakow unserer Information nach gezecht hat, auch die Kellner in den Restaurants und den Gartenwirtschaften vor der Stadt. Heraus kam, daß Kulakow gar keine Gelage veranstaltet hat. Er mietete zwar Séparées, bestellte Wein und manchmal den Zigeunerchor, aber das war alles Staffage. Gelage gab es nicht. Als Gäste getarnt kamen Leute, mit denen er Besprechungen führte.«

»Sehr wertvolle Informationen«, sagte Kukowerow nachdenklich, »wirklich, sehr wertvoll. Das hatte ich auch vermutet, daß es keine Gelage gab. Dieser Mann war in Angst, in ständiger Angst, die bis zur Panik ging. Nun gut. Was ist mit Warwi Migunow?«

»Wurde aus der Klinik entlassen und steht daheim unter ärztlicher Aufsicht. Alle Versuche, sein Gedächtnis wieder zu wecken, haben nichts gefruchtet.«

»Und Iwan Kulakow?«

»Ein hoffnungsloser Fall. Er lag in einem Einzelzimmer, und offensichtlich wurde nachts etwas mit ihm angestellt. Die Pfleger berichten, gegen Morgen habe man ihn jedesmal in die Zwangsjacke stecken müssen, so habe er geschrien und um sich geschlagen. Sein Gehirn ist völlig umnachtet. Als wir das Krankenhauspersonal verhörten, kam heraus, daß es außer dem Oberarzt, dem Komplizen der Brandstifter, auch noch eine Aushilfsschwester gab. Dreimal pro Woche blieb sie über Nacht bei Kulakow. Am Tag, als der Arzt erschlagen wurde, tauchte sie unter.«

»Eine Alte mit großer Nase?«

»Über die Nase liegen keinerlei Angaben vor«, Mischin lächelte, »doch alt ist sie, 63 Jahre, den Papieren nach Marja Mitrofanowna Brykina.«

»Vorzüglich, vorzüglich!« Kukowerow rieb sich heftig die Hände. »Brykina alias …«

Mischin starrte auf Kukowerow wie die Katze auf die Maus, sprungbereit, um dieses »alias« zu verschlingen. Kukowerow aber schlug den Notizblock zu, auf dem er alles notiert hatte. Er begann zu rauchen und griff zum Telefonhörer. An der Papirossa kauend, runzelte er ungeduldig die Stirn.

»Geben Sie mir bitte (eine Nummer). Danke … Fürstin?

Ich bin es, Kukowerow. Bitte entschuldigen Sie mich bei Struk, ich komme eine Stunde später. Bin in seinen Angelegenheiten unterwegs. Übrigens, richten Sie ihm aus, daß etwas Unangenehmes passiert ist. Mir wurde ins Bellevue mitgeteilt, Miss Elita sei überraschend verhaftet worden … Wie? Fräulein, ich bin unterbrochen worden …«

Grinsend legte er den Hörer auf und erhob sich.

»Ich fahre ins Untersuchungsgefängnis, zu Miss Elita. Versuche mal mit ihr zu reden. Doch ich befürchte allmählich, daß ihre Verhaftung übereilt war. Das kommt denen sehr zupaß, daß Elita Reue zeigt und dem Untersuchungsrichter naiv ihr Herz ausschüttet.«

Durch das hohe Fensterchen der Gefängniszelle fiel ein Sonnenstrahl. Elita lag bäuchlings auf der Pritsche, die Wangen in die Hände gestützt, und sah auf den Strahl, in dem Staubkörnchen tanzten.

Als der Türriegel klirrte und Kukowerow freundlich lächelnd in die Zelle trat, rührte sich Elita nicht, warf ihm nur einen schrägen Blick zu. Er setzte sich auf den Hocker und vertiefte sich ebenfalls in die Betrachtung der Staubkörnchen. Nach langem Schweigen fragte Elita argwöhnisch:

»Na?«

»Miss Elita, ich komme wegen zwei, drei Angaben rein technischer Natur. Sie haben doch sicher nichts dagegen … Obwohl …«

Elita sagte:

»Sie verdächtigen mich, weiß der Teufel was angestellt zu haben, das ist mir klar. Ich habe schon zu Berloga, meinem wundervollen Berloga, gesagt und wiederhole es Ihnen: Natürlich bin ich schuldig, das verberge ich nicht … Hab mich ja einfangen lassen. Man hat mich in eine gräßliche

Geschichte hineingezogen. Mir Millionen versprochen, mich adoptiert … Jede andere an meiner Stelle wäre auch drauf eingegangen: Schließlich hat der alte Satan nicht mehr lang zu leben … Natürlich bin ich keine dumme Gans, hab schon begriffen – ein geiler, geifernder Wüstling ist er, der Herr Papa. Um so besser, dann kratzt er noch schneller ab … Und nun, was hab ich davon – bin im Gefängnis. Aber vergessen Sie nicht, ich bin amerikanische Staatsbürgerin! Worin besteht eigentlich meine Schuld? Daß ich vieles geahnt habe?«

Elita legte eine Verschnaufpause ein, als erwarte sie, Kukowerow würde gleich einhaken: »Und was haben Sie geahnt?« Aber er betrachtete noch immer die Staubkörnchen im Sonnenstrahl. Da zog sie verärgert ein Taschentuch hervor und betupfte sich das hübsche Näschen.

»Abstechen wollten sie mich, wie ein Schaf, aber es ist ihnen nicht gelungen. Ich weiß, ich habe hier nur einen Freund – meinen süßen Berloga.« Sie schluchzte auf und schielte wieder zu Kukowerow. »Die Machenschaften des alten Satans sind sehr leicht zu enthüllen. Er will in Moskau eine Konzession bekommen, um Wolkenkratzer zu bauen, und damit in Slatogorsk beginnen … Eine Bande ist bei ihm aufgekreuzt – Petka das As, Seufzer-Lenka, na, ebendiese Clique aus Strugaljowka. Die drohten ihm, sie würden seine Villa in Brand setzen, sie wären zu allem fähig. Da hat er ihnen Geld gegeben, damit sie es nicht tun. Aber die haben das so aufgefaßt, als könnten sie rundum alles anzünden und ausrauben, und dafür würden sie belohnt …«

›Oho, was für ein gerissenes Frauenzimmer‹, dachte Kukowerow, und sein Herz hüpfte vor Freude, ›spielt die dumme Gans, und wie vorsichtig sie Struk dabei in die Pfanne haut! Zu schön! Jetzt mal eine kleine Frage …‹

»Miss Struk, ich kann immer noch nicht glauben, daß Mister Struk diese Bande bewußt unterstützt. So ein ehrenwerter Herr!«

»Was haben Sie denn gedacht, natürlich ist er ein Gauner, aber ungemein vorsichtig.«

›Und wie sie ihn in die Pfanne haut! Also ist der Alte offenbar unschuldig‹, überlegte Kukowerow.

»Sagen Sie, Miss Struk, soweit bekannt, wurden die amerikanischen Unternehmen von Mister Struk in Kapital verwandelt, das nun bei einer amerikanischen Bank liegt. Nach Rußland wurde nur eine relativ geringe Barsumme transferiert?« Elita sah ihn aus dunklen Augen an, antwortete nicht, zuckte die Schultern. »Sagen wir es einfacher: Sie würden gerne so schnell wie möglich das Erbe Ihres Adoptivvaters antreten?«

»Ja …« Argwöhnisch, dann treuherzig: »Meinen Sie denn, ich wäre eine Idealistin?«

»Sagen Sie, Miss, als Berloga bei Ihnen in der Villa war, haben Sie ihm anscheinend eine sehr stark duftende lila Blume ins Knopfloch gesteckt. Entspricht das der Tatsache?«

»Weiß ich nicht mehr … Wem ich schon alles Blumen geschenkt habe …«

»Fällt Ihnen vielleicht der Name dieser Blume ein? War das vielleicht eine tropische Orchidee, die sogenannte ›Tod in der Nacht‹? Ich weiß nicht, wie sie auf lateinisch … Wundern Sie sich nicht, daß ich danach frage, ich bin ein großer Orchideen-Liebhaber.«

»Hören Sie mal«, sagte Elita, »wollen Sie mich für dumm verkaufen? Ich sag ja doch nichts. Mich legen Sie mit keiner einzigen Frage rein.«

»Selbst wenn ich« – Kukowerow stand auf und bereute

es sofort: der Trick war zu billig –, »selbst wenn ich Sie nach dem Mann mit dem Riß am Ohr fragen würde …«

Aber das war ihm einfach herausgerutscht. Und natürlich antwortete Elita leichthin, wie aus der Pistole geschossen:

»Ich habe selber einen zerschundenen Rücken, was interessiert mich da Ihr Riß am Ohr …«

Wenn in einem Menschen ein Motor mit hundertzwanzig PS läuft, fällt es schwer, zweieinhalb Stunden unbeweglich in der Stille eines Labors zu sitzen, auf einem Stuhl beim Fenster, mit Aktentasche, Notizblock, Tintenstift (ach, was gäbe er für eine Füllfeder!) und Mütze auf dem Schoß.

Berloga betrachtete die Herbarien in den Glaskästen an den Wänden, die Gefäße mit Präparaten, wo in lila schimmerndem Spiritus greuliche Spinnen, geringelte Schlangen und irgendwelche Embryos lagen, die Ausgeburten einer irren Phantasie zu sein schienen. Retorten, durchsichtig wie Seifenblasen, Apparate aus Metall, Mikroskope, Meßgeräte, gläserne Wandschränke, in denen Bunsenbrenner zischten und irgendwelche Mixturen siedeten und dampften – all das versetzte Berloga in ehrfurchtsvolles Staunen.

Ein großes, sehr schlankes junges Mädchen in weißem Kittel und im Nacken gebundenem weißem Kopftuch, Professorin Walentina Afanassjewna Oserowa (vor kurzem hatte Berloga über sie im »Roten Slatogorje« geschrieben: »Der aufgehende Stern der sowjetischen Wissenschaft, Professorin der Biologie, zukünftiges Akademiemitglied – dabei 26 Jahre und schön wie die Morgenröte«), arbeitete in diesem stillen Labor. Mal ging sie zum Mikroskop und beugte sich darüber, mal drückte sie den Hebelschalter, dann heulte sanft der Dynamo an irgendeinem komplizierten Gerät auf.

Walentina Afanassjewna schien Berloga ganz vergessen zu haben. Ihr schönes Gesicht war ruhig und konzentriert. Sie erforschte den Flügel eines geheimnisvollen Schmetterlings, den man ihr vor zwei Tagen ausgehändigt hatte.

Der Flügel war ein gewöhnlicher Flügel, feuergelb mit lila Rand. Und obwohl Berloga ihn unter außergewöhnlichen Vorsichtsmaßregeln – in einer Fruchtbonbondose aus Blech – hergebracht hatte, löste er überhaupt keine ungewöhnlichen Reaktionen aus. Die chemischen und mikroskopischen Analysen ergaben dieselbe Zusammensetzung wie die jedes Insektenflügels: Zellgewebe, Pigmentstaub und dergleichen.

Interessante Ergebnisse brachte die Spektralanalyse. Dabei wurden Reste einer leicht zerfallenden Substanz entdeckt. Sie rief drei Linien im grünen, eine im orangenen und eine im violetten Teil des Spektrums hervor. Und da war Walentina Afanassjewna auf einmal verstummt, hatte aufgehört, die schüchtern geflüsterten Fragen Berlogas zu beantworten, der sich krampfhaft an seinen Tintenstift klammerte.

Mikroskopisch kleine Mengen der geheimnisvollen Substanz wurden mit Pigmentstaub extrahiert, und Walentina Afanassjewna setzte sie Wechselstromstößen von sehr hoher Spannung aus. Doch das Spektrum wies die gleichen Linien auf wie zuvor. Sie erhöhte die Spannung. Schloß den Staub unter hoher Temperatur in ein Vakuum ein. Lediglich Kathodenstrahlen wurden abgelenkt, die Substanz aber blieb unverändert, keine chemische Reaktion wirkte auf sie ein. Walentina Afanassjewna stellte den Hebelschalter auf Null. Sie trat ans Fenster und schaute versonnen auf die Wiese im Park.

Die Bäume waren bereits von Gold überzogen, der Ahorn purpurrot, von den Kastanien rieselten dunkle Blätter. Über einem Beet mit Herbstastern flatterten zwei verspätete, grüngelbe Kohlweißlinge. ›Also doch, eine Frau wie jede andere‹, dachte Berloga verzweifelt, ›läßt alles stehn und liegen und freut sich an Schmetterlingen, man hält's nicht für möglich!‹ Er knirschte sogar mit den Zähnen.

»Hören Sie, wie heißen Sie noch mal, los, springen Sie schnell aus dem Fenster!« schrie Walentina Afanassjewna urplötzlich und lief knallrot an. Ohne zu überlegen, stürzte Berloga zum Fenster, öffnete es, sprang in den Garten, fiel hin, stand wieder auf und drehte sich um, den Mund weit offen. Walentina Afanassjewna stampfte mit dem Fuß vor Ungeduld.

»Fangen Sie sie, schnell! Sind Sie blind, sehen Sie denn nicht, dort sind sie. Die Schmetterlinge, ja, die Kohlweißlinge …«

Da sauste Berloga auf seinen langen Beinen über die Wiese und schwenkte den Hut, auf der Jagd nach den Schmetterlingen. Walentina Afanassjewna schrie:

»Nicht zerdrücken! Ich brauch einen lebendig!«

So genial wie an diesem Herbstmorgen war Berloga wohl noch nie gewesen. Er hüpfte über Sträucher, hechtete über Beete und sprang so hoch, wie das für einen normalen Menschen undenkbar ist. Und er fing einen Schmetterling lebendig. Überreichte ihn Walentina Afanassjewna.

Darauf passierte genau das, was sie erwartet hatte. Auf den Flügel des Schmetterlings wurden Reste des Pigmentstaubs gestreut. Sie legte den Falter in das Spektroskop. Berloga erhielt den Auftrag, die Sekunden zu zählen. (Hinterher wunderte er sich, daß sein Herz vor Spannung nicht zersprungen war.)

Doch da – in der Bleischachtel, wo der Schmetterling lag,

loderte es plötzlich knatternd auf. Dann verging noch eine Milliarde Sekunden, und Walentina Afanassjewna hob den Blick vom Okular des Spektroskops. Ihr Gesicht, ihre Augen strahlten derart, wie selbst in Momenten allergrößten Liebesglücks kein Mädchen strahlt.

»Acht Linien im Gasspektrum: die Heliumlinie ... die Linie der Radium-Emanation ... und drei Linien von jenem Element, von jenem ...«

Ihr versagte die Stimme, sie legte die Hand auf die Kehle:

»Hören Sie, wie schade, daß Sie nichts davon verstehen ... Nun begreifen Sie doch, ich habe ein neues Element entdeckt!«

»Ach so, Sie reden von diesen Bränden ... Ja, ja, Sie brauchen das für die Zeitung. Also, schreiben Sie: Offenbar ...«

»Offenbar«, flüsterte Berloga und huschte mit dem Tintenstift über den Notizblock.

»... ruft die Lebensenergie des Schmetterlings, sobald der Schmetterling sich im Flug befindet, das heißt, ein Übermaß an Lebensenergie freisetzt, einen ungewöhnlich intensiven Atomzerfall jenes bislang unbekannten, nun aber bekannten Elements hervor. Und die Emanation beim Zerfall dieses Elements zersetzt ihrerseits den Stickstoff der Luft, wobei Wasserstoffatome freigesetzt werden und sich entzünden ... Haben Sie das begriffen und notiert?«

»Halt, halt, ich bin ein wenig durcheinander, all diese Fachbegriffe ... Walentina Afanassjewna, fahren wir lieber in die Redaktion, dort haben wir einen Spezialisten für Wasserstoff ...«

ACHTZEHNTES KAPITEL

DAS IRRENHAUS

von Michail Slonimski

Als der Wasserstoffspezialist, zugleich Leiter der wissenschaftlichen Rubrik im »Roten Slatogorje«, sich die Erklärungen Oserowas angehört hatte, steckte er das Ende seiner Krawatte in den Mund, kaute nachdenklich darauf herum, spuckte es wieder aus, sein rothaariger, langgezogener Gurkenkopf nickte bedeutungsvoll und neigte sich über den Notizblock.

»Die Energie«, murmelte er, »tja … hm … Aber die Emanation?«

Er zuckte bedauernd die Schultern, las das vollgeschriebene Blatt noch einmal durch, legte es beiseite und schob den Notizblock der Professorin hin.

»Bitte, schreiben Sie selbst alles auf. Wegen des Stils machen Sie sich mal keine Sorgen. Da geh ich später mit dem Bleistift drüber.« Und er lächelte herablassend.

Nachdem Berloga die Professorin beim Wasserstoffspezialisten abgeliefert hatte, begab er sich zum Redakteur.

Das Kabinett dieses Provinzredakteurs war nicht sonderlich geräumig. Der Schreibtisch, der mit Druckfahnen, Manuskripten und Zeitungen überhäuft war, nahm die Hälfte des Zimmers ein. Zum offenen Fenster zog Tabakrauch hinaus. Poschidajew qualmte nicht allein. Zwischen Fenster und Tür schritt Behrens hin und her und rauchte verbissen eine Papirossa nach der anderen.

Als Berloga die Tür öffnete, stand er von Angesicht zu Angesicht dem Vorsitzenden des Exekutivkomitees gegenüber und sagte für alle Fälle: »Entschuldigung.«

Behrens schaute ihn abwesenden Blickes an, drehte sich um und schritt wieder durchs Kabinett. Berloga wagte nicht einzutreten; vielleicht war das Gespräch zwischen dem Vorsitzenden und dem Redakteur geheim? Er blieb vor der Tür.

Im Kabinett klingelte das Telefon. Berloga hörte den Baß Poschidajews:

»Genosse Kort? Ja, gleich fahren wir. Behrens und ich, ja.«

Und Redakteur und Vorsitzender gingen an dem Reporter vorüber, ohne ihn zu bemerken.

Der Dienstwagen fuhr sie zur Kripo.

Behrens war düsterer Stimmung. Auf die Anfragen aus Moskau konnte er nichts Genaues antworten. Die Ursachen und Ziele der Brände lagen nach wie vor im dunkeln. Poschidajew aber gab sich dem Schaukeln des Wagens hin und träumte. Vor seinem geistigen Auge stand auf der ersten Seite des »Roten Slatogorje« eine fette Überschrift: *»Das Geheimnis der Brände ist enthüllt!«* oder noch besser: *»Schluß mit den großen Bränden! Der rote Hahn – fort aus Slatogorsk!«* oder sonst etwas in der Art.

Dann folgte ein ausführlicher Artikel, der alles restlos aufklärte: wer die Verbrecher waren, dazu die Meinung von Persönlichkeiten des öffentlichen Lebens …

Da wurde Poschidajew auf einmal gegen Behrens geworfen, doch kaum war er mit der Stirn an die Schulter des Freundes gestoßen, krängte das Auto auf die andere Seite, und Behrens sackte mit seinem ganzen Gewicht auf den Redakteur. Direkt vor der Kripo war der Wagen plötzlich mit Höchstgeschwindigkeit losgebraust.

»Halt! Wohin?« schrie Behrens, verstummte aber, da er sich fast die Zunge abgebissen hätte. Das Auto raste über Schlaglöcher und Fahrrillen, Vorsitzender und Redakteur wurden herumgewirbelt, gerüttelt und geschüttelt.

Mit halbsbrecherischem Tempo sauste der Wagen in unbekannter Richtung davon. Das Auto (oder der Chauffeur) war verrückt geworden. Es jagte zur Stadt hinaus, entführte die beiden hauptverantwortlichen Männer von Slatogorsk aufs freie Feld.

Für Gespräche, für Überlegungen war da keine Zeit. Nur ein Gedanke blitzte in beiden auf:

›Verrat! Raus aus dem Auto!‹

Doch bei solcher Geschwindigkeit hinauszuspringen hätte den Tod bedeutet. Und wie auch, wie die Türen des Gefährts öffnen? Unmöglich. Behrens und Poschidajew purzelten von einer Seite zur anderen, es schleuderte sie in die Höhe, erneut hinab – wie in einer Kajüte bei Sturm.

Plötzlich verlangsamte das Automobil seine Fahrt. Jetzt wäre leichter hinauszuspringen gewesen. Doch schon blieb der Wagen stehen. Starke Hände zogen Behrens und Poschidajew nach draußen. Der betäubte und verwirrte Redakteur wurde sofort niedergeschlagen und gefesselt. Behrens kämpfte noch. Vier Mann hatten sich auf ihn gestürzt, doch er verteidigte sich wütend und hartnäckig. Ein Schlag auf den Hinterkopf warf ihn zu Boden. Einen Augenblick lang verwandelte sich der klare Sonnentag für den Vorsitzenden des Exekutivkomitees in finstere Nacht. Und als er, bereits gefesselt, die Augen aufschlug, sah er über sich einen Mann im Gummimantel. Das gepflegte Gesicht mit der geraden Nase kam Behrens quälend bekannt vor. Wo hatte er diese stechenden gelben Augen schon gesehen? Diese Warze neben dem linken Nasenflügel? Die Schramme am rechten Ohrläppchen? All dies rief Behrens aus irgendeinem Grund den Geruch von Pferdeställen ins Gedächtnis. Pferdeställe? Also – Zirkus? Wieso Zirkus? Hohe Schule? Wo hatte er bloß dieses Gesicht schon gesehen?

Der Chauffeur des Vorsitzenden trat zu dem gelbäugigen Mann. Diesen Burschen hatte Behrens vor einem Monat eingestellt und ihn für einen ehrlichen Kerl gehalten.

»Jetzt die Moneten«, sagte der »ehrliche« Bursche. »Laß die Kröten springen.«

»Gleich«, erwiderte ruhig der Gelbäugige, zog aus der Tasche seines Gummimantels einen Revolver und schoß dem treuen Burschen (der Chauffeur konnte nur noch die Augen aufreißen) ins Gesicht.

»Den brauchen wir nicht mehr«, erklärte er. »Schafft ihn beiseite.«

Und an Behrens gewandt:

»Machen Sie sich keine Sorgen. Mit Ihnen und Ihrem Freund werden wir nur im äußersten Fall so verfahren.«

Die Fürstin Abamelek-Lasarewa empfing Fomitschew bereitwillig. Sie ließ ihn auf dem Diwan Platz nehmen, setzte sich neben ihn und versuchte sogar, den Hammerschmied bei der Hand zu fassen.

»Ach, wie ich das Proletariat liebe!« rief die Fürstin aus.

»Rein zufällig kam etwas dazwischen, sonst wäre auch ich proletarischer Abstammung!« Sie seufzte tief. »Rein zufällig! Ich kann die Bourgeoisie ja nicht ausstehn! Die Bourgeoisie ist so etwas Unangenehmes, Kapitalistisches, Marodes! Sie sind doch der Vorsitzende unseres Exekutivkomitees? Oder?«

»Nein«, widersprach Fomitschew, »ich bin ein Slatogorsker Arbeiter, Komsomolze.«

Einen Augenblick sah die Fürstin mürrisch drein, dann hellte sich ihre Miene wieder auf.

»So ein junger, schöner Arbeiter!« rief sie aus. »Sicher lieben die Frauen Sie sehr. Ja, Ihnen würde sich jede Frau voller Freuden hingeben! Jede!«

Dabei zwinkerte die Alte so unzweideutig, daß Fomitschew eine Gänsehaut bekam.

»Ich bin hier«, sagte er, »um Sie zu bitten, mich als Nachtwächter oder Bohnermann oder sonst etwas einzustellen. Hab nichts mehr zu beißen.«

Die Fürstin musterte ihn von Kopf bis Fuß.

»Da müßten Sie zunächst Ihre Fähigkeiten unter Beweis stellen«, sprach sie anzüglich. »In unserem Hause sind die Pflichten eines Dieners sehr kompliziert und anstrengend. Wollen Sie gleich heute anfangen?« Und sie betastete den Bizeps am rechten Arm des Hammerschmieds.

»Ab morgen«, antwortete Fomitschew (es würgte ihn fast vor Ekel bei der Berührung der fürstlichen Hand). »Leben Sie wohl.«

Und er lief rasch fort, stieß dabei den plötzlich aufgetauchten Baron Mengden zur Seite.

Auf dem ganzen Weg bis zur nächsten Bierschenke brüllte Fomitschew vor Lachen. Er stellte sich vor, er wäre Diener bei der Fürstin. Doch mit dem Ergebnis seines Besuchs war er zufrieden. Nun stand fest, daß die Krankenschwester Brykina, die er beim Irrenhaus ausgespäht hatte, mit der Fürstin Abamelek-Lasarewa identisch war.

In die Bierschenke mußte er nur des Telefons wegen. Als sich am anderen Ende der Leitung Kort meldete, teilte ihm Fomitschew kurz und bündig mit:

»Die Vermutung stimmt. Sie ist es. Und der Kranke?« (Er meinte Kulakow.)

»Ist zu sich gekommen. Aber noch sehr schwach.«

»Ich mache weiter wie vereinbart«, sagte Fomitschew und hängte den Hörer ein.

In der Bierschenke waren viele Leute. Darum hatte Fomitschew, für alle Fälle, aus Vorsicht keinen Namen genannt.

Der Direktor des Irrenhauses ließ den Hammerschmied aufgrund der Bescheinigung, die dieser vorwies, ohne jede Diskussion sogleich zu Iwan Kulakow bringen. Das kam Fomitschew verdächtig vor. Er tastete nach dem Revolver in seiner Tasche und folgte dem Pfleger. Und schon stand er dem Verrückten Auge in Auge gegenüber.

Iwan Kulakow hatte einen leeren, leblosen Blick. Mit tonloser, leidgeprüfter Stimme, die schon fast wieder vernünftig klang, sagte er:

»Lassen Sie mich in Ruhe. Ich kann nicht mehr.«

In der Stadt ging derweil das erschütternde, unglaubliche Gerücht von der Entführung des Exekutivkomiteevorsitzenden Behrens und des Redakteurs Poschidajew von Mund zu Mund. Kort, der als erster den Verrat des Chauffeurs entdeckt und das traurige Ereignis dem Exekutivkomitee mitgeteilt hatte, wußte noch nicht, wie den Einwohnern von Slatogorsk das Unglück bekanntgegeben werden sollte. Aber schon hieß es in der ganzen Stadt, Behrens und Poschidajew seien umgekommen – ja, umgekommen, und nicht entführt worden; viele Leute hatten die Teufelsfahrt des Dienstwagens gesehen.

Der Feind wurde immer dreister. Der Feind griff das Zentrum des Slatogorsker Lebens an. Das Exekutivkomitee bereitete eine Proklamation vor, welche die Bürger aufrief, Ruhe zu bewahren. Berloga verfaßte die Proklamation.

Fomitschew ahnte von alledem nichts. Kort hatte das Verschwinden des Vorsitzenden und des Redakteurs mit keinem Wort erwähnt, um den Hammerschmied vor seiner verantwortungsvollen Mission nicht zu verwirren. Fomitschew betrachtete Kulakow voller Neugier. Dann neigte er sich zu ihm und sprach:

»Na, wie steht's denn so?«

»Lassen Sie mich in Ruhe!« flehte der Paralytiker. »Ich will kein Händler sein!«

»Hat sie Sie sehr gequält?« fragte Fomitschew.

Ein menschlicher Ausdruck kam in Kulakows Augen. Er antwortete mit leiser, schreckerfüllter Stimme:

»Ja, sehr.«

Und schrie:

»Feuersbrünstler! Ich mag keine Feuersbrünstler!«

Er verstummte, fiel in sich zusammen.

Fomitschew verließ die Zelle, rief nach dem Pfleger. Statt des Pflegers erblickte er den Direktor. Dieser stand mit dem gleichmütigsten Gesicht der Welt auf dem Korridor.

›Der hat gelauscht!‹ dachte Fomitschew, und ihm fiel ein, daß der Oberarzt des Irrenhauses als Komplize der Brandstifter entlarvt worden war.

Er holte ein Papier aus der Tasche und gab es dem Direktor.

»Genügt Ihnen diese Anordnung? Geben Sie mir zwei Pfleger zur Begleitung mit. Kulakow untersteht von nun an der Kripo.«

Er zeigte die Bescheinigung erst jetzt vor, nach der Begegnung mit dem Paralytiker; er fürchtete, Kulakow wäre sofort umgelegt worden, wenn er die Anordnung von Gesundheitsbehörde, Exekutivkomitee und Kripo zu früh vorgelegt hätte.

Der Direktor las ruhig das Papier durch.

»Gut«, sagte er. »Ich veranlasse sofort alles Nötige. Warten Sie.«

Und schritt davon.

Fomitschew folgte ihm langsam. Blieb stehen. Ging weiter. Ein unscheinbarer kleiner Mann mit Intelligenzlerbart und Zwicker kam ihm entgegen. Der Mann sah Fomitschew begeistert an.

»Wie bin ich glücklich!« rief er. »Endlich sind Sie da! Nur Ihnen kann ich das Geheimnis enthüllen!«

»Welches Geheimnis?« staunte Fomitschew und wußte nicht, sollte er dem Direktor folgen oder bei Kulakow bleiben.

›Merkwürdig‹, dachte er. ›Sicher ist es nicht üblich, einen Gesunden ohne Pfleger zu einem Verrückten in die Zelle zu lassen.‹

Der kleine Mann mit dem Zwicker drückte Fomitschew mit solcher Kraft die Hand, daß der Hammerschmied ihn verärgert zurückstieß.

»Was wollen Sie?«

Der Verrückte starrte den Arbeiter ungerührt an. Sein

Gesicht war von einem unhörbaren inneren Gelächter verzerrt. Speichel floß ihm aus dem linken Mundwinkel.

»Dummkopf«, murmelte er, »taube Nuß!«

Und er rückte langsam, die Finger der ausgestreckten Hände gespreizt, gegen Fomitschew vor. Fomitschew grauste es. Er stürzte dem Direktor nach, kam mit den Korridoren und Zimmern durcheinander. Dann erblickte er den Direktor auf der Treppe zum Garten. Der Direktor lachte und schaute nach oben, zum Fenster von Kulakows Zelle. Aus dem Fenster drang Rauch. Fomitschew zog den Revolver und zielte …

Der Leichnam des Direktors war noch nicht ganz die Treppe hinabgerollt, da stand Fomitschew bereits vor Kulakows Zelle.

Rauch vernebelte den Korridor. Gelbrote Flammen züngelten an den Wänden, an Boden und Decke. Fomitschew nahm den Paralytiker auf den Arm und kämpfte sich durch Rauch und Flammen zum Ausgang durch. Er rettete den Menschen, dessen zerstörtes Gehirn das Geheimnis der Slatogorsker Brände barg.

Durch den Rauch klangen verzückte Schreie. Die Irren freuten sich über den Brand.

»Hurra!«

»Genossen, Ordnung halten! Die Vorstellung fängt jetzt an!«

»Allez hopp! Der Schwergewichtler Poddubny tritt auf!«

»Genossen, laut Tagesordnung …«

»Maul halten!«

»Kikeriki!«

Kulakows dünnes Winseln fiel ein in das Gezeter:

»Ihr Feuersbrünstler! Rettet euch! Drecksbande!«

Fomitschew erreichte das Ende des Korridors, doch da hielt ihn, trotz des Rauchs, der Augen und Lunge reizte, eine ruhige Stimme auf:

»Anstellen, Bürger! Wo wollen Sie hin, außerhalb der Reihe?«

Eine Frau mittleren Alters versperrte den Durchgang. Der Mann, der vor ihr stand, drehte sich um und fragte streng:

»Haben Sie denn schon eine Eintrittskarte, Bürger?«

»Anstellen, anstellen!« schimpfte es ringsum, und Fomitschew, halb erstickt und mit tränenden Augen, wurde in die Warteschlange der Irren gedrängt. Die Schlange rückte kein bißchen vorwärts.

Fomitschew ließ Kulakow fallen und riß sich von den Händen los, die ihn festhalten wollten. Es ging um sein Leben. Ganz von allein trugen ihn die Füße zum Fenster. Die Meute der Irren stürzte ihm nach.

»Haltet den Dieb!«

Fomitschew sprang aus dem Fenster. Er fiel hin, stauchte sich heftig Fuß und Arm. Sogleich warfen sich einige Irre über ihn.

»Haut drauf!«

Fomitschew, der Hammerschmied und Mittelstürmer der Fußballmannschaft, war den rasenden Geistesgestörten nicht gewachsen. Atemlos und erbittert verteidigte er sein Leben, er kämpfte so lange, bis ihn ein Absatz mit aller Macht ins Gesicht traf. Dem Arbeiter lief das Blut in Strömen herunter. Vom nächsten Schlag auf das bereits zerquetschte Gesicht verlor Fomitschew das Bewußtsein.

Unter Gedröhn fuhr die Feuerwehr beim Irrenhaus vor. Doch es war unmöglich, das Holzgebäude zu retten.

Als das Feuer eingedämmt war, fanden die Feuerwehrleute unter einem Fenster im Garten den Leichnam des Direktors. Unweit davon lag ein verstümmelter Körper, in dem man mit Mühe Wanja Fomitschew erkannte, den Freund von Onkel Klim.

19

NEUNZEHNTES KAPITEL

»SLATOGORSK, HIPP, HIPP, HURRA!«

von Michail Soschtschenko

Das Haus war schlicht und zweistöckig. Es unterschied sich kaum von den übrigen Slatogorsker Gebäuden. Bloß, daß am Tor ein Schilderhäuschen stand. Und über den Fenstern an der Mauer noch eine Tafel hing: »Genosse-Zypulin-Feuerwehrkommando von Slatogorsk«.

Vom Schilderhäuschen zur Hausecke und wieder zurück schritt der wachhabende Feuerwehrmann. Er stampfte von Zeit zu Zeit mit dem Fuß auf, nicht vor Kälte, sondern vor Langeweile, und brummte vor sich hin: »Ihr grauen Augen, wohin seid ihr entschwunden.«

Es war drei Uhr mittags.

Im Erdgeschoß, dem Mannschaftsraum, war es hell und still.

Auf einem Bett beim Fenster saß der alte Feuerwehrmann Grigori Jefimowitsch Dubinin. Rings um ihn, wo gerade Platz war, saßen die anderen grauen Helden von Slatogorsk.

»Ich bin gern bei der Feuerwehr«, sprach Grigori Jefimowitsch. »Fünfunddreißig Jahre steh ich im Kampf gegen dieses Element und bin es nicht leid. Und ob ich oft zu einem Brand geholt werd oder eher selten, das hindert mich nicht am Schlafen.«

»Sie, Grigori Jefimowitsch, sind eben, wie soll ich sagen, schon älter«, sagte der junge Feuerwehrmann Wawilow. »Außer den Bränden haben Sie sonst vielleicht keine Bedürfnisse mehr. Aber für unsereins ist es, wie soll ich sagen, uninteressant, zweimal am Tag loszufahren.«

»Das stimmt tatsächlich«, pflichteten die anderen Feuerwehrmänner bei. »Die legen einfach Feuer, und wir dürfen zweimal am Tag löschen. Das ist doch absurd von denen, diese Brandstiftung.«

»Brandstiftung!« sagte Grigori Jefimowitsch. »Wozu soll denn Brandstiftung gut sein? Das gibt's doch nicht, daß Brände brandgestiftet werden. Brandstiftung, das ist die reinste Abstraktion. Na, mag sein, unvorsichtiger Umgang mit dem Feuer. Oder auch wieder übermäßiges Heizen. Aber Brandstiftung, damit bin ich nicht einverstanden. Das gibt's doch gar nicht.«

»Das, Grigori Jefimowitsch, ist auch nicht bewiesen«, meinte der junge Wawilow, »obgleich, es heißt, immerhin …«

»Es heißt!« sagte Grigori Jefimowitsch ärgerlich. »Wozu soll denn Brandstiftung gut sein, laß dir das mal durch deinen vernagelten Kopf gehen. Wer hat denn einen Nutzen von Brandstiftung? Fünfunddreißig Jahre hab ich schon dienstlich mit dem Brandelement zu tun. Wirklich, stimmt, Brandstiftung kommt vor – keine Frage. Im Jahr neunzehnhundertundneun hat der Kaufmann Welikanow seinen Laden in Brand gesteckt. Und warum hat er seinen Laden in Brand gesteckt? Deshalb, weil er die Versicherungssumme kriegen wollte. Darum hat er seinen Laden in Brand gesteckt.

Aber heutzutag – nehmen wir mal an, ein Haus brennt. Und nehmen wir mal an, es ist gar nicht versichert. Wozu soll dann Brandstiftung gut sein? Das ist die reinste Abstraktion.«

»Es heißt, Grigori Jefimowitsch, die lassen so spezielle Schmetterlinge fliegen, und die brandstiften dann.«

»Schmetterlinge!« sagte Grigori Jefimowitsch. »Ein Schmetterling ist ein Insekt. Ein Lebewesen. Flattern kann er, aber Feuer kann er selber nicht machen. Wie soll er das denn? Oder meinst du, er hat beim Fliegen Streichhölzer dabei?«

»Wenn aber, Grigori Jefimowitsch, der Schmetterling chemisch ist«, sagte Wawilow unsicher. »Wenn das ein chemischer Schmetterling ist?«

»Ein chemischer Schmetterling?« sagte Grigori Jefimowitsch voller Sachkenntnis. »Das ist, ich sag's euch, auch wieder die reinste Abstraktion. Ein chemischer Schmetterling kann nicht höher fliegen als einen Arschin.«

Hier geriet Grigori Jefimowitsch, der fünfunddreißig Dienstjahre im Kampf gegen Elementarkatastrophen hinter sich hatte, ein wenig ins Stocken. In den fünfunddreißig Jahren hatte er noch kein einziges Mal über so schwierige chemische Themen gesprochen. Außerdem hatte er noch nie von chemischen Schmetterlingen gehört. Er winkte bloß verächtlich ab, da er das lästige Gespräch gerne beendet hätte, ein Gespräch, das die Autorität des alten Feuerspezialisten zu untergraben drohte.

Lebhaftes Interesse an den chemischen Schmetterlingen bezwang jedoch Grigori Jefimowitschs kleinliche Empfindungen.

»Na schön, ein chemischer Schmetterling, meinetwegen«, sagte er gleichmütig. »Aber, auch wieder, was für ein chemischer Schmetterling ist das? Nicht jeder chemische Schmetterling macht Feuer. Oder was meinst du?«

»Ich meine«, sagte Wawilow versonnen, »daß bei der allgemeinen Bewegung in Wissenschaft und Technik irgendwelche Professoren sich vielleicht irgendeinen kompliziert gebauten Schmetterling haben einfallen lassen …«

»Und?« sagte Grigori Jefimowitsch.

»Vielleicht haben sie sich einen mechanischen Schmetterling einfallen lassen, der fliegt und sich dreht und Funken von sich gibt. Vielleicht ist, wie soll ich sagen, so eine Art Feuerzeug an ihn drangebaut. Und das gibt Funken von sich …«

»Funken!« sagte Grigori Jefimowitsch ärgerlich. »Die reinste Abstraktion. Wozu sollen sich gelehrte Professoren solche Funken einfallen lassen?«

Zur gleichen Zeit rannte ein Mann mit offenem Mantel und ohne Mütze eine Slatogorsker Straße hinunter. Der Mann war sichtlich außer Fassung. Sein Gesicht war bleich und erschrocken.

Er erreichte die Feuerwache und redete, heftig mit den Armen fuchtelnd, auf den wachhabenden Feuerwehrmann ein.

Dieser trat zum Schilderhäuschen und zog widerwillig am Seil einer kleinen Glocke.

Sogleich öffnete sich ein Fenster im ersten Stock, die Gattin des Brandmeisters lehnte sich weit heraus und fragte:

»Sacharytsch, brennt es? Wo denn?«

»Ja, in der Chausseestraße, Jelena Dmitrijewna.«

Auf dem Hof waren die Feuerwehrmänner schon eifrig zugange. Sie rannten durch den Hof und zogen sich die weiten Segeltuchhosen hoch.

Der noch recht junge, stämmige Brandmeister mit dem mächtigen abstehenden Schnurrbart schrie schallend:

»Los, dalli! Anspannen!«

Keine zehn Minuten später fuhr das Slatogorsker Feuerwehrkommando schon in voller Gefechtsbereitschaft zum Tor hinaus.

Vorneweg fuhr der Kremserwagen mit den Feuerwehrmännern. In geringem Abstand folgte der Spritzenwagen mit Schlauch und Pumpe.

Die Ausfahrt war nicht gerade gelungen. Das hintere Rad des Spritzenwagens hatte eine Acht. Und zwei Häuserzeilen weiter ging das Rad ganz ab. Sonst ging das Rad auch jedesmal ab, aber meist in der Nähe des Brandes. Diesmal ging es, ausgerechnet, in der Nähe der Feuerwache ab.

Aber da muß man den Slatogorsker Helden Gerechtigkeit widerfahren lassen – in Null Komma nichts war das Rad wieder angebracht. Und die Feuerwehrprozession zog weiter.

Auf der Chausseestraße stand bereits eine riesige Menschenmenge. Alles schaute mit brennender Neugier zu den Fenstern im ersten Stock. Ein Fenster war eingeschlagen. Und aus dem eingeschlagenen Fenster quoll Rauch. Der Rauch quoll nicht besonders dick. Ungefähr so, wie aus dem Rohr eines Samowars.

»Das ist der Kanonenofen auf Nummer drei«, sagte ein Bursche, der sich als Held fühlte. »Auf Nummer drei hat vom übermäßigen Heizen die Wand zu glimmen angefangen. Ist alles vorbei. Gelöscht.«

Rings um den Burschen sammelte sich Publikum. Er kam in Fahrt und begann, heftig aufzuschneiden.

Die Volksmenge auf der Straße wurde dichter und dichter. Die Feuerwehrmänner konnten sich kaum zu dem Haus durchschlängeln.

»Bahn frei!« schrien die Gassenbuben begeistert. »Slatogorsk, hipp, hipp, hurra!«

Die verschreckten Hausbewohner und Nachbarn hatten, für den Fall des Brandfalls, ihre Habseligkeiten aus den Wohnungen auf die Straße geschleppt. Und nun saßen sie, jeder auf seinem Häufchen, und zählten ständig von neuem ihre Töpfe und Federbetten.

In ihrer Nähe trieben sich junge Leute herum und betrachteten den Hausrat mit lüsterner Neugier.

Die Menge wuchs. Alle angrenzenden Straßen waren schwarz vor Menschen.

Der alte Feuerspezialist Grigori Jefimowitsch stand auf dem Kremserwagen, wedelte mit der Hand und schrie:

»Geht auseinander, Bürger. Ist überhaupt kein Brand. Bloß übermäßiges Heizen. Ist nichts mit Brandstiftung … Geht weiter. Von wegen – chemische Schmetterlinge! Ich sag's ja, die reinste Abstraktion!«

Die Menge ging jedoch nicht auseinander.

Und schon war irgendwo ein Kissen geklaut worden. Zumindest gab eine Hausfrau mit gellender Stimme diesen Vorfall kund.

Schon kam es irgendwo zum Gedränge. Und jemand wurde eingezwängt.

Die Menge stand weiterhin da und schaute zu den Fenstern im ersten Stock.

In dieser Menge waren alle unsere noch am Leben gebliebenen Helden zu sehen. Die einen standen schweigend, von den Ereignissen erschüttert, und wiegten verstört die Köpfe, die anderen unterhielten sich lebhaft.

Direkt am Tor des Unglückshauses stand unser lieber Freund, der Genosse Mischin, Chef der Kriminalpolizei. Er blickte finster auf die Menge und zuckte unbestimmt die Schultern.

Auch Berloga stand hier. Genauer gesagt, er stand nicht, sondern rannte von einer Stelle zur anderen. Er tauchte in die Menge ein und lauschte auf die Gespräche und Gerüchte.

Plötzlich ertönte in der Menge, an der Stelle, wo Berloga eingetaucht war, ein gräßliches Gebrüll.

»Leg das wieder hin!« schrie jemand. »Gleich geb ich dir eins auf die Fresse!«

In dem Moment tauchte Berloga, schlimm zerzaust, aus der Menge wieder auf.

In den Händen hielt er eine Rolle, irgendwelche Papiere.

Berlogas Atem ging schwer und stoßweise. Seine Augen irrten umher. Offenbar suchte er jemanden.

Soeben hatte er in einem kleinen Berg von Hausrat, auf einem Federbett, zufällig eine Rolle entdeckt. Sie war schmutzig und abgegriffen. Doch die schmerzlich bekannten Zahlen darauf – 1057 – erschütterten Berloga. Er griff die Rolle mit den Papieren vom Federbett, tauchte durch die Menge, und nun stand er, die Papiere an die Brust gepreßt, gewissermaßen unbeweglich.

Doch da erblickte er den Genossen Mischin und stürzte zu ihm. Als er vor dem Chef der Kriminalpolizei stand und ein wenig verschnauft hatte, wickelte er hastig die Papiere aus. Ein Zittern lief durch Berlogas Körper. Es war die gestohlene Akte Nr. 1057.

20

ZWANZIGSTES KAPITEL

»ICH GEH AM STOCK!«

von Wera Inber

Der gefüllte Fisch (ein Hecht) schmiegte demütig seine Wange an eine gekochte Kartoffel – er schien sich von den Qualen des Füllens zu erholen. Der Vater von Sarotschka Möbel dagegen, der alte, patriarchenartige Papa Möbel, der hochverehrte Samuil Möbel, er dachte, als er am Freitagabend den Bau des Fisch- bzw. Hechtschwanzes studierte, über das Leben nach. Dachte darüber nach, daß die drei Kaufläden, die er unter den Fittichen der NEP eröffnet hatte: den einen auf seinen eigenen Namen, den anderen auf den Namen seiner Frau, den dritten auf den Namen seines verwitweten Sohns, daß diese drei Läden – wie wir sagen würden – ihm weniger Gewinn und Freude brachten als erwartet. Besonders unorganisiert führte sich die Galanterie- und Kolonialwarenhandlung auf, der dritte Laden, in dem der verwitwete Miron Möbel das Regiment führte.

›Ich sehe ein‹, so sann der alte Samuil, auf die Füllung starrend, die aus dem Fischwanst quoll wie ein Kissen aus einem zu engen Überzug, ›ich gebe zu, der Laden steht nicht gerade an einem vergnüglichen Ort. Links der Friedhof, rechts der Schlachthof, gegenüber das Irrenhaus und am Horizont der Pulverturm. Bei so einer Lage kann man nicht viel erwarten. Trotzdem ist das kein Grund, daß ein Fäßchen ehemaliger königlicher Heringe drei Monate auf dem Regal versauert. Das ist mein Ruin! Das Sonnenblumenöl ist schon ganz ranzig, die ausgetrocknete Schuhwichse geht mir nicht aus dem Kopf, und erst die Backpflaumen …‹ An dieser Stelle griff sich Samuil Möbel an die Glatze und ließ den Kopf über den Hecht sinken.

»Samuil«, fing da in der Tür Madame zu greinen an, »Samuil, das ist doch nicht mehr auszuhalten, ständig was Neues. Mal der Zar, mal die Kommune, mal hast du keinen Laden, mal hast du einen Laden, mal ist was mit Sarotschka, mal mit Miron!«

»Was ist mit Miron?« fragte Samuil Möbel besorgt.

»Samuil«, greinte Madame wieder und legte die Hand an die Stirn, »siehst du denn nicht, daß Miron ein Verhältnis hat?«

»Ein Verhältnis? Kann nicht sein. Mit wem denn?«

»Mit einer Sitzwache aus dem Irrenhaus. Der steckt er Mandeln und Vanille und Kokosknöpfe zu, Samuil!«

»Schade, daß er nicht von dem Sonnenblumenöl nimmt. Zu schade.«

»Und Backpflaumen, Samuil, Backpflaumen, ganze Tüten voll!«

Samuil Möbel griff sich erneut an die Glatze und trat zum Fenster. Draußen war es Nacht. Die Stadt war wie ein Wasserglas randvoll mit Nacht gefüllt. Unten, vor dem Fenster, in dem schwarzen, zerdrückten und brünstigen Gesträuch, bebte eine Frauenstimme, räusperte sich ein Baß, blitzten weiße Hände, und der glutrote Punkt einer Papirossa hing wie ein Vogelauge in der Luft.

»Hörst du, Samuil«, stöhnte Madame Möbel, »das ist unsere Sarotschka, wieder mit so einem Schlawiner. Die ist schon ganz auf der schiefen Bahn. Ich sag zu ihr: Sarotschka, was puderst du dich so? Und sie drauf: Lassen Sie mich, Mamascha, das ist jetzt Mode. Ich sag zu ihr: Sarotschka, schau doch, wie du dich aufführst! Und sie drauf: Mamascha, das ist jetzt Mode!«

»Wissen Sie, Genosse Bryndsa«, gurrte im Dunkeln die unsichtbare Sarotschka, »ich lebe in absoluter Leere. Meine Eltern sind Überbleibsel der alten Zeit. Es drängt mich nach einem neuen Leben, aber allein schaff ich das nicht. Mir ist weh ums Herz. Ich bin einfach verzweifelt.«

»Wirklich«, bullerte im Dunkeln mitleidig der Genosse Bryndsa, »da gehst du ja bald am Stock!«

»Samuil«, erregte sich oben Madame Möbel, »was reden die? Warum droht er ihr mit dem Stock? Will er sie heiraten? Auf gar keinen Fall! Der kriegt weder Sarotschka noch die Kolonialwarenhandlung!«

»Annetta«, zischte Samuil Möbel, »misch dich nicht ein, wo du nichts verstehst. Das ist bloß ein Ausdruck, den russische Leute so an sich haben. Aber ich mit meinen ganzen Sorgen: mit Miron, mit Sarotschka, mit dem Irrenhaus und den Backpflaumen, ich geh bald am Stock, das spür ich.«

Er hatte das letzte Wort noch nicht ausgesprochen, da hellte sich der schwarze Samt der Nacht auf und schmolz dahin. Das ganze Zimmer wurde in orangenes Licht getaucht. Wie neugeboren traten die Gegenstände aus der Finsternis hervor. Der Kerzenständer auf der Kommode, gut ein halbes Jahrhundert alt, schimmerte in fröhlichem Silber, die Kommode verjüngte sich, sogar der gefüllte Hecht funkelte wie ein Goldfischlein.

»Aus und vorbei!« rief Samuil Möbel und sank erschöpft auf einen Stuhl. »Es brennt wieder. Brennt. Und wo brennt es? Auf der Wasserleitungsstraße, beim Kürschner Moschkowitsch, das seh ich an der Lage des Feuers. Ein Glück haben die Leute. Am Montag hat er sich versichert, und am Freitag brennt er schon.«

Da warf Madame Möbel ihrem Mann einen scharfen Blick zu und sagte langsam: »Ein Glück haben die Leute … Und wo hast du deinen Verstand? Was andere können, kannst du auch. Bist du etwa nicht versichert? Wenn nun zum Beispiel der Laden von Miron abbrennt, wer kann was dagegen haben? Vor Feuer ist keiner sicher.«

»Pah!« Samuil Möbel spuckte plötzlich aus. »Es brennt. Was brennt, wo brennt's … Nichts brennt.«

Tatsächlich, nun war bereits klar, daß der Kürschner Moschkowitsch gar nicht brannte. Am Horizont stieg bloß, zur gewohnten Stunde, ein riesiger, angeknabberter Mond auf, rötlich und porig wie eine Apfelsine.

Doch Madame Möbel ließ sich nicht beirren. »Der Mond, der ist das eine«, sagte sie, »und die Versicherungsprämie was anderes. Denk darüber nach, Samuil.«

Und der alte Samuil Möbel versank erneut ins Grübeln.

Dank seiner Kollektion von Bränden verwandelte sich Slatogorsk aus einem farblosen Provinznest in einen Brennpunkt des Weltgeschehens. »Es brennt in Slatogorsk!« – »In Slatogorsk brennt es!« – diese Nachricht ratterte allenthalben über die Rotationsmaschinen. Die Telegraphenapparate tickten, und wenn man genau hinhörte, schwirrten die Leitungen in Wald und Feld von derselben Nachricht. Und die Rundfunkempfänger fingen sie mit gespitzten Ohren auf und verbreiteten die Kunde von den Slatogorsker Bränden auf der ganzen Welt.

Ein Bild des Reporters Berloga, den zufällig jemand im Objektiv eingefangen hatte, wanderte durch alle illustrierten Wochenzeitschriften Europas, Amerikas und Australiens. Die Bildunterschriften wurden immer bizarrer. Mal war er Brandstifter, mal Brandopfer, mal war er bei lebendigem Leib verbrannt, mal gegen jedes Feuer gefeit. Eine amerikanische Firma, die gerade einen neuen Typ von Rettungsgurten auf den Markt brachte, setzte das Publikum in Kenntnis, daß nur dank dieses Gurts der bekannte Schriftsteller Berloga, ein Freund des verstorbenen Tolstoi, in einem von der Feuerwehr überschwemmten Zimmer nicht ertrunken sei. Und in allernächster Zeit kämen seine Memoiren heraus, mit einer detaillierten Beschreibung des wunderbaren Geräts.

Schon begann man von einer gigantischen internationalen Provokation zu munkeln. Kerenski schrieb aus diesem Anlaß einen offenen Brief an die Emigrantenzeitung »Rul«. Ein geheimnisvolles Schiff tauchte am Gestade von Kamtschatka auf, beschoß Fischerboote und verschwand. Dina Kamenezkaja erhielt das Angebot, zusammen mit Charly Chaplin in Hollywood zu drehen. Der Lärm, der sich um die Slatogorsker Brände erhob, war jedenfalls so groß, so viele internationale Interessen wurden dabei berührt, daß das persönliche Interesse von Samuil Möbel an seinem dritten Laden in diesem ganzen Trubel völlig unterging …

Im ersten Morgengrauen, als die ganze Stadt noch schlief, trat Samuil Möbel aus dem Haus. Gemächlich wie ein ehrbarer Sowjetbürger, der nicht schlafen kann, schritt er durch die stille, winklige Straße auf Schlachthof und Friedhof zu. Und sinnierte: ›Miron weck ich auf und sag ihm ohne Federlesens, er soll verschwinden. Soll er doch gehen, wohin er will, meinetwegen ins Irrenhaus; dort wartet sowieso schon eine Sitzwache auf ihn. Und ich kippe eine Flasche Petroleum in die Makkaronikiste und begieße das Ganze mit Sonnenblumenöl. Streichhölzer liegen gleich daneben auf dem Regal, bei der Eiseife. Tschik – und fertig ist die Laube! Ich geh heim, leg mich schlafen, und morgen zahlt mir die staatliche Versicherung Geld. Was kann man da machen, ein Brand kann jeden treffen, ohne Unterschied des Alters und Geschlechts. Alles ist in Ordnung, ich fürchte nichts und niemanden, mit Ausnahme des Pulverturms. Der ist zwar weit vom Laden weg, doch wer weiß … Alles hängt vom Wind ab.‹ Samuil Möbel blieb stehen, streckte die Nase in den Wind und versank im Grübeln. Der Wind war schwach, doch wer weiß …

Der Wind war schwach. Er duftete nach Morgengrauen, Frische, Wasser und Gras. Er verhieß Erfolg. Er war warm wie Honig und süß wie eine Lotterie ohne Nieten. Doch plötzlich erstarrte Samuil Möbel. Unter den Schwall betörender und unbestimmter Düfte mischte sich ein ganz bestimmter, fürchterlicher Geruch: der Geruch von Rauch. Am ganzen Leib zitternd, schnupperte Samuil Möbel aufmerksam. Die Nähe des Pulverturms zeigte sich ihm nun in ihrer ganzen bedrohlichen Tragweite. ›Ich Dummkopf‹, sagte sich der alte Samuil, ›wie konnt ich bloß meinen, der Turm sei am Horizont! Er steht ja gleich daneben, ein Katzensprung! Er ist sogar viel näher als der Schlachthof. Wenn nun die ganze Stadt in die Luft fliegt und mit ihr meine beiden anderen Läden? Und vor allem, wenn die herausbekommen, daß ich hier morgens spazierengegangen bin, dann geben sie dem eine gesellschaftliche Bedeutung, und ich bin verloren. Das riecht tatsächlich nach Brandstiftung. Was tu ich nur? Ja, jetzt geh ich bald am Stock!‹

»Psst!« zischte plötzlich eine Stimme bei einer unansehnlichen Gartenpforte und fuhr flüsternd fort: »Was soll das, Bürger? Sehen Sie denn nicht, daß Sie stören? Da ist ein Mensch beschäftigt, aber Sie kommen ihm in die Quere …« Hinter der Pforte erschien die Gestalt eines »Menschen« von etwa zwölf Jahren, der statt einer Nase bloß eine kleine Wölbung aus Sommersprossen besaß.

»Verzeihen Sie«, antwortete Papa Möbel, ebenfalls flüsternd und zuckersüß, »ich störe durchaus nicht. Ich kann nicht schlafen, wissen Sie, drum hab ich mir gedacht, ich geh ein wenig am Stadtrand spazieren.«

»Psst«, zischte der »Mensch« von neuem, »sie kommen! Los, legen Sie sich längelang hin! Sie kommen geflogen, hören Sie?« Und er drückte Samuil mit solcher Kraft zu Boden, daß dieser sich unwillkürlich hinsetzte. In der Stille war ein Rauschen und Zwitschern zu hören, kleine Flügel zerteilten die Luft, kamen näher und näher. Das Ganze endete in dem triumphierenden und durchaus lautstarken Begeisterungsgeheul des »Menschen« mit den Sommersprossen: »Ich hab sie! Zwei Stieglitze und eine Meise! Sie können aufstehen. Sagen Sie, wie sieht's bei Ihnen mit Fliegen aus?«

»Wieso?« fragte Möbel vorsichtig und erhob sich. »Warum interessieren Sie sich für Fliegen, junger Mann?«

»Ich füttere meine Vögel mit Fliegen: Das ist nahrhaft und billig. Das heißt, früher hab ich sie mit Schmetterlingen gefüttert. Von Schmetterlingen kriegen Stieglitze ein glattes Gefieder und singen hervorragend. Aber die Schmetterlinge sind verschwunden …«

»Ja, so was! Einfach verschwunden?«

»Wie vom Erdboden verschluckt. Ich denk, ich geh zu Würmern über. Moment mal, merken Sie, daß es nach Rauch riecht?«

»Und wie, junger Mann!« ächzte Samuil Möbel, der von den Aufregungen dieses schrecklichen Morgens ganz grün im Gesicht war. »Und wie ich das merke! Doch ich seh keinen Rauch.«

»Das organisieren wir gleich. Kein Rauch ohne Feuer. Ich bring bloß die Vögel weg, dann gehen wir beide in verschiedene Richtungen: Sie nach Norden, ich nach Süden. Wer als erster Feuer entdeckt, stößt einen Pfauenschrei aus.«

»Wie ein Pfau kann ich nicht schreien, mein lieber Junge. Überhaupt, ich bin so etwas nicht gewohnt.«

»Ach was, Sie sollten in unsere Pioniergruppe kommen, da würden Sie es gleich lernen. Also, gehen Sie nach Norden.«

Schlotternd und bleich machte sich Samuil Möbel auf die Suche nach dem Rauch. Die Stille der verschlafenen Stadt, die Einsamkeit, das geheimnisvolle und bedrohliche Unheil, dem er gleich Aug in Aug gegenübertreten würde, all das erschütterte ihn. An einer Straßenkreuzung blieb er stehen. Von da konnte er alles gut überblicken: Irrenhaus, Friedhof, Schlachthof sowie den gräßlichen Pulverturm. Auch seinen Unglücksladen sah er. Doch was war das? Samuil Möbel umklammerte den nächsten Baum und erstarrte. Ja, doch, der Rauch kam direkt aus seinem Laden. Ja, ja, direkt aus seinem Laden kam der Rauch.

Zu Hause alle möglichen Brandabsichten zu hegen ist nicht schwer. Aber etwas ganz anderes ist es, dicke, borstige, kamelfarbene Rauchschwaden langsam aus dem Fenster quellen zu sehen. In diesem Moment erschien Papa Möbel alles in anderem Licht. Das Geschäft – nicht gar so unrentabel, der Ort – nicht ganz so mißlich, und sogar das unglückselige Sonnenblumenöl schien weniger ranzig. Was tun? Leute alarmieren, selbst hinrennen, einen Pfauenschrei ausstoßen? Die Feuerwehr holen? Aber die brechen herein wie die Geier, zerstampfen und überschwemmen alles, dabei sind Waren doch so was Heikles! Nein, er muß selber nachschauen, Miron aufwecken. Vielleicht läßt es sich mit eigenen Mitteln löschen. Aber der Pulverturm … Nein, er muß Leute alarmieren, die Feuerwehr holen. Aber die Waren … Nein, erst muß er selber nachschauen.

Und Samuil Möbel rannte zu seinem Laden, wobei ihm ständig der Atem wegblieb und er ihn tief aus dem Zwerchfell wieder heraufholen mußte. ›Und Miron schläft!‹ schoß ihm unterwegs durch den Kopf. An der Tür angekommen, ließ er sich mit seinem ganzen Körper darauffallen. Die Tür rührte sich nicht. Mit einer für sein Alter unfaßlichen Kraft stemmte er sich dagegen: Sie ächzte und sprang auf. Der Laden war leer. Es roch beruhigend nach Hering, alle Arten von Knöpfen starrten hinter den ungewaschenen Scheiben hervor. Neben dem Glas mit gestoßenem Zucker, auf einem Stapel Packpapier, prangte ein ausgefranster Fleck, ein schwarzrotes Blutgerinnsel.

›Miron ist ermordet!‹ dachte der alte Samuil, und die letzten grauen Haare auf seiner Glatze standen ihm zu Berge. ›Miron ist tot. Er war zwar kein besonders guter Sohn und ein schlechter Geschäftsmann: ließ die Heringe versauern, warf Backpflaumen zum Fenster raus und rannte ständig ins Irrenhaus, trotzdem war er ein echter Möbel. Und nun, mein Gott, wie bring ich es Annetta bei …«

Der Rauchgeruch wurde immer stärker und schrecklicher. Holländischen Käse und einen Stapel Seife herunterwerfend, hastete Samuil Möbel zum Hinterzimmer, wo offenbar die Leiche lag und woher der Rauch kam. Miron stand, springlebendig, in Hemdsärmeln vor einem Petroleumkocher und neigte sich über einen Topf, in dem es brodelte und gluckste.

»Miron!« rief Papa Möbel völlig entkräftet, »mein Sohn, was hat das zu bedeuten? Warum dieser Rauch? Du lebst?«

Miron wurde puterrot, faßte an die heiße Platte und verbrannte sich die Finger. Er wollte den Petroleumkocher ausmachen und hatte offenbar vergessen, wie das geht.

»Papascha«, sagte er mit zitternder Stimme, »glauben Sie bloß nicht, mein Ehrenwort, ich geb Ihnen alles zurück, bis auf die letzte Kopeke, nicht daß Sie sagen, ich sei ein Dieb. Ich bin kein Dieb, ich bin nur verliebt, Papascha, wie ein kleiner Junge, bis über beide Ohren. Macht mit mir, was Ihr wollt.«

»Wie? Was ist los? Paß auf, bei dir brennt was an. Was soll diese Kocherei um fünf Uhr in der Früh, wenn die ganze Stadt schläft? Und wieso dieser Rauch? Was geht hier vor, kannst du mir das endlich beantworten?«

»Ja, das kann ich. Das ist Marmelade aus Backpflaumen, die ich für meine Liebste koche. Der Zucker ist mir angebrannt, deshalb der Rauch. Setzen Sie sich doch, Papascha, was stehen Sie? Mit dem Rührlöffel bin ich Zucker holen gegangen und hab überall Flecken gemacht, achten Sie nicht drauf, das putz ich weg. Vor allem, regen Sie sich nicht auf!«

Samuil Möbel schaute auf die Wände, die Decke, wo eine Spinnenfamilie hauste, den Tisch, wo im Topf kläglich der Brei gluckste, auf den verrußten Kupfertopf mit dem langen Holzstiel – auf all das schaute der Vater von Sarotschka

Möbel, der alte, patriarchenartige Papa Möbel, der hochverehrte Samuil Möbel, und er sprach mit einem Lächeln, das so ranzig war wie sein Sonnenblumenöl: »Aus und vorbei. Jetzt geh ich am Stock!«

21

EINUNDZWANZIGSTES KAPITEL

PFAUENSCHREIE

von Nikolai Ognjow

Der diensttuende Kripobeamte Sussow umrundete zum zehnten Mal in dieser Nacht das Haus, vergewisserte sich, daß Mischin persönlich zusammen mit Kort im Chefbüro saß, schaute kurz in den Garten und begann zum fünfundzwanzigsten Mal ein Gespräch mit den Rotarmisten, die am Tor des Kripogebäudes Wache hielten.

»Je nachdem«, äußerte Sussow. »Kommt ganz drauf an … Sieht einer gebildet aus, ist das immer verdächtig. Also, zum Beispiel, der Gummimantel. Solche Mäntel haben viele an, aber jetzt im Herbst vor allem die Gebildeten. Zieht denn ein Schauermann so ein Gummiding an? Von wegen!«

»Bei uns im Dorf ist auch mal was vorgekommen«, ließ sich verträumt einer der Rotarmisten vernehmen. »Geht da ein Herr. So ein Herr eben. Sieht arg vornehm aus. Und plötzlich – platsch! liegt er auf dem Boden. Und steht nicht mehr auf. Ja, so war's.«

»Aus was für einer Oper hast du das denn?« fragte Sussow geringschätzig. »Das hat wenig zu tun mit unserem Meinungsaustausch. Ein Herr! Herren gibt's jetzt keine mehr. Disputier du mal ernsthaft …«

Plötzlich zog, weich und schwankend, ein lautloser Lichtstreifen durch die frühmorgendliche Dämmerung der Straße. Sussow umklammerte den Griff seiner Browning.

»Holla!«

Die Rotarmisten schreckten auf, knallten das Gewehr aufs Pflaster. Direkt auf das Tor zu kam in blendendem Glanz ein Sanitätswagen gefahren. Die Autotür sprang auf, und ein Mann mit Gummimantel kletterte schwerfällig heraus, Sussow entgegen.

»Halt, Bürger!« sagte Sussow mit gepreßter Stimme und hob seine Browning. »Ihr zwei, packt den Chauffeur am Wikkel, sonst rennt der uns mit Volldampf davon …«

»Du hast wohl eine Meise, Genosse!« sagte der Mann mit Gummimantel wütend, stieß die Browning beiseite und zeigte die Marke unter seinem Mantelkragen. »Ist der Chef in seinem Büro?«

»Der ist in seinem Büro«, erwiderte Sussow. »Bloß, Sie Bürger, stehen unter Arrest, bis ich vom Chef persönlich Weisung krieg. Ihr zwei seid verantwortlich! Ich geh melden. Was soll ich sagen?«

»Kukowerow.«

Sehr bald kam Mischin heraus, nahm Kukowerow beim Arm und führte ihn ins Haus.

»Die Kerle sind ganz schön nervös«, sagte Kukowerow auf der Treppe, schwer atmend. »Ist Kort da?«

»Gemäß Ihrer Weisung ist Kort da. Und daß die Kerle nervös sind – schließlich passiert jeden Tag was Neues, Schlag auf Schlag, das nimmt sie mit …«

»Was ist mit Behrens?«

»Haben wir bislang nicht gefunden. Weder ihn noch den anderen.«

»Und Berloga?«

»Ist seit gestern morgen verschwunden. Es gehen Gerüchte, er sei mit der Akte Nr. 1057 gesehen worden.«

Die herbstlich schwache sechste Morgenstunde konnte noch kaum den Kampf mit der einzigen Lampe über Mischins Tisch aufnehmen; neben dem Tisch ragte Korts schweigende Gestalt.

»Pff!« Kukowerow ließ sich schwer in einen Ledersessel fallen. »Bin abgekämpft. Folgendes, Genossen!« Kukowerow öffnete seine Aktentasche. »Ihr seid beide sehr wohl im Bilde, wer ich bin. In letzter Zeit habe ich euch auch kennengelernt. Die Gefahr ist riesengroß. Den Hauptfeinden können wir immer noch nicht beikommen. Jeden Moment müssen wir auf neue Überraschungen gefaßt sein. Weiter Verstecken zu spielen lohnt nicht. Wir werden gemeinsam handeln, unsere Kräfte nicht verzetteln. Treffen werden wir uns nachts, jedesmal an einem anderen Ort. Was halten Sie davon, Genossen?«

»Das ginge schon«, brummte Mischin.

Zur Tür herein streckte Sussow den glattrasierten Kopf. »Genosse Mischin, unten steht eine mit Drapémantel.«

»Was will sie?«

»Sie sagt, sie ist vorgeladen. Ist anständig angezogen, ziemlich groß, hat nichts Verdächtiges in der Hand, klares Gesicht, schaut einem direkt in die Augen, führt sich ruhig auf, und unterm Mantel hat sie einen weißen Kittel.«

»Ihr Name?«

»Den sagt sie nicht. Wenn Sie gestatten, durchsuch ich sie. Sieht gebildet aus.«

»Teufel noch mal!« schrie Kukowerow. »Was heißt hier –

eine mit Drapémantel. Das ist sicher Oserowa, die Chemieprofessorin Oserowa. Ich habe sie hergebeten. Mischin, wir brauchen sie dringend. Sind Sie verrückt, Genosse Kripobeamter – durchsuchen!«

»Hol sie rein«, befahl Mischin.

»Ich bin nicht verrückt«, murrte Sussow. »Wer weiß denn, aus was für einer Oper die ist … Womöglich hat sie massenhaft Schmetterlinge unterm Rock!«

Mischin unterbrach ihn ungeduldig: »Frag sie, auf wessen Vorladung, und wenn sie sagt, von Kukowerow, dann hol sie rein.«

Oserowa trat ins Büro.

»Bitte sehr, Walentina Afanassjewna!« Kukowerow erhob sich aus dem Sessel. »Berloga hat mir von Ihnen erzählt. Entschuldigen Sie, daß ich Sie so früh … und an solch einen Ort bemühe. Wir sind gezwungen, uns nachts zu treffen. Wissen Sie, in letzter Zeit sind wir derart von Gefahren umringt …«

»Ich arbeite immer frühmorgens«, unterbrach ihn Oserowa. »Worum geht es?«

»Ich habe Sie als Expertin zu uns gebeten und als Übersetzerin. Je weniger Leute dabei sind, desto besser. Könnten Sie uns das übersetzen?«

Kukowerow breitete auf dem Tisch eine Zeitung aus und wies auf eine rot umrandete Stelle. Oserowa beugte sich kurzsichtig darüber.

»Der ›New York Star‹? Aha. Also, hier steht:

EINE MILLIARDE DOLLAR FÜR EINE FILMPRODUKTION!!!
KEIN ANDERES LAND IST DAZU IN DER LAGE!!!
EINE GEHEIMNISVOLLE EXPEDITION
WASHINGTON IST INTERESSIERT

Der Filmkonzern ›Könige der Leinwand‹ plant zur Zeit einen Film, wie ihn die Welt noch nicht gesehen hat. Für die Produktion wurde eine Milliarde Dollar bereitgestellt. Thema des Films ist der Kampf gegen die rote Gefahr. Alles wird an Originalschauplätzen gedreht, Aufnahmen im Studio sind nicht vorgesehen. Für die Dreharbeiten wird eine grandiose Expedition in ein anderes Land ausgerüstet. Wie wir gehört haben, hat das Weiße Haus seine Zustimmung zu der Expedition gegeben. Einzelheiten des Drehbuchs wie auch die Reiseroute sind streng geheim.‹

Das ist alles«, schloß Oserowa und sah zerstreut die Zeitung durch. »Brauchen Sie noch was?«

»Ja, sehen Sie, wir hätten eine Frage … bezüglich dieser Schmetterlinge … Berloga sagte, Sie hätten geruht, Versuche anzustellen?«

»Zweihundertdreiundvierzig!« schrie Oserowa auf einmal und schlug erregt mit der Hand auf den Tisch. »Ich hab's doch gewußt!«

»Was ist zweihundertdreiundvierzig?« fragte Kukowerow verwundert.

»Achte Gruppe, zwölfte Reihe«, stieß Oserowa ungestüm mit blitzenden Augen hervor. »Das ist die Erklärung für die Emanation!«

›Noch eine Kandidatin für die Klapsmühle‹, dachte Mischin beunruhigt. ›Anscheinend eine Epidemie, ausgelöst durch die Brände … Ob ich die Beamten rufen soll?‹

»Beruhigen Sie sich, liebe Walentina Afanassjewna!« Kukowerow stand auf. »Sehen Sie, die Nummer, die Sie da gefunden haben, ist sicher wichtig. Doch für uns sind im Augenblick das Leben und die Sicherheit der ganzen Stadt viel wichtiger, nicht zuletzt auch Ihr eigenes Leben.«

»Sie sind ein komischer Kauz«, erwiderte Oserowa völlig ruhig. »Wieso eine Nummer? Zweihundertdreiundvierzig ist das Atomgewicht eines neuen Elements. Das erkläre ich Ihnen, das betrifft auch Ihre Schmetterlinge.«

›Ich brauch die Beamten wohl nicht zu rufen‹, dachte Mischin.

»Oder verstehen Sie von Chemie genausoviel wie der Reporter Berloga?« fuhr Oserowa kühl fort. »In dem Fall hätte es keinen Wert.«

»Ich bin Ingenieur«, bemerkte Kukowerow bescheiden.

»Ah, Ingenieur. Also, Kollege, es handelt sich um folgendes. Ich dachte schon, ich hätte mich geirrt, aber eine kleine Meldung in dieser Zeitung hat mich wieder in Aufregung versetzt. In Anwesenheit dieses Berloga habe ich tatsächlich Experimente durchgeführt, dabei stieß ich auf ein neues Element. Haupteigenschaft dieses Elements ist, daß es beim Zerfall eine Emanation absondert.«

»Pardon, was bedeutet Emanation?« unterbrach Kort.

»Emanation, das ist, na, sagen wir, eine Art Gas, jedenfalls – eine unsichtbare Kraft, die von einigen Elementen ausgeht. Kurz gesagt: die Kraft, die von diesem Element ausgeht, ruft die Entzündung des Wasserstoffs in der Luft hervor. Aber das wichtigste ist dabei das Element! Es wurde bereits entdeckt und hat sogar einen Namen. Und ich dachte, ich hätte es entdeckt! Ach, Bürger, das können Sie nicht verstehen! Schauen Sie, was hier, in derselben Zeitung, unter der Rubrik ›Neuigkeiten aus der Wissenschaft‹ steht:

›*Ein neues Element. In unserem Lande, unserer Stadt hat ein hervorragender Wissenschaftler ein neues Element entdeckt, dem der Name Struccium (St) gegeben wurde. Sein Atomgewicht beträgt 243. Im Periodensystem der Elemente steht das neue Element in einer Reihe mit Radium, Thorium und Uran (Gruppe VIII, Reihe 12). Die Eigenschaften des neuen Elements sind für militärische Zwecke von unschätzbarem Wert, für friedliche Bürger jedoch äußerst gefährlich.‹*

Das ist die Erklärung für die Emanation ... und auch für Ihre Schmetterlinge«, wollte Oserowa schon fortfahren, doch sie stockte. Auch die anderen spitzten die Ohren.

Draußen im Garten ertönte ein langgezogener, sonderbarer Schrei, der teils dem Gequieke eines eingeklemmten Ferkels glich, teils dem Quietschen, das eine Gabel auf Glas hervorruft. Und mit einem Schlag wurde allen bewußt, daß schon längst der Morgen angebrochen, die Sonne aufgegangen und mit der Sonne die übliche, nervensägende Unruhe eingekehrt war.

»Was ist das?« Kort hechtete zum Fenster und zerrte mit allen fünf Fingern am Knopf der Pistolentasche. Noch einmal, nun schon näher, gellte der ohrenzerreißende Schrei. Mischin schob den Riegel zurück und öffnete das Fenster mit einem Faustschlag. Er und Kort beugten sich gleichzeitig hinaus.

»Huch! Moment, Kort!« sagte Mischin und fuhr zurück. »Das ist ja Kim! Moment, geh vom Fenster weg!«

Kort seufzte erleichtert, knöpfte die Pistolentasche zu und setzte sich an seinen Platz.

»Was machst du denn hier, Kim?« fragte Mischin verlegen zum Fenster hinaus. »Geh heim, hier kannst du nicht bleiben.«

»Dich hab ich gerufen«, antwortete draußen eine helle

Stimme. »Ich muß zu dir. Und durchs Tor lassen sie mich nicht.«

»Entschuldigung, Genossen«, sagte Mischin völlig verwirrt ins Zimmer hinein und dann wieder nach draußen: »Bist du über den Zaun geklettert? Wieso mußt du zu mir, sag schnell. Kommst du von Mama?«

»Die wird grad um fünf Uhr aufstehen. Nein, ich hab was Dringendes. Du interessierst dich doch, glaub ich, für Schmetterlinge?«

»Ja und, was ist?« drängte Mischin.

»Ich interessier mich doch auch dafür, wie du weißt. Na eben. Ich hab welche gesehen.«

»Wen?«

»Schmetterlinge. Und zwar sehr viele.«

»Genosse Mischin, holen Sie sofort Ihren Sohn hierher!« befahl Kukowerow.

Ein Seil flog zum Fenster herein, Mischin fing es auf, und fünf Sekunden später stand auf dem Fensterbrett des Kripobüros der uns schon aus dem vorigen Kapitel bekannte zwölfjährige Bürger.

»Darf ich bekanntmachen«, sagte Mischin verlegen, doch nicht ohne Stolz. »Mein Sohn Kim, Pionier und Vogelliebhaber.«

»Den Pfauenschrei bring ich doch toll fertig?« fragte Kim. »Besser als alle anderen in unsrer Gruppe. Tag, Genossen!«

»Hören Sie, Genosse«, begann Kukowerow sehr höflich, »es ist außerordentlich wichtig, wo und wann Sie die Schmetterlinge gesehen haben.«

»Eben erst, wissen Sie, hinter der Schlachthofstraße, auf dem Weg zum Friedhof, wo es noch so viel Gestrüpp gibt …«

»Was für Gestrüpp?« Kort begriff gar nichts.

»Ist doch egal, Kort!« Kukowerow flog am ganzen Körper vor Aufregung. »Sagen Sie, Genosse Kim, unter welchen Umständen haben Sie die Schmetterlinge gesehen?«

»Sie flatterten, ganz viele hintereinander, alle in eine Richtung. Da hab ich beschlossen, das Problem mal zu ventilieren.«

»In welche Richtung, könnten Sie die vielleicht angeben?«

»Was glauben Sie denn, bin ich ein Pionier oder nicht? In südöstliche Richtung.«

»Und wie hast du das Problem ventiliert?« Kukowerow ging plötzlich zum Du über.

»Verstehst du«, antwortete der Pionier ungerührt, »ich bin einem Bürger begegnet, und wir haben beide Rauch gerochen.«

»Rauch?!« fragte Kukowerow verstört.

»Ja, Rauch. Darauf haben wir beschlossen, mal zu erforschen, wo der Rauch herkommt. Der Bürger ging nach Norden, ich nach Süden.«

»Und wer war dieser Bürger?« fragte Mischin.

»Wenn du unterbrichst, hältst du mich nur auf. Es war der Händler Möbel, der ist schlimm vor mir erschrocken, doch ich hab ihn beruhigt. Dann bin ich nach Süden gegangen, und auf einmal seh ich – Schmetterlinge. Alle von der gleichen Art. Das ist mir aufgefallen, weil's schon lang nirgends mehr Schmetterlinge gibt. Aber ich hab sie nicht gefangen, sondern gesucht, wo sie herkommen, vielleicht, dacht ich, find ich dort viele auf einmal.«

Kukowerow hatte mit fieberhafter Hektik den Stadtplan an der Wand studiert und drehte sich jetzt heftig um.

»In südöstliche Richtung, bist du sicher?«

»Mein Ehrenwort als Pionier.«

»Genosse Kort«, schrie Kukowerow, außer sich vor Aufregung, »nehmen Sie mein Auto, so viele Rotarmisten wie möglich, und ab zur Kriegsstraße: Die wollen den Pulverturm sprengen!«

»Das ist noch nicht alles, Genosse Kort!« fügte der Pionier hinzu. »Die Schmetterlinge kamen alle dis-zi-pli-niert aus dem Fenster eines Hauses raus.«

»Welches Haus war das?« fragte Mischin.

»Das von Stepan Gorbatschow. Dort hinten beim Schlachthof gibt es so eine kleine Gasse, auf der einen Seite Häuser, auf der anderen nur Felder.«

Kort stürzte zur Tür, doch im gleichen Moment schwankte das Haus, wurde es dunkel vor den Fenstern, die Scheiben fielen klirrend auf den Boden, es platzte die Luft, es platzte die ganze Welt.

Der Beamte Sussow kam ins Zimmer gerannt, fuchtelte mit den Armen und bewegte hastig den Mund.

In Kukowerows Ohren dröhnte es entsetzlich, er suchte seine Gedanken zu sammeln, sich vorzustellen, auf welches Gebiet das entzündete Pulver sich auswirken würde, er spürte jedoch eine plötzliche Schwäche, Schwindel – und langsam sackte sein Kopf vornüber auf den Tisch.

Mischin packte Kims Hand, schob sie in Oserowas Hand, wies mit weit ausholender Geste auf das Zimmer und rannte zusammen mit Kort hinaus.

Walentina Afanassjewna sah, wie am Horizont eine gigantische Feuersäule aufstieg, augenblicklich überzog schwarzer Rauch den halben Himmel – und ein neuer, ungeheuerlicher Donnerschlag erschütterte das Haus, die Luft, die Menschen bis ins Mark. Walentina Afanassjewna drückte Kim instinktiv an sich, doch Kim machte sich los, sprang aufs Fensterbrett, runzelte die Stirn, packte ihren Kopf, hielt seinen Mund direkt an ihr Ohr und schrie mit der ganzen Kraft seiner zwölfjährigen Lungen.

»Ich hab's doch gesagt, in südöstliche Richtung!«

СКОРОСШИВАТЕЛЬ
Лит.
Город
Учреждение или предприятие:
Дело:
от
до
АРХИВ
ОПИСЬ
22

ZWEIUNDZWANZIGSTES KAPITEL

DIE RÜCKKEHR DES RAUMS

von Weniamin Kawerin

Schon den ganzen Tag verspürte Warwi Migunow eine sonderbare Unruhe. Vor sich hin murmelnd, schritt er ruhelos von einer Zimmerecke zur anderen. Ein riesiges rotes Tuch ragte aus seiner hinteren Hosentasche, wie eine umgedrehte Fahne oder das Banner einer geschlagenen Armee. Schmetterlinge, ausgeschnitten aus Zigarettenschachteln und Archivakten, hingen überall in den Ecken, auf den Fensterbrettern lagen akkurate Stapel, und Migunow schaute sie lange und unverwandt an.

Das allerschönste Schmetterlingsexemplar, das besonders sorgfältig ausgeschnitten war, hing an einem Faden mitten im Zimmer. Ein wundervoll bauschiger Brandmeisterschnurrbart zierte dieses Exemplar, und sein großer, mit Schuhwichse bekleckster Schwanz schwebte majestätisch in der Luft.

An diesem Schmetterling hatte Migunow seit jenem Tag gearbeitet, als er aus dem Irrenhaus entlassen worden war und in Jefrossinjas Obhut zurückkehrte. Er war friedlich, schweigsam, fast ausgeglichen. Die Alte vergaß mitunter, daß sein Geist verwirrt war. Warwis ständige Arbeit an den Schmetterlingen kam ihr allmählich wie ein Dienst vor, schon fast als wichtige Aufgabe von staatspolitischer Bedeutung. Manchmal nahm sie an dieser Arbeit sogar teil; so hatte sie beispielsweise dem allerschönsten Schmetterling den Schwanz mit Schuhwichse bekleckst.

Vielleicht hätte der arme Archivar so seine Tage beschlossen, mit der Schere in der Hand und einer sonderbaren Versonnenheit in den Augen, aus denen alle Vernunft gewichen war, wenn nicht dieser Tag …

An diesem Tag verspürte Migunow von morgens an Unruhe.

Schwankend, die Hände auf dem Rücken und auf den Lippen kauend, schritt er durchs Zimmer.

Schließlich setzte er sich erschöpft aufs Fensterbrett und starrte, die Augen angestrengt aufgerissen, zur Wand des Nachbarhauses. Ein etwa zwölfjähriger Junge schlich äußerst vorsichtig, mit ausgebreiteten Armen und auf Zehenspitzen, an der Wand entlang; um den Hals trug er ein rotes Tuch, und beim Gehen hob er die Beine hoch, ganz wie ein Detektiv, der in einem Abenteuerfilm einem Verbrecher nachschleicht.

»Pio … Pionier«, murmelte Warwi, sich dunkel erinnernd.

Er öffnete das Fenster und ließ die Beine nach draußen baumeln. Ohne ihn im geringsten zu beachten, blieb der Pionier stehen, holte einen kleinen, runden Gegenstand aus der Tasche und sah aufmerksam darauf.

»Dacht ich mir's doch, in südöstliche Richtung«, sagte er vernehmlich.

»Eine Uhr … nein, ein Kompaß«, erinnerte sich Warwi, die Stirn gequält in Falten gezogen.

Er sprang vom Fensterbrett auf die Straße und ging, den

Pionier nachahmend, die Mauer entlang. So legte er eine Straße zurück, dann die nächste. Eine Straßenlaterne huschte vorüber, die grüne Leuchtkugel einer Apotheke blitzte auf. Die Holzbohlen der Slatogorsker Gehsteige knarrten unter seinen Füßen wie die Masten eines Schiffes, das in einer Unwetternacht eine ungünstige Bucht verläßt. Ängstlich ging er weiter, das rote Tuch des Pioniers war längst um die Ecke verschwunden, doch er ging und ging: Die Straßen lagen vor ihm wie ein zerbrochener Spiegel, in jeder Scherbe sah sein getrübter Geist ihn selbst, den Archivar Warwi Migunow, der von jemandem fortging, jemandem folgte …

Schließlich versperrte ihm die gewaltige Mauer des Pulverturms am Stadtrand den Weg. Eine dunkle Ahnung ließ ihn abbiegen, zu einem Zaun. Im gleichen Augenblick stieg über dem blitzartig erhellten Gebäude eine gigantische Feuersäule auf, schwarze Rauchwolken drangen nach allen Seiten, ein mächtiger Luftzug erfaßte Warwi. Wie ein Fußball, dem ein kräftiger Stoß versetzt wurde, flog er in die Luft, über den Zaun und fiel auf die Erde. Nach einigen Minuten kam er zu sich und sprang auf die Beine, bleich wie ein Leintuch und mit brennenden Augen. Die ganze Welt rings um ihn brannte, bebte und dröhnte, der Himmel war grellrot. Er schlug die zitternden Hände vor die Augen und machte taumelnd fünf oder zehn Schritte vorwärts.

»Ich erinnere mich, ich erinnere mich an alles, endlich!« schrie er heiser.

Mit einem Gesicht, das auf einmal einen vernünftigen und lebhaften Ausdruck hatte, stürzte er davon, in Richtung auf das brennende Gebäude. Erst jetzt, als er wieder vor dem Zaun stand, über den ihn die Druckwelle der Explosion geschleudert hatte, sah Warwi, daß er sich in einem verwilderten Garten befand – fast bei jedem Schritt trat er auf halbverfaulte Kohlköpfe, die Erde war glitschig und schlammig.

Ein verlottertes Häuschen stand am anderen Ende des Gartens, eine baufällige Treppe führte in den ersten Stock, und Warwi kam es vor, als sähe er auf der Treppe die verschwommenen Umrisse einer menschlichen Gestalt.

Schwer atmend und nur mit Mühe den Wunsch unterdrückend, zu schreien, zu hüpfen, zu singen – irgendwie die Rückkehr von Zeit, Raum und Bewußtsein zu feiern –, umrundete Warwi das Häuschen und wollte sich schon der Treppe nähern, als ihn eine Hand vorsichtig antippte und eine bekannte Stimme verwundert flüsterte:

»Warwi? Wie kommst du denn hierher, mein Freund? Psst, sprich leise, sonst wird uns beiden im Handumdrehen der Garaus gemacht …«

Ein dürrer Mann mit Mütze und braunem, kariertem Mantel …

Berloga, zweifellos Berloga, niemand anders als Berloga, der alte Freund und selbstlose Reporter des »Roten Slatogorje« stand vor ihm.

»Berloga!« brachte er mühsam hervor.

»Du kommst gerade recht«, sagte der Reporter und betrachtete aufmerksam Migunows Gesicht, »seit damals, als wir beide die Akte im Gerichtsarchiv suchten, hat sich die Geschichte in die Länge gezogen und verwirrt. Noch an die fünfundzwanzig Häuser sind abgebrannt. Kein Mensch blickt durch.«

Er schwieg eine Weile und fügte unschlüssig hinzu:

»Außer mir vielleicht. Mir geht allmählich einiges auf.«

Warwi – was ihn selbst überraschte – zwinkerte ihm fröhlich zu.

»Und außer mir, mein Freund«, flüsterte er, »mir ist auch schon einiges aufgegangen.«

Berloga wollte gerade zu einer Frage ansetzen, als plötzlich über ihnen ein Rascheln, Knacken und Knistern laut wurde. Warwi hob unwillkürlich den Kopf – er erblickte einen Schatten.

»Schon wieder!« murmelte Berloga.

»Was ist schon wieder?«

»Was? Das ist Struk«, sagte Berloga grimmig, »du kennst ihn nicht ...«

Er beendete den Satz nicht; der Schatten wurde lebendig und verwandelte sich in einen glattrasierten Greis mit schlaffem Bauch und großer Nase, der die Treppe herabstieg.

Noch war sich Warwi über den Sinn des Satzes nicht im klaren, da drückte ihn Berloga zur Erde und ging selbst in die Hocke.

Ächzend stieg der Greis die Treppe herab. Unten angekommen, brummte er etwas und ging quer über die verunstalteten Gartenbeete.

Berloga und Migunow warteten einige Sekunden, und kaum war er um die Hausecke gebogen, schlichen sie ihm nach.

Als sie durch ein schmales Loch im Zaun schlüpften, das durch kümmerliche Fliedersträucher getarnt war, die hier und da im Garten wuchsen, bog der Greis schon um die Straßenecke. Er hatte anscheinend die Verfolgung bemerkt und suchte schnellstens zu verschwinden.

»Los, wir müssen laufen!« kommandierte Berloga.

Noch nie in seinem ganzen Leben war Warwi Migunow, Archivar am Slatogorsker Gericht, in einem so freudigen Tempo gerannt wie an diesem Morgen. Fröhlich wirbelte unter seinen Füßen trockener Sand auf, Berloga fiel gleich zurück – und trotzdem entkam der Alte. Wie ein ungelenker Vogel, der noch nicht fliegen gelernt hat, hüpfte er schwerfällig, wackelte hin und her, und trotzdem entkam er Warwi Migunow mit unnatürlicher, unwahrscheinlicher Flinkheit.

Erst als der verzwickte Zaun der Strukschen Villa ins Blickfeld kam, verlangsamte der Alte seine Schritte und wollte, noch im Laufen, etwas aus der Tasche holen.

In diesem Augenblick stürzte sich ein breitschultriger, affenähnlicher kleiner Mann – wie Migunow später erfuhr, war es ein Schmied, Onkel Klim, mit Nachnamen Welitschko – dem Alten vor die Beine.

Der Alte fiel hin, etwas klirrte dumpf auf die Steine, und gleich darauf hielten Migunow und Berloga den Alten an den Armen fest, und Onkel Klim sammelte, brummend und schimpfend, irgendwelche Glasscherben und Schraubenmuttern auf.

»Bürger Struk, Sie sind verhaftet«, sagte Berloga mit fester Stimme.

Weder Mischin noch Kort waren schon vom Brand des Pulverturms zurück. Nur Kukowerow, der sich mit Müh und Not von seiner Ohnmacht erholt hatte, saß im Büro des Kripochefs am Schreibtisch.

Er war verblüfft, als er zwischen Migunow und Berloga Struk erblickte – das Jackett zerrissen, die Hände auf den Rücken gebunden.

»Losbinden!« befahl er knapp.

Onkel Klim brummte zwar: »Ist so ein Verbrecher mal gefangen, muß man den nicht losbinden, sondern direkt um den Bauchnabel rum mit einem Seil verschnüren«, zog jedoch an der Schnur und ließ Struk frei.

Der Alte bewegte seine Finger, rieb sich die Hände und setzte sich mürrisch. Eine Viertelstunde später war Kukowerow mit ihm allein.

»Na, Mister Struk«, fragte er fröhlich, »Sie stammen also aus dem Kleinbürgertum der Stadt Belostok im Gouvernement Grodno? Sie haben also die Konzession für eine Knopffabrik erhalten? Und Ihr Vermögen haben Sie also in Amerika mit Kriegslieferungen gemacht?«

Struk sah ihn trübsinnig an und schnaufte traurig.

»In den letzten fünf bis zehn Jahren gelingt mir überhaupt nichts mehr«, erklärte er grämlich. »Was ich auch anfange, alles löst sich in Luft auf, und ich glaube, bald muß ich den Tagedieben auf der Straße die Schuhe putzen. Wonach wollen Sie mich fragen? Machen Sie keine Umschweife.«

Kukowerow holte seine Papirossy aus der Tasche, nahm eine und bot Struk eine an. Dieser lehnte ab, zog aus der Westentasche eine Zigarette und strich lange mit dem Streichholz über die abgeschabte Reibfläche.

Auf einmal lehnte er sich zurück, sein Mund öffnete sich langsam, die Zigarette rollte auf die Knie, dann auf den Boden.

»Haben Sie die Akte gefunden?« fragte er kläglich.

Kukowerow stand auf, blickte um sich und entdeckte eine Wasserkaraffe auf dem Fensterbrett.

»Möchten Sie einen Schluck Wasser?« fragte er.

»Hölle und Schwein!« erwiderte Struk und wedelte mit den Händen. »Bleiben Sie mir fort mit Ihrem Wasser, wer weiß, vielleicht wollen Sie mich vergiften.«

›Nein, wir haben beim Studium der Akte etwas übersehen‹, dachte Kukowerow, ›dieser Satan ist ja völlig außer sich. Vergiften! Du kannst mich gern haben, alter Knacker …‹

»Wir wissen alles«, sagte er entschieden, »alles, bis hin zum Namen Ihrer Amme.«

»Ich habe nie eine Amme gehabt, mich haben sie bis zum Alter von drei Jahren mit künstlicher Milch aufgezogen«, murmelte Struk wütend.

»Egal, das war nur ein Vergleich. Versuchen Sie nicht, etwas zu verschweigen … Tun Sie das, wirkt sich das nur zu Ihrem Nachteil aus.«

Struk schnaubte und richtete sich auf:

»Je nun«, sagte er, »wenn Sie so mit mir reden, dann wissen Sie vielleicht tatsächlich, wie meine Amme hieß, auch wenn ich bis zum Alter von drei Jahren mit künstlicher Milch aufgezogen wurde. Da wir nun schon einmal dabei sind, machen wir eben reinen Tisch, Bürger Kukowerow.«

23

DREIUNDZWANZIGSTES KAPITEL

DER MARS-MENSCH

von Alexander Arossew

In diesem Jahr ist der Mars sehr rot. Regelrecht purpurrot. Wenn ihr's nicht glaubt, schaut selbst an einem klaren Tag zum Himmel, da seht ihr im Westen eine blutige Schramme. Sie flimmert, wird mal bleicher, mal wieder erstaunlich rot. Schon einige Jahre haben wir keinen solchen Mars mehr gehabt. Sicher gibt's Krieg oder eine Revolution.

Einen Marsmenschen stelle ich mir so vor: Er ist zweibeinig, zweiarmig, zweiäugig. Die Augen, die sind jedoch sehr groß und stahlfarben. Auch sein Kopf ist unmäßig groß und ohne Haare, wie eine polierte Kugel. Insgesamt ist der Marsmensch kaum größer als ein Arschin. Ihr habt noch nie solche Menschen gesehen? Die gibt's aber. Schaut euch nur mal die Menschen genauer an. Lohnt sich sowieso. Darwin hat uns beigebracht, daß der Mensch die letzte Entwicklungsstufe des Tiers ist, vorläufig jedenfalls. Millionen von Jahren sollen schon vergangen sein, seit der Mensch zum Menschen wurde. Der Kampf ums Dasein soll ihn zu dieser Entwicklung getrieben haben. Mag sein, da will ich nicht streiten.

Es gibt aber auch Wissenschaftler, die behaupten, außer den Menschen, die nach Darwins Regel entstanden sind, gebe es auch Menschen auf Erden, die anderer Abstammung sind.

Über die Australier zum Beispiel wird vermutet, sie oder ihre Vorfahren seien zusammen mit Australien auf die Erde gefallen, überhaupt sei Australien ein Stück von einem anderen Planeten. Und seit diesem Aufprall stehe unsere Erdachse ein bißchen schief.

Im Norden Finnlands (der sattsam bekannte Monarch Nikolai Romanow hieß damals noch »Großfürst von Finnland«) hielt bei der Stadt Tornio ein Zug. Die Nacht war klar und frostig, am Himmel flimmerte ein roter Mars, er pochte, als wäre er das Herz des Sonnensystems, eine Rißwunde des Himmels, während die übrigen Brillantknöpfe der Sterne alle fest zugeknöpft waren.

Im Zug saß neben anderen auch ein großkopfiger, großäugiger Mann. Hier bei Tornio verlief die russisch-schwedische Grenze. Der Schaffner sammelte die Fahrkarten ein, und die Passagiere stiegen aus dem Zug. Der Großkopfige hielt ein Köfferchen in den Händen. Vom Frost liefen seine bloßen Hände rot an. Wegen der Kälte ging er gebeugt, machte sich noch kleiner, und mit seinem zerknautschten Frühjahrshut sah er in dem nordfinnischen Frost besonders kläglich aus. Das Aussehen eines Menschen sagt jedoch nichts über seine Augen, den Spiegel der Seele. Und die waren munter, aus ihnen blickte ein stets wacher, aufmerksamer Geist, und die Lider waren leicht gerötet von schlaflosen Nächten.

Der Großkopfige sah zum Himmel, erblickte den fernen Mars. Er hielt die Hand ans Ohr, schauderte vor Kälte. Und wußte eigentlich nicht, was er tun sollte. Das heißt, *was* er tun sollte, wußte er, er wußte bloß nicht, *wie*.

Er mußte das russische Reich verlassen, die Grenze überwinden. Und er mußte das schnell tun, sonst wäre sein großer Kopf mitsamt den Augen, dem Spiegel der Seele, verloren.

Beträte er das Bahnhofsgebäude, müßte er sein Gesicht bei vollem Licht den Blicken der Grenzgendarmen aussetzen. Ginge er ins Städtchen – dann wohin? Zu wem? Wäre das nicht gefährlicher als der Wartesaal? Bliebe er hier – welchen Sinn hätte das? Überhaupt, der schlimme Frost! Noch zwei oder drei Minuten, und er würde so zu schnattern anfangen, daß er bis zum Morgen, bis zum Sonnenaufgang, nicht mehr aufhören könnte. Die Beine würden erstarren, die Arme auch. Der Norden des Erdballs würde sich in seiner ganzen Grausamkeit zeigen.

Der Mann wandte sich vom Mars ab, ging ein paar Schritte und erblickte drei, vier finnische Fuhrleute. Sie luden gerade Koffer und Körbe jener Passagiere, welche über die Grenze fahren wollten, auf ihre langen Schlitten, die ein wenig unseren russischen Bauernschlitten gleichen.

Da fiel dem Großkopfigen ein, daß seine Oma gesagt hatte, er sei unter einem Glücksstern geboren. Deshalb trat er zu einem Fuhrmann und fragte, wohin die Reise gehe. Der Fuhrmann erklärte in schlechtem Russisch, sie brächten die Passagiere nach Schweden, über die Grenze. Wenn er auch mitwolle, so könne er das, doch dazu müsse er einen Auslandspaß haben, der bei der Überfahrt über den zugefrorenen Fluß Tornio vorzuzeigen sei.

»Den habe ich«, log der Großkopfige. Er hatte nicht nur keinen Auslandspaß, sondern überhaupt keinen Paß.

Danach ließ sich der Mann in den Schlitten fallen, der mit einer dicken Strohschicht ausgelegt war.

Nachdem die Fuhrleute alle Koffer und Packen wie auch die Passagiere auf den Schlitten untergebracht hatten, deckten sie das Gepäck mit Matten, die Passagiere mit Bären- und Hundefellen zu. Dann trödelten sie eine gute halbe Stunde herum, bis andere Fuhrleute auf Lastschlitten mit schwerer Fracht angefahren kamen. Es bildete sich ein ziemlich großer Schlittenzug. Die Fuhrleute in ihren langen Pelzen mit den baumelnden Schößen rannten hin und her, unterhielten sich laut in einer kalten und schweren Sprache – es klang, als stießen Eisschollen gegen Granit –, sie schwangen die Knuten gegen die Pferde, zogen an den langen Zügeln, sammelten sich in Gruppen, zerstreuten sich wieder. So bewegte sich die ungeschlachte Kolonne durch die Nacht auf die schwedische Grenze zu.

An der Grenze stiegen alle Passagiere aus den Schlitten und betraten die Grenzbaracke. Der Großkopfige hatte sich verstohlen wie ein Hund mit seinem Koffer im Stroh verkrochen.

Er wurde nicht bemerkt, da er ja unter einem Glücksstern geboren war.

Gegen Morgen luden die Fuhrleute das Gepäck wieder auf den Schlitten, wo unter dem Stroh der vor Kälte fast abgestorbene Körper des Mannes lag. Die Fahrt ging weiter, nun schon auf schwedischem Gebiet.

Erst da dachte der Großkopfige: ›Bin ich nun über der Grenze oder noch nicht?‹

Die Antwort darauf gab ein großes Haus, vor dem die Schlitten hielten. Aus dem Haus traten hochgewachsene, bartlose Schweden. Sie interessierten sich nicht für die Pässe, sie wollten vielmehr wissen, ob die Passagiere Tabak mit sich führten. Sie kontrollierten die Schlitten. Der Großkopfige tauchte aus dem Stroh auf und öffnete vor den Schweden sein Köfferchen. Darin lagen Uhren, Uhrteile und feinmechanisches Werkzeug zur Reparatur jener anfälligen Gebilde, welche die unwiederbringlich verlorenen Sekunden des menschlichen Lebens zählen. Der Mann empfahl sich den schwedischen Beamten als wandernder Uhrmacher. Er habe die Absicht, in Schweden von Dorf zu Dorf zu ziehen und den Bauern die wundersamen Zeitmaschinen zu reparieren. Die Schweden beachteten ihn kaum und überprüften ohne Hast, allerdings auch ohne eine Minute zu verlieren, das Gepäck der übrigen Passagiere.

Es war schon fast Morgen, als der Schlitten vor einem Hotel vorfuhr, das aus soliden roten Ziegelsteinen gebaut und an den Ecken weiß eingefaßt war. Der Großkopfige entlohnte die Fuhrleute (er versuchte, auf russische Weise zu handeln, doch obwohl die Fuhrleute Russisch verstanden, konnten sie nicht recht begreifen, was der seltsame Fahrgast wollte und warum er statt des Preises, den sie genannt hatten, einen anderen nannte), und er nahm sich ein Zimmer. Die Tür schloß leise und fest. Der Großkopfige war allein, umgeben von der weichen Gemütlichkeit eines ausländischen Hotels. Er tastete alle Wände ab, ob es auch keine Geheimtür gebe. Er lauschte. Es war so still, daß es schien, als wäre die Zeit stehengeblieben. Der Mann schob die Gardine am Fenster zurück. Mit den Händen schirmte er das Licht ab, das von hinten aus dem Zimmer kam. Er preßte die Stirn gegen die Scheibe. Die helle Nacht, einem Toten im weißen Leichenhemd gleich, schmolz dahin, wurde fahl, zog sich zurück, um einem anderen, goldenen Licht Platz zu machen.

Auf einmal tat diese Nacht ihm leid. Das kam ganz unvermittelt. In dieser Nacht war er noch dort gewesen, wo ständig

Gefahr über ihm schwebte. Ihm war, als breche nur deshalb der Morgen an, weil er die Grenze überquert hatte, und als sei dort, wo er herkam, noch immer Nacht. Und der vieläugige Himmel spähe wie zuvor durch den einäugigen Mars auf die Erde.

›Weshalb liebe ich dich, Nacht?‹ fragte sich der Großkopfige.

Wegen dieser Frage, die sich von selbst gestellt hatte, tat ihm jene Nacht, die er dort zurückgelassen hatte, besonders leid. Es kam ihm in dem überhitzten Zimmer auf einmal kalt vor.

Er schloß die grauen Augen und, als wären es Fühler, schlang er sie um sich, wehrte so das Chaos ab, das über ihn hereinbrach. Vor diesen stählernen Fühlern zog sich das Chaos still in die unermeßliche Tiefe der menschlichen Seele zurück. Zugleich schob er vorsichtig seine Hände in die geheimen Taschen am Rücken. Aus der einen zog er einen Revolver, aus der anderen ein pralles Geldbündel. Er steckte beides rasch wieder zurück, und ohne sich auszukleiden, legte er sich schlafen. Klein und spitznäsig, wie er war, verschwand er ganz unter dem weichen Federbett und den raschelnden weißen Leintüchern. Seine Gedanken, so verschwommen und unklar wie die Strahlen des Nordlichts, fingen an zu tanzen, verwirrten sich und verschwanden ebenfalls in irgendwelchen weichen Federbetten.

Er schlief lange.

Gegen Mittag bezahlte er das Zimmer und ging auf die Suche nach Reisegefährten, um zu jenem Ort zu gelangen, wo die Eisenbahnlinie begann.

Er durchschritt das Städtchen mehrere Male vom einen Ende zum anderen, schaute in alle Winkel und erfuhr die

Preise für die Fahrt bis zur Bahnstation und die Entfernung in Kilometern.

In einem Haus am Rand des Städtchens erblickte der Großkopfige das Licht einer blechernen Petroleumlampe. An den Fenstern hingen keine Vorhänge, im Zimmer war kein Mensch. Der Mann klopfte an eine Scheibe. Klopfte ein zweites, ein drittes Mal. Keine Antwort. Als er genauer zum Fenster hineinschaute, bemerkte er, daß aus dem beleuchteten Zimmer eine Tür in einen anderen Raum führte, wo auch Licht brannte, nur weniger hell. Der Mann besah sich die Außenwand des Hauses, konnte aber keine Tür entdecken. Darum trat er in die Toreinfahrt, wandte sich nach rechts, und im Dunkeln fand er, mehr tastend als sehend, eine Tür, die mit Filz bespannt war. Er klopfte. Seine Faustschläge gegen den weichen Filz ergaben gedämpfte, kaum hörbare Geräusche. Trotzdem wurde die Tür sofort aufgemacht, und der Großkopfige stand in einer düsteren Diele einem weiblichen Wesen gegenüber. Sie wich zurück, als forderte sie ihn zum Weitergehen auf. Er überschritt eine Schwelle und befand sich in einer Küche, die vom Licht aus einem anderen Raum erhellt wurde. Die Frau wich in diesen beleuchteten Raum zurück. Der Großkopfige folgte ihr und erblickte im trüben Schein einer Petroleumlampe zwei Juden, einen alten und einen jungen, die Karten spielten.

Der Ältere hatte, um sich zu wärmen, einen Mantel übergeworfen. Neben den beiden saß noch eine grauhaarige alte Jüdin. Sie hielt ebenfalls Karten in der Hand. Direkt vor dem Großkopfigen stand die Frau, die aufgemacht hatte. Es war eine sehr junge und schöne Jüdin mit zartem, etwas kränklichem Rot auf den Wangen und erstaunlich weichen, krausen Locken. Der Großkopfige hätte sie am liebsten gezaust oder seine Lippen hineingedrückt. Nicht nur, weil die Locken wunderschön waren, sondern auch wegen des Schreckens in den Augen des Mädchens. Er hätte sie gerne getröstet, ihr etwas Freundliches gesagt, um aus ihren Augen die unverständliche Angst zu vertreiben.

Ohne die Karten aus der Hand zu legen, fragte der junge, schmuddelige, für sein Alter ungewöhnlich füllige Jude auf schwedisch, kaum daß er den Eintretenden ansah:

»Was wollen Sie?«

»Ich verstehe kein Schwedisch«, antwortete der Großkopfige auf deutsch.

»Sprechen Sie deutsch, das ist gleich«, erwiderte der Jude auf jiddisch. »Was führt Sie hierher?«

»Ich bin Uhrmacher, ein armer wandernder Uhrmacher. Ich möchte zur Eisenbahnstation und suche Reisegefährten.«

»Reisegefährten?« fragte der junge Jude langsam und spielte eine Karte aus, als hätte er gar keine Antwort von dem Mann erwartet.

»Woher kommen Sie?« fragte er weiter.

»Ich bin Deutscher. Ich war im Norden, in der Stadt Hammerfest, und fahre jetzt wieder gen Süden.«

»Haben Sie viel verdient?« fragte der Jude rasch und spielte wieder aus. Der Mann konnte den Schweiß des Fragenden riechen.

»So wenig hab ich verdient, daß ich mir nicht mal allein einen Schlitten mieten kann.«

»Sie sind Deutscher?« war die nächste Frage.

»Ja, ja, ich bin aus Hamburg.«

»Welche Straße?« mischte sich plötzlich der Alte ein.

Der Mann mit dem großen Kopf stockte. Eine peinliche Pause entstand.

»Wir fahren morgen. Sie können mitfahren«, sagte der junge Jude, um dem Großkopfigen über das peinliche Schweigen hinwegzuhelfen.

»Wieviel kriegen Sie dafür?« fragte er.

»Achtzig Kronen.«

»Mit russischem Geld ist es billiger«, warf der Alte ein. »Sind Sie Russe?« Er ließ den Großkopfigen nicht zur Besinnung kommen.

»Ich bin Deutscher«, wiederholte er hartnäckig.

»Meinetwegen«, erwiderte der Alte, und ein Lächeln huschte, wie der kärgliche Schein des Nordlichts, über sein Gesicht und den biblischen Bart.

»Kann ich bei Ihnen übernachten?« fragte der Großkopfige.

»Ronja«, sagte der Alte und stand auf, »führe unseren Logiergast nach oben.«

Der »Logiergast« schlief die ganze Nacht nicht. Gegen Morgen legte sich der alte Jude an der Wand gegenüber auf den Boden. Legte sich hin, ohne sich auszukleiden, atmete ruhig im Schlaf und lag reglos wie ein Toter. Als es hell war, stand der Alte auf, trat zum Großkopfigen, legte ihm seine behaarte Hand auf die Brust und fragte gütig, väterlich:

»Ihr seid wahrscheinlich Russe? Und bestimmt ein Expropriateur? Ein Maximalist oder Anarchist? Ihr habt einen fähigen Kopf. Eure Taschen sind nicht leer. Wenn Euer Kopf mich versteht, so wird er großzügig sein und Euer Glück mit uns teilen, und wir bringen Euch rasch zur Bahnstation. Wir haben viele russische Expropriateure dorthin gebracht. Ihr seid nicht der erste und nicht der letzte.«

»Haben Sie vor, mich zu ermorden oder auszurauben?« fragte der Großkopfige.

»Nein, wir sind keine Barbaren. Wenn wir etwas nehmen, dann so, daß niemand dadurch leidet. Das Leben des Menschen ist ein Wunder. Man darf es nicht zerstören. Und ich warne Euch, wenn Ihr ohne uns fahrt, so wird Euer wunderbares Leben unterwegs ein Ende finden. Doch wenn Ihr mit uns auf die Reise geht, so schenkt uns 25 % von Eurem Glück. Helft einem armen Schmuggler, und dafür wird Euch das Schicksal in Amerika Glück bringen.«

»Woher wissen Sie, daß ich nach Amerika fahre?«

»Weil ich sehr alt bin. Und Ihr habt eine zielstrebige Stirn, und die Adern an den Schläfen sind wie Pfeile, deren Spitzen über den Ozean weisen.«

Alles, was der alte Jude gesagt hatte, war die Wahrheit. Den Großkopfigen bestürzte der Weitblick des biblischen Greises.

Und er tat, wie der Alte ihm geraten hatte. Er fuhr nach Amerika. Für einen Aufpreis hatte ihm der Alte den Paß von Kasimir Struk verkauft.

24

VIERUNDZWANZIGSTES KAPITEL

DER LETZTE HELD DES ROMANS

von Jefim Sosulja

I.

Die Redaktion des »Ogonjok«, jener Zeitschrift, von der Kukowerow in Slatogorsk ein Exemplar gekauft und auf der Straße durchgeblättert hatte, befindet sich bekanntlich in Moskau. Sie besteht aus einer Reihe von Räumen, in denen die einzelnen Abteilungen der Zeitschrift tätig sind. Besucher werden zu bestimmten Stunden empfangen und mit allen erdenklichen Auskünften versorgt.

Anfang Juni, in der 24. Veröffentlichungswoche des Kollektivromans, an einem heißen Mittag, während die Sonne sich am blauen Himmel ausbreitete, als läge sie in Vaters Garten, die goldenen Arme und Beine weit von sich gestreckt, da erschien in der Redaktion ein schlecht gekleideter, maßlos erregter Mann. In seinem Gesicht drängten sich, wie Kohlblätter in einem Vorstadtgarten, Grimassen der Höflichkeit, Freundlichkeit und ungewöhnlichen Verbindlichkeit. Er entschuldigte sich, daß er nicht zu der für Besucher vorgesehenen Zeit komme, und bat mit erstickter Stimme, dennoch den Redaktionssekretär sprechen zu dürfen.

Als er im Zimmer des Sekretärs Platz genommen und verzweifelt geseufzt hatte – der Seufzer eines Menschen, der nach einem Sturm auf dem Ozean aus einem sinkenden Schiff gerettet und am Ufer gerade mit einem Schluck Kognak gestärkt wurde –, fragte er:

»Sagen Sie bitte, Genosse, was halten Sie von den Bränden in Slatogorsk?«

»Wir halten sie für eine Katastrophe«, antwortete der Sekretär ohne Zögern.

»Für eine Katastrophe?!«

»Ja, für eine Katastrophe.«

Aus dem linken Auge des Besuchers schoß wie eine bengalische Rakete ein langer Hoffnungsstrahl, dessen Ende sich zu einem Fühler in Fragezeichenform umbog. Parallel dazu strömte aus dem anderen Auge flehentliche Trübe.

»Für eine Katastrophe?!«

»Ja, für eine Katastrophe«, wiederholte der Sekretär. »Wenn man bedenkt, wieviel Vermögenswerte zugrunde gegangen sind und daß alles sowjetisches Eigentum war, wissen Sie, dann wird einem geradezu unheimlich.«

»Unheimlich?!«

Vor Nervosität begann der Unglückliche Speichel zu schlucken und konnte damit gar nicht mehr aufhören. Dann zog er seine großen roten Hände aus den Taschen und rieb sie aneinander.

»Sie sagen – unheimlich? Also sind Sie sich über die Ausmaße der Katastrophe im klaren?« stieß er hervor, immer noch schluckend.

»Und ob! Wir sind zur Zeit hauptsächlich damit beschäftigt, die Schuldigen zu finden, damit diese Brände endlich aufhören.«

»Aufhören?!«

Der bengalische Strahl aus dem Auge des Besuchers wurde noch länger, und die flehentliche Trübe begann zu flackern wie die Feuersbrunst im Irrenhaus von Slatogorsk.

»Also möchten Sie, daß diese Brände aufhören?«

»Selbstverständlich. Hätten Sie denn diesbezüglich einen Vorschlag? Wer sind Sie, Bürger?«

»Ich«, antwortete der Besucher, »ich ... Mein Name ist Gelatinow. Ich bin Mitglied des Moskauer Erfinderverbands.«

Dabei verschwand aus Gelatinows Augen sowohl der bengalische Strahl wie die flehentliche Trübe, all das verschwand, und zurück blieb lediglich ein krankhafter Glanz, wie ihn Menschen an sich haben, wenn sie sehr fürchten, man würde sie unterbrechen, nicht bis zum Ende anhören und fortjagen, bevor sie das Allerwichtigste gesagt haben.

Er stand rasch auf, streckte unsicher die Hände vor, öffnete hilflos den Mund und ließ die Zunge halb heraushängen. Geschäftig hastete der Mann hin und her, blickte zur Tür, fragte mit gepreßter Stimme: »Darf ich sie zusperren?«, sperrte sie aber nicht zu, setzte sich wieder und stand wieder auf, dann begann er überstürzt zu sprechen, wobei er sich verhaspelte und sein zerquältes Gesicht nach allen Seiten Grimassen der Höflichkeit und Verbindlichkeit verstreute, wie eine Ballerina beim Abschlußtanz ihre Blumen:

»Verstehen Sie ... Ach, wenn Sie wüßten ... Hören Sie nur, hören Sie mich nur an ... Ich bitte Sie, hören Sie mich bis zum Ende an ... Ich wollte sagen, ich ...«

Nachdem alles Lächeln und alle Verbindlichkeitsgrimassen verflogen waren, bröckelte und flog immer noch mehr von dem Gesicht ab – die eine Hälfte war schon völlig weg, auch von der anderen flogen immer mehr Stücke ab.

Sofort war klar: Dies war ein zutiefst unglücklicher Mensch.

»Beruhigen Sie sich, worum geht es denn?« fragte der Sekretär milde. »Weshalb sind Sie erregt?«

Diese schlichte Frage, allerdings in teilnahmsvollem Ton vorgebracht, genügte vollauf, damit alle abgeflogenen Stücke wieder an ihre Plätze zurückflogen und aus dem linken Auge wieder der Hoffnungsstrahl schoß.

»Danke, danke. Gleich, gleich. Verstehen Sie ... verstehen Sie ... Ich kann die Brände beenden! Alle Brände! Im Handumdrehn! Keine Brände mehr! Aus und vorbei!«

Er duckte sich, zog den Kopf zwischen die Schultern, schloß die Augen und zischte:

»Bestellen Sie meinen Feuerlöscher!«

Und der Sekretär sah, wie seine rote Faust gegen seine Brust donnerte.

»Meine Erfindung! Bestellen Sie sie! Unbedingt! Bitte!«

In diesem Augenblick ging die Tür auf, und herein kam Kort, der Milizchef von Slatogorsk, in Begleitung eines höheren Moskauer Milizbeamten. Entschlossenen Schrittes traten beide auf den Besucher zu und erklärten ihm, er sei verhaftet.

»Worum geht es?« fragte der Sekretär und kam hinterm Schreibtisch vor.

Die Milizvertreter gaben durch ihr Mienenspiel deutlich zu erkennen, daß sie in diesem Fall durchaus keine Rechenschaft über ihre Taten abzulegen brauchten, doch im Hinblick auf die Bedeutung der Angelegenheit und das große öffentliche Interesse antworteten sie:

»Wir folgen diesem Bürger schon seit einigen Tagen. Sein Verhalten ist äußerst verdächtig. Den Roman ›Die großen

Brände‹ liest er nicht nur, sondern studiert ihn regelrecht. Bei ihm zu Hause wurden alle Nummern der Zeitschrift gefunden, in denen der Roman abgedruckt ist, und überall, wo es um die Brände in Slatogorsk geht, wimmelt es von allen möglichen Merkzeichen, Unterstreichungen und unverständlichen, eindeutig chiffrierten Bemerkungen. Doch nicht nur das: Dieser Bürger geht zu allen Feuerwehrkommandos, auf alle Behörden, die irgendwie mit dem Brandwesen zu tun haben, und schickt sogar Telegramme nach Slatogorsk mit Anfragen über das Ausmaß der Brände, ihre Zahl und dergleichen. Wir müssen klären, welche Beziehung dieser Bürger zu der Slatogorsker Katastrophe hat.«

Der Erfinder sah die Milizvertreter mit dem verständnislosen Blick eines Schachspielers an, dem im allerschwierigsten Moment vor dem Sieg über einen mächtigen Gegner Marmelade vor die Nase gehalten oder vom Wetter berichtet wird. In seinen schmalen Augen stand der braune Rauch der Befremdung. Er sah die beiden an wie ein Mensch, der fünf Nächte durchwacht hat, danach wie ein Stein schläft und mit der Frage geweckt wird, wieviel Uhr es sei.

Nachdem er sich satt gesehen hatte, trat er zu ihnen und wedelte mit der Hand vor ihren Gesichtern, als befehligte er eine Parade:

»Hören Sie, so wird da doch nichts draus!« sagte er. »Das ist doch unmöglich! Schon drei Jahre laufe ich mit Plänen und Zeichnungen herum und kann nicht erreichen, daß meine Erfindung ausprobiert wird. Die ungeheuerlichsten bürokratischen Hürden stehen auf unserem Weg, dem mühseligen Weg der Erfinder. Und um das Maß vollzumachen, laufen auch Sie noch hinter mir her! Eine Schande! Natürlich bin ich auf alle Brandbehörden gegangen und werde das auch weiterhin tun. Schließlich bin ich Erfinder! Und was ist ein Erfinder ohne Hartnäckigkeit? Ich habe den Roman gelesen und Merkzeichen gemacht. Stimmt, aber schließlich möchte ich die Brände in Slatogorsk beenden, und wenn Sie mir helfen, wird das auch gelingen. Was ist daran kriminell, daß ich die Bedingungen für die Entstehung der Brände in dieser Unglücksstadt studiert habe? Lassen Sie mich in Ruhe! Schon drei Jahre quälen mich alle möglichen Instanzen, die meine Erfindung überprüfen sollen, sie jedoch nicht wirklich überprüfen.«

Der Erfinder sprang plötzlich auf, blickte auf den Ofen, den Schrank mit den Manuskripten und rief:

»Wenn Sie wollen, stelle ich hier meinen Feuerlöscher auf, zünde die Redaktion an, und der Brand ist im Nu beendet!«

Der Sekretär dachte nach und sagte gelassen:

»Danke, das lohnt die Mühe nicht. Denken wir uns besser für Slatogorsk etwas aus.«

Kort nahm den Moskauer Milizvertreter beiseite und redete auf ihn ein. Der Sekretär überdachte die schwierige Lage und sah hin und wieder zu dem Erfinder. Der zog einen Plan von Slatogorsk aus der Tasche, breitete ihn rasch auf dem Tisch aus und fuhr mit einem Streichholz auf ihm herum, dabei flüsterte er vor sich hin und schaute bisweilen in sein Notizbuch.

Ein gewisser Umschwung hatte sich jedoch vollzogen. Irgendwo im Unsichtbaren hatte der Erfinder bereits den Sieg davongetragen. Das Unglück fiel von ihm ab, so schnell wie das Gewand von den Schultern eines Verwandlungskünstlers. Er wurde ruhiger, richtete sich auf, seine Stimme wurde sicherer und bekam gebieterische Untertöne. Wie in einer Straßenschlacht nahm er kampflos eine Ecke nach der anderen. Kaum waren zwei, drei Minuten vergangen, da gestikulierte und redete er bereits gleichberechtigt mit, zog vor der Verständnislosigkeit seiner Gesprächspartner sogar die Schultern hoch:

»Aber was riskieren Sie denn? Versteh ich nicht! Sie können mich mit jedem beliebigen Konvoi nach Slatogorsk schikken. Alle meine Feuerlöscher können innerhalb von zwei Wochen fertig sein. Sie können mich in Slatogorsk ununterbrochen bewachen. Ich brauche nur in den Häusern meine Feuerlöscher aufzustellen, dann kann Struk oder der Satan selbst nach Belieben die Häuser anzünden. Egal, zu welchen Mitteln der Brandstiftung sie greifen, brennen wird es nicht! Wenn trotz meines Feuerlöschers auch nur ein Brand entsteht, erschießt mich! Bitte sehr! Als höchste soziale Schutzmaßnahme! Hab ich nichts dagegen!«

Und Gelatinow schritt forsch, sogar leicht hüpfend, durchs Zimmer.

II.

Natürlich hätte das Ganze ohne Lärm über die Bühne gehen können. Doch das gelang nicht. Gelatinows Ankunft in Slatogorsk erregte Aufsehen. Er wurde auf dem Bahnhof offiziell begrüßt. Berloga versuchte, ein Interview von ihm zu bekommen. Man umgab ihn mit Aufmerksamkeit und Achtung, was vielleicht sogar zum Ziel hatte, gewisse Dinge zu unterbinden. Und Gelatinow begriff das offenbar. Die Grimassen der Freundlichkeit, Höflichkeit und Verbindlichkeit verschlossen sein Gesicht erneut in undurchdringlicher Wirrnis. Er nickte bereitwillig, sprach unverständliche Worte, dachte aber an die Feuerlöscher. Sie kamen nach Slatogorsk in kleineren Partien – darauf hatte Gelatinow bestanden –, und er stellte sie unverzüglich auf, zuerst in den wertvollsten und wichtigsten Slatogorsker Behörden, dann in den gewöhnlichen Wohnhäusern.

Ungefähr von diesem Zeitpunkt an war in Slatogorsk ein sonderbares Phänomen zu beobachten: Wer auch immer abends ans Fenster trat, der sah keine Brände mehr. Selbst wenn man auf die Straße ging und in beide Richtungen schaute, auch dann waren keine Brände zu entdecken. Draußen vor der Stadt konnte man ebenfalls keine Flamme über Slatogorsk auflodern sehen. Den Leuten wurde irgendwie ganz anders zumute. Es brach jene Langeweile an, die der Mensch insgeheim empfindet, wenn ein aufregendes Ereignis plötzlich von Ruhe und Ordnung abgelöst wird.

Alle waren regelrecht verstört. Kukowerow trat immer wieder ans Fenster seines Hotelzimmers, schaute aufmerksam hinaus und breitete vor lauter Verwunderung die Arme aus: nirgends ein Brand. Der aus dem Irrenhaus befreite Berloga rannte durch die ganze Stadt in seinem Bemühen, einen Brand zu finden. Es war schon peinlich: Die Zeitungs-Chronik berichtete von tausenderlei, bloß nicht von Bränden. Berloga wurde sichtlich von Brandmanie erfaßt, und seine Kollegen erwogen schon ernsthaft, den überarbeiteten Reporter in einer psychiatrischen Anstalt unterzubringen. Der alte Struk verstarb urplötzlich, hatte jedoch noch rechtzeitig ein verworrenes Testament verfaßt mit einer ganzen Reihe völlig unverständlicher Verfügungen. Dina Kamenezkaja hatte eine Stelle als Tippfräulein angetreten und gleich in der ersten Woche wegen der einheitlichen Arbeitskleidung fürchterlichen Zinnober gemacht. Der Lehrer Gorbatschow, von dessen Gesicht bei der Kripo so geschickt der Bart abgerissen worden war, lebte zurückgezogen und ließ sich einen echten Bart wachsen. Welches Ziel er mit dieser Maßnahme verfolgte, war natürlich unbekannt, da er zweifellos eine finstere Vergangenheit besaß, doch war klar, daß er sich davon einen angemessenen Selbstschutz erhoffte. Kort, der nach Moskau gefahren und mit Kukowerow zurückgekehrt war, abonnierte »Ich will alles wissen«, eine Zeitschrift für Wissenschaft und Technik, um etwas über die neuen Erfindungen sowjetischer Erfinder zu lesen, insbesondere über die Erfindung Gelatinows. Er las viel und gewissenhaft, die Zeitschrift traf auch regelmäßig ein, doch über Gelatinows Feuerlöscher stand nichts darin. Als guter Leser schickte er eine Anfrage an die Redaktion, warum über eine so wertvolle Erfindung nichts veröffentlicht werde, worauf ihm nicht die Zeitschrift antwortete, sondern der sowjetische Erfinderverband, an den die korrekte Redaktion von »Ich will alles wissen« die Anfrage ihres Lesers unverzüglich weitergeleitet hatte. Der Verband schrieb Kort, die Erfindung Gelatinows befinde sich noch bei verschiedenen Instanzen, von denen es abhänge, ob die Feuerlöscher tatsächlich eingesetzt würden. Am Ende des Briefes versicherte der Verband, in ein bis zwei Jahren sei über das weitere Schicksal der Erfindung bestimmt entschieden. Kort las den Brief, dachte nach, zuckte die Schultern und winkte ab. Er war ein Mann, der nicht viel zu sagen hatte, mehr konnte er deshalb nicht tun.

Nach einer relativ kurzen Zeit standen Feuerlöscher à la Gelatinow in allen Häusern von Slatogorsk, sogar auf den Dampfschiffen. Als klar wurde, daß Gelatinow in Slatogorsk nichts mehr zu tun blieb, besuchte ihn eines Tages Kukowerow und gab ihm zu verstehen, er könne nun umgehend nach

Moskau zurückkehren – seltsamerweise lag das Kukowerow sehr am Herzen.

Doch Gelatinow hatte das selbst schon vor. Sein schöpferischer Geist hatte im übrigen auch in Slatogorsk ein geeignetes Betätigungsfeld gefunden.

Bekanntlich gibt es in Slatogorsk eine riesige Wattefabrik. Nachdem Gelatinow enge geschäftliche Kontakte mit dem Roten Direktor dieser Fabrik geknüpft hatte, gelang es ihm, per Sonderbestellung von dort luftige Wattequadrate zu bekommen. Mit Hilfe dieses gar nicht teuren Materials und fein vibrierender Spiralen, die in Fluorwasserstoffsäure und andere – insgesamt acht – Säuren getaucht wurden, erfand Gelatinow einen verblüffenden Apparat, der zweifelsohne dereinst zur Schreibtischausstattung der meisten sowjetischen Behörden gehören wird: Dieser unglaubliche Apparat baut automatisch den Personalbestand ab. Als Basis der Konstruktion diente ein gewöhnliches Arithmometer, an dem allerdings ein gewundener Schlitz angebracht war, den die Personallisten passieren mußten, wenn der Apparat in Betrieb war.

Diese seine zweite, nicht weniger bedeutende und nützliche Erfindung brachte Gelatinow ebenfalls in die Redaktion.

Der Erfinder, nun schon selbstsicherer, weniger verstört, um einiges fülliger und mit einem Gesicht, das frei war von all jenen Falten und Furchen, in denen, wie die Abenddämmerung in Bergtälern, argwöhnische, erzwungene Höflichkeit gestanden hatte – der Erfinder also schlug dem Sekretär nun weit gelassener vor, den ersten Versuch mit der neuen Erfindung an den Personen des Kollektivromans »Die großen Brände« durchzuführen.

»Ich finde«, sagte er unter anderem, »daß der Personalbestand Ihres unzweifelhaft interessanten Romans ungewöhnlich ins Kraut geschossen ist. Das ist durchaus verständlich und völlig normal. Und es ist auch gar nicht schlimm, mein Apparat wird völlig schmerzlos die Helden dieses Unternehmens um die nötige Zahl verringern.«

Bei der Erprobung von Gelatinows Feuerlöscher in der Redaktion wäre es – wie der Leser sich erinnert – erforderlich gewesen, die Redaktion anzuzünden, was der Sekretär damals ablehnte. Zur Erprobung von Gelatinows zweiter Erfindung waren keinerlei Opfer nötig, weshalb der Sekretär natürlich zustimmte.

Rasch wurde eine Liste aller Romanpersonen angefertigt, und Gelatinow steckte sie in die gewundene Spalte. Der Apparat fing leise an zu rattern, gab weinerliche Töne von sich und verspritzte nach allen Seiten ein wenig Säure.

Zwanzig Minuten später kam am anderen Ende des genialen Apparats zerknüllt und säuregetränkt die Liste heraus, auf der sich jedoch klar erkennen ließ, wer von den handelnden Personen des Romans abgebaut worden war.

Zwar war der Apparat noch längst nicht vollkommen, zweifellos würde sich die Qualität seiner Arbeit bei ständiger Verbesserung des Geräts noch steigern. Doch immerhin war auch jetzt schon eine ziemlich große Zahl von Leuten als entbehrlich ausgeschieden: Dina Kamenezkaja, die Mitarbeiter der Redaktion, Berloga und sein Freund, die ganze Feuerwehr von Slatogorsk, die im Roman kein einziges Mal erwähnt wurde, obwohl in jedem Kapitel mindestens ein Brand vorkam – das heißt, sie war völlig unnütz; ausgeschieden war auch der Lehrer Gorbatschow, von dem niemand wußte, warum er einen falschen Bart getragen hatte, und der nun versuchte, sich einen neuen, echten wachsen zu lassen; außerdem Kort und viele andere.

Leider sparte der Apparat, wie der Leser sieht, vor allem auf den unteren Rängen Personal ein, vom Tippfräulein angefangen. Aber das ist anscheinend die Psychologie jeder Stellenkürzung. So sparen die Menschen Personal ein, so tun es auch die Maschinen.

25

FÜNFUNDZWANZIGSTES UND LETZTES KAPITEL

GEWINN UND VERLUST

von Michail Kolzow

Die Kommission zur Klärung der tatsächlichen Ursachen und Gründe der Slatogorsker Brände traf aus Moskau, wie so üblich, mit großer Verspätung ein. An einem Dienstag stiegen die Kommissionsmitglieder im Slatogorsker Bahnhof aus dem Zug, und kurz zuvor, in der Nacht zum Sonntag, hatte in der Stadt der letzte Brand getobt – die absonderliche, großartige Villa von Struk war abgebrannt.

Rätselhaft war an dieser Abschlußkatastrophe rein gar nichts. Auch hielt keiner der Stadtbewohner den Feuertod des Strukschen Gebäudes für eine Katastrophe. Froh gestimmt wie am Geburtstag oder am Fest der Errettung, erzählten die Slatogorsker einander in allen Einzelheiten, was Samstagnacht in dem weißen Haus mit den hypnotisierten Schlangen am berühmten Zaun vorgefallen war. Von Schmetterlingen war nicht die Rede, höchstens von anderen flatterhaften Wesen, jedenfalls nicht von den samtigen, gelb mit blauem Rand, die während der Veröffentlichung des Kollektivromans oft in Slatogorsk aufgeflackert waren und selbst die besonnensten Menschen zu Geschrei und wilder Flucht veranlaßt hatten.

Nach Struks überraschendem Tod war die Villa an eine Abteilung der Stadtverwaltung übergegangen, und es pachteten sie, zur Gesundung ihrer wirtschaftlichen Verhältnisse, zwei Männer, deren Reputation schwärzer noch als Schuhwichse war: die dem Leser bekannten NEP-Schieber Pantelejmon Iwanowitsch Kulakow und Solomon Abramowitsch Prejtman.

Sie hängten an die Villa ein großes Schild:

EIN CASINO FÜR DIE GANZE FAMILIE!
»ELITA«
Roulette für jedermann!
Verschiedene amerikanische Salonspiele
Poker!
Black-Jack!
LOTTO!
Chemin de fer und Bakkarat!
Erstklassige Küche – es kocht der ehem. Chefkoch Seiner
ehem. Eminenz Awessalom,
des ehem. Erzbischofs von Slatogorsk
BIER! KREBSE!
Bitte überzeugen Sie sich selbst!

Der Löwenanteil der Casino-Einnahmen sollte laut Kontrakt der Kinderkommission zugute kommen. Doch es gab überhaupt keine Einnahmen. Das Haus hatte einen üblen Ruf, die Leute fürchteten sich davor. Falls doch einmal Slatogorsker ins Casino kamen, um sich den Ausschweifungen hinzugeben, saßen sie meist am Lottotisch und empfanden prikkelnde Gefühle, wenn sie ein Zwanzigkopekenstück auf ein Kärtchen setzten. An der Bar verlangten sie Tee mit Zitrone, möglichst stark, und nur zweimal hatten die verruchtesten Slatogorsker Nachtschwärmer, als sie in Damenbegleitung waren, drei Portionen Klopse nach Kosakenart und eine Flasche Fruchtlikör bestellt.

Fast jeden Abend saßen in dem großen, gläsernen Studio, das im zweiten Kapitel den bescheidenen Berloga so frappiert hatte, die beiden Kompagnons einander gegenüber, umgeben von einer Schneewüste weiß gedeckter Tische. Zwischen ihnen saß, kerzengerade wie ein Offizier, die aus dem Roman ausgeschiedene Elita Struk. Um ihre schlanken Füßchen schlotterten die bereits völlig ausgetretenen metallfarbenen Schuhe. Die Perlenkette der Herzogin von Berry, die Elita seinerzeit auf der Moskauer Petrowka von einer alten Dame als Zugabe zu echten Seidenstrümpfen geschenkt bekam, hielt sich zwar noch, auch wenn inzwischen alle Perlen Tuberkulose hatten, was ihre unperlenhafte Abstammung offenbarte.

Elita mußte starr geradeaus sehen, denn jeder Blick, den sie auf den Kavalier zur Rechten oder zur Linken warf, rief bei dem anderen Tobsucht hervor. Jeder der beiden Anbeter, die vom Cognac und von den Verlusten schon fast den Verstand verloren hatten, war bereit, die Filmschönheit für die geringste Bevorzugung des anderen in Stücke zu reißen. Sie prostete beiden Verehrern gleich häufig zu, schwieg die ganze Zeit bedrohlich, und nur wenn sie aus einem kleinen Röhrchen ein weißes Pülverchen geschnupft hatte, ließ sie lange Schimpftiraden auf irgendwelche Moskauer Regisseure los, die ihr Talent verkannt hätten.

Das Unglück passierte spät in der Nacht. Pantelejmon Kulakow geriet in Rage, weil Elita angeblich mit Solomon Prejtman häufiger angestoßen hatte als mit ihm, weshalb er Flaschen umwarf und in einem wilden sibirischen Wutanfall Tischtücher und Vorhänge in Brand steckte. Vom heftigen Durchzug in dem ungeheuren Gebäude wurden die Flammen im Nu weitergetragen und stärker angefacht.

So brannte die Villa ab, und Elita fuhr, auf der Suche nach neuen Eroberungen, in einem Waggon dritter Klasse nach Moskau, und die ruinierten NEP-Schieber mit ihren gebrochenen Herzen kamen wegen Steuerhinterziehung ins Gefängnis, und wenn sie, den Spaten über der Schulter, zur Zwangsarbeit marschierten, hörten sie hinter sich die Slatogorsker Gassenbuben singen:

Weiber, Schmetterlinge, Schnaps,
Sind das Holz des Bettelstabs.

Wie der Leser sieht, rückte das letzte Aufflackern der Version, Schmetterlinge seien die Urheber der Brände, das Problem in ein ganz anderes Licht.

So genau war nicht bekannt, woher die Moskauer Kommission eigentlich kam. Sie machte keinen besonders furchterregenden Eindruck, eher einen versonnen psychologischen. Der Vorsitzende, ein kleines, bartloses Männchen mit wirrer Tolle und kariertem Anzug, hörte allen Leuten mit überaus beifälliger Miene zu, wobei er seltsamerweise fast nach jedem Satz in lautes Gelächter ausbrach. Das zweite Kommissionsmitglied, mit Stiernacken und rotem Bart und bis zu den Fingerspitzen mit Sommersprossen übersät, hörte zerstreut und ungeduldig zu, knöpfte mitten in den Sitzungen sein Tolstoi-Hemd auf und kratzte sich wie wild die breite, behaarte Brust, dann ging er unauffällig hinaus, quasi nur für einen Moment, doch kaum war er draußen, raste er zum Meer, riß sich die Kleider vom Leib, worauf ein Paar nie gewechselter, seltsamerweise mit einem Lederriemen gegürteter Unterhosen zum Vorschein kam, dann stürzte er sich kopfüber und voll Wonne in die Fluten, und von weitem sah es aus, als schwämme auf dem Wasser ein roter Bastwisch. Der dritte Mann, ein hochgewachsener, hagerer Glatzkopf in blauen Militärhosen, redete alle Besucher ohne Ausnahme als »junger Mann« an und befragte sie seltsamerweise vor allem nach der Lage des Fischereigewerbes in Slatogorsk.

Die Slatogorsker, die wohl trotzdem von den wahren Aufgaben und Zielen der Kommission Wind bekamen, strömten zu Hunderten herbei, um freiwillig auszusagen. Dabei bezogen sich ihre Beschuldigungen und Beanstandungen auf eine Vielzahl von Personen, die bisher nicht als Helden im Roman aufgetaucht, dem Publikum aber durchaus bekannt waren.

Eine Reihe der Beschwerdeführer lenkten die Aufmerksamkeit der Ermittler auf die Geschichte, wie der erste große Brand im Gouvernementsgericht entstanden war, und verwiesen auf dessen Anstifter. Nach einer Anfrage bei dem auf der Krim wohnhaften Mitglied der Druckergewerkschaft Alexander Grin bekundete dieser brieflich, zwar habe er tatsächlich im ersten Kapitel des Kollektivromans den Brand im Gericht gelegt, doch sei es nicht seine, Grins, Schuld, daß dieser Brand rein geographisch in der sowjetischen Stadt Slatogorsk stattgefunden habe und nicht in einer namenlosen ausländischen Stadt, wie in seinem Manuskript vorgeschlagen. Eine Überprüfung des Originals ergab, daß bei A. Grin

Ort der Handlung des ersten Kapitels tatsächlich nicht die UdSSR war und daß sogar die ersten Helden des Romans, der Kanzlist Warwi Migunow und der Reporter Berloga, bei Grin ursprünglich »Archivar Warwi Giehsel« und »Reporter Wackelberg« hießen.

Die Frauen beschwerten sich in erster Linie über Lew Nikulin. Daß er die betörende Schönheit Elita nach Slatogorsk gebracht hatte, welche die Herzen aller, selbst der bescheidensten Männer in Wallung versetzte, sahen sie als einen gesellschaftlich verwerflichen Akt an:

»Ein Glück, Genosse Vorsitzender, daß wenigstens der Wladimir Lidin das wahre Gesicht von diesem gemeinen Luder gezeigt hat, daß sie nämlich gar keine Elita, sondern die allerhinterletzte Dina Kamenezkaja ist, und noch nicht mal Mitglied der Schauspielergewerkschaft! Was ist das für eine Art, so ein Publikum in einen Roman reinzulassen!«

Die Vorwürfe, durch den Roman arbeitsscheue und konterrevolutionäre Elemente in Slatogorsk eingeschmuggelt zu haben, betrafen auch Babel.

»In einem Aufwasch hat er den ehem. Baron Mengden und die ehem. Fürstin Abamelek-Lasarewa und den ehem. General Duchowskoi hergeholt! Da hocken sie nun, essen unser sowjetisches Brot und reden französisch! Wieso eigentlich, in drei Teufels Namen!«

Besucher werktätigen Aussehens wiesen auf die Ungerechtigkeiten und Grausamkeiten hin, die einige Personen an jenen sechs proletarischen Helden begangen hatten, welche vom Genossen Juri Libedinski in den Roman eingebracht worden waren.

In der Tat, allen sechs erging es schlecht. Der Komsomolze Wanja Fomitschew, der aus schweren Prüfungen aufrecht hervorgegangen war – die qualvollste war wohl die Romanze mit der Tochter des NEP-Spekulanten –, fiel zuletzt einem grausamen Tod anheim: Ihn zerfleischten die Insassen des Irrenhauses.

Andrej Warnawin, den sein Schöpfer als einen im Grunde anständigen Burschen charakterisiert hatte, wurde unbarmherzig dem finsteren Milieu der Kriminellen ausgesetzt und kam von dort hinter Gitter, wo er fast bis zum Ende aller Brandwirren auch blieb.

Onkel Klim, dem Libedinski eine hervorragende Rolle zugedacht hatte, erlitt das Schicksal so vieler Arbeiter auf verantwortungsvollem Posten, denen Bürokratie, Unverständnis und Engstirnigkeit das Leben schwermachen. Seine vortrefflichen Möglichkeiten wurden nicht genutzt, und nur Weniamin Kawerin, der ein Paar kräftiger schwieliger Hände benötigte, um einen Verbrecher fesseln zu lassen, mobilisierte Onkel Klim für eine winzige Rolle, die jeder Milizionär, Hausknecht oder auch namenlose Passant genausogut hätte übernehmen können.

Am meisten waren die Werktätigen über Michail Slonimski empört, der mit einem einzigen Federstrich Slatogorsk des Exekutivkomiteevorsitzenden und des Regionalzeitungsredakteurs beraubt hatte – beide verschwanden auf unwahrscheinliche und rätselhafte Weise.

Aber erst die folgenden Autoren! Keinen Finger rührten sie, um der verwaisten Stadt schnellstens ihren führenden Mann und den Leiter der öffentlichen Meinung zurückzubringen!

Ganz zu schweigen davon, wie entrüstet alle Besucher der Kommission über jene Autoren waren, die mit einzelnen Bränden in verschiedenen Stadtteilen zu tun hatten.

Die Armen aus Strugaljowka waren empört über Georgi Nikiforow mit seinem »grellroten jungen Pferd«, darüber, daß es »schnaubte, wieherte, böse fauchte und mit langen Zähnen die Festigkeit des Holzes prüfte«, daß es »sich hineinfraß, vor Begeisterung und Zorn heulte und brennende Bretter in den satten Septemberhimmel schleuderte«. Viele Häuser in Strugaljowka waren nicht versichert, und Nikiforows Pferd kam die Bewohner des Viertels übel zu stehen.

Die Arbeiterkorrespondenten waren empört über Nikolai Ljaschko, vor allem über seinen Leichtsinn:

»Dabei ist er einer von uns, ein proletarischer Schriftsteller! Fast hätte er die Fabrik niedergebrannt, und die Arbeitersiedlung obendrein! Wenigstens hat er sich noch rechtzeitig besonnen, hat den Brand gelöscht. Was die sich alles so ausdenken, und wir werden nicht gefragt!«

Friedfertige Angestellte kamen, um über Alexander Jakowlew zu sprechen. Was hatte ihn bloß dazu gereizt, das Haus an der Ecke Chausseestraße und Steile Gasse anzuzünden? Hätte er kein anderes Haus finden können? Noch dazu die Schießerei! Die Miliz, die Karabiner, die Fahrräder, die Würmer!

Und Boris Lawrenjow! Ihm konnten weichherzige Menschen den qualvollen Tod von Seufzer-Lenka nicht verzeihen, die als lebende Fackel in der Gefängniszelle verbrannt war. Viele Bürger fanden, er hätte sich ein Beispiel nehmen können an dem umsichtigen Konstantin Fedin, der Elita Struks Aufenthaltsraum im Untersuchungsgefängnis vorsorglich mit Asbestpappe ausgeschlagen hatte.

Und Kawerin, der den schon verkohlten Ruinen noch ganze fünfundzwanzig frisch verbrannte Häuser hinzufügte!

Und Nowikow-Priboi mit seinem grauenhaften Feuerchaos im Hafen! Wenn man das liest, wird einem das Herz zu Eis, und vor Angst trüben sich die Augen.

Milde urteilten die Slatogorsker nur über Beresowski, Soschtschenko und Wera Inber. Bei ersterem kamen die Helden friedlich zusammen, aßen und tranken und gingen ebenso friedlich wieder auseinander. Beim zweiten taten Feuerwehrleute, diese bescheidenen Helden der Arbeit, was zu tun war, und trugen gewissermaßen indirekt zum Wiederauffinden der geheimnisvollen, ungreifbaren Akte Nr. 1057 bei. Der Fund der rätselhaften Dokumentenmappe klärte zwar nichts auf, denn wie sich nach dem aufmerksamen Studium der Akte Nr. 1057 herausstellte, hatte sie keinerlei Beziehung zu den jetzigen Slatogorsker Bränden. Doch immerhin war angenehm und tröstlich, daß die Akte sich wiedergefunden hatte. Wera Inber ließ dicken Rauch über anderthalb Häuserviertel ziehen. Der Rauch war aber, wie sich zeigte, ohne Feuer, und schon das war dankenswert. Ein Brand weniger, somit – einmal weniger Aufregung und Herzklopfen.

Was läßt sich hingegen über den unersättlichen Nikolai Ognjow sagen, dem alle Brände noch nicht genügten und der, als Krönung des Ganzen, die Pulverkeller sprengte?!

Die Besucher kamen in hellen Scharen. Manchmal umringten sie so dicht den Tisch der Kommission, ließen die Luft von so wüsten Klagen widerhallen und verursachten eine solche Hektik, daß das Kommissionsmitglied mit dem Stiernacken wie ein Kamel durch die Nase schnaubte und das leicht aufbrausende Mitglied in den blauen Militärhosen hitzig in die rückwärtige Hosentasche griff, wo sechs Jahre zuvor, im Bürgerkrieg, der Revolver gesteckt hatte.

Die Besucher fielen sich gegenseitig ins Wort:

»Wozu das Gerede über Brände und Explosionen? In Wirklichkeit hat's doch nichts dergleichen gegeben!«

»So was kommt auch gar nicht vor! Gibt's ja überhaupt nicht!«

»Was sollen denn diese Weißgardisten? Diese ausländischen Spione? Unsere Literaten haben nichts zu tun, darum saugen sie sich Schreckensmärchen aus den Fingern! Regen uns bloß unnötig auf!«

Die Spießbürger waren ernstlich verärgert. Unter ihnen befanden sich die verschiedensten Gruppen und Kategorien von Menschen. Mitten im Raum standen wohlgenährte Geschäftsleute, Spazierstöcke aus Ebenholz mit geschnitzten Knäufen in der Hand, und klopften auf den Boden. Solide aussehende Experten mit Technikermützen und Aktentaschen gaben ihrer Erregung Ausdruck. Es kreischten bleiche Mädchen, dem Anschein nach Studentinnen. Es zeterten Parteifunktionäre, früher einmal rege, wie Blitz und Donner, nun aber ausstaffiert mit Wohnungen, Polstermöbeln, dikken, spießigen Frauen, Klavieren und Kanarienvögeln.

Sie alle hatten längst Geschmack gefunden an einem friedlich-stillen Leben, das durch nichts mehr so recht zu erschüttern war. Die Experten wurden dick und dicker, während sie träge an den Plänen für die Aufbereitung von Fischbein in den nächsten fünfzig Jahren arbeiteten. Die bleichen Mädchen lehnten jegliche Erschütterung ab, sofern es nicht um Wohnungshändel und Abtreibungen ging. Die abgeschlafften Sowjetfunktionäre ließen Überraschungen aus dem Leben nur an sich heran, wenn diese in Ledermappen steckten und von ihren Untergebenen kamen. Und ihnen allen war schon der Gedanke unerträglich, heftige und ungewöhnliche Ereignisse könnten sie aus ihrem eingefahrenen, ruhigen Leben aufstören.

Der fröhliche, gutmütige Vorsitzende der Kommission hatte zunächst allen Klagen und allem Gemecker widerspruchslos zugehört. Doch allmählich geriet auch er außer sich. Sein Geduldsfaden spannte sich immer mehr, schließlich riß er. Ohne daß er es selbst bemerkte, stand er auf und begann, der Versammlung laut zu widersprechen, seine riesige Brille hüpfte dabei auf dem Nasenrücken, und sein heiserer Baß – die Stimme eines jungen Menschen, der viel durchgemacht und in seinem jungen Leben schon oft gebrüllt hatte – dröhnte durch den ganzen Raum.

»So, ihr seid unzufrieden, verehrte Bürger und Genossen? Man hat euch in Unruhe versetzt? Hat euch aus eurer Ruhe aufgeschreckt? Ihr hattet euch sozusagen gerade auf Erholung eingestellt, gerade waren die Winde ringsum abgeflaut, die Vöglein verstummt, und die Herden auf den Weiden hatten sich niedergelegt ... da belästigt man euch mit diesen Bränden, Explosionen, bösen Ränken des internationalen Kapitals, mit alledem, was ihr schon vergessen habt, woran ihr euch nicht erinnern wollt? Und vor allem: Wer tut das? Verantwortungslose Schreiberlinge, sowjetische Literaten, alle möglichen Babels und Libedinskis drohen euch mit Anschlägen, ausländischer Terrortechnik und ähnlichem Quatsch.

In der Tat, lohnt es sich denn, seine Zeit mit Gesprächen über Explosionen und Brände zu vergeuden, wo ihr doch echte Sorgen habt – die Möbel, die Steuern, die Reisen zur Kur!

Doch wenn ihr den literarischen Phantasten nicht glauben wollt, wenn euch die aufrichtige Besorgnis dieser stets unruhigen und hellhörigen Menschen nicht wachrütteln kann, sollen euch jetzt die Zeitungen mit dem Holzhammer auf den Kopf schlagen!

Habt ihr denn nicht aus Telegrammen und Regierungsverlautbarungen – und da kann man nicht den Kopf unters Kissen stecken wie bei erfundenen Geschichten –, habt ihr denn nicht aus den ehernen Zeilen der Zeitungen erfahren, daß es für die Werktätigen im Sowjetlande noch zu früh ist, auf dem Lorbeer der Sorglosigkeit auszuruhen? Zu früh ist, die großen Gewitter der Revolution als bereits verklungen, die großen Brände als bereits gänzlich gelöscht anzusehen? Der Feind streckt seine Arme nach uns aus, mit seinen langen, hartnäckigen, geschickten Fingern tastet er sich an jede Fabrik, an jedes Haus heran.

Struk und den Mann mit dem Gummimantel und der Narbe am rechten Ohr hat es leibhaftig nie gegeben – wie es auch euch nicht leibhaftig gibt, ihr launenhaften, verspießerten, abgeschlafften, durchgedrehten, nasebohrenden Einwohner der ausgedachten Stadt Slatogorsk. All das existiert nicht. Doch es gibt die klaren, glühenden Worte der sowjetischen Führung über Dinge, die existieren, die nicht ausgedacht sind, die in Wirklichkeit drohen:

›An verschiedenen Stellen der Sowjetunion wurden gleichzeitig Fabriken und Militärdepots in Brand gesteckt. Außerdem wurden einzelne Industrieanlagen beschädigt, wobei die Untersuchung dieser Fälle bewußt schädliches Handeln zutage brachte … Es ist völlig offenkundig, daß die Regierung von Großbritannien, welche in raschem Tempo Kriegsvorbereitungen gegen die UdSSR trifft, auf jede nur erdenkliche Weise bestrebt ist, das friedliche Schaffen der Arbeiter und Bauern unseres Staates zu stören!‹

Seht ihr? Das heißt – Struk gibt es zwar nicht, aber er kann jeden Augenblick in jeder Stadt auftauchen, wenn wir nicht über Sicherheit und Ruhe in unserem Land wachen! Euch kam vielleicht jenes Romankapitel seltsam und überflüssig vor, in dem Alexander Arossew von dem geheimnisvollen Reisenden mit dem Paß des Holländers Struk an der finnischen Grenze erzählt? Dies war eine dichterische Erfindung. Aber hat nicht das Leben selbst schon gesprochen, als in aktuellen Meldungen unlängst von dem königlich-britischen Flugkapitän Sidney George Reilly berichtet wurde, der illegal über die finnische Grenze in unser Land kam und einen gefälschten Paß auf den Namen ›Kaufmann Steinberg‹ bei sich hatte? Neben der dichterischen Erfindung stehen echte Tatsachen, die ihr nicht missachten könnt!

Sowohl die Schriftsteller in den Zeitschriften wie auch die Telegramme in den Zeitungen rufen nicht zu Panik auf – Schande über den, der den Kopf verliert und in den Wellen feiger Gerüchte mitschwimmt! Aber jeder von uns, falls er kein Struk ist, sollte sich folgende Worte einprägen und sie ruhig, ohne Panik, in die Tat umsetzen:

›Die Regierung ruft die gesamte werktätige Bevölkerung der Sowjetunion auf, den blindwütigen Anstrengungen der Feinde von Arbeiterklasse und Bauernschaft mit erhöhter Arbeitsaktivität und außergewöhnlicher Geschlossenheit der eigenen Reihen zu begegnen.

Die Regierung ruft alle ehrlichen Werktätigen des Landes auf, noch energischer am Aufbau des Sozialismus und der Stärkung unserer Verteidigungsbereitschaft mitzuwirken.

Die Regierung wendet sich an die Arbeiterklasse mit dem Appell, Fabriken, Warenlager und Bahnstationen zu beschützen, überhaupt alles, was gebaut und geschaffen wurde von den Werktätigen, die in unserem Lande den Sieg über Gutsherren und Kapitalisten davongetragen haben.‹

Mit welchem Recht schläft man den Schlaf des Spießers, aus welchem Grund leugnet man allein schon die Möglichkeit neuer Überfälle und Eingriffe in das friedlich stille Leben unseres Landes?!«

Der Vorsitzende umfaßte mit seinem Blick die ganze Versammlung, beruhigte sich ein wenig, lächelte in sich hinein und fügte hinzu, nun schon in ganz schlichtem, sachlichem Ton:

»Ich erkläre die Arbeit der Kommission zur Liquidierung des Romans ›Die großen Brände‹ für beendet. Alle Helden des Romans, ebenso die Einwohnerschaft der Stadt Slatogorsk, halte ich für entlassen. Da Slatogorsk selbst nicht mehr benötigt wird, schaffe ich die Stadt ab. Die Fortsetzung der Ereignisse – lest sie in den Zeitungen, sucht sie im Leben! Verliert nicht die Verbindung zum Leben! Schlaft nicht! ›Die großen Brände‹ sind vorüber, noch größere stehen uns bevor.«

DIE AUTOREN DER GROSSEN BRÄNDE

23 | AROSSEW, ALEXANDER JAKOWLEWITSCH

25. Mai 1890, Kasan | 9. Februar 1938, erschossen
Angehöriger der Elite der russischen Berufsrevolutionäre, in den politischen Prozessen der 30er-Jahre des Trotzkismus und der Auslandsspionage angeklagt. Während des Oktoberumsturzes 1917 Truppenkommandeur des Moskauer Militärbezirks. 1920 Vorsitzender des Revolutionstribunals und Leiter des Staatsverlags der Ukraine. Später Botschafter in Litauen und der Tschechoslowakei.

9 | BABEL, ISAAK EMMANUILOWITSCH

13. Juli 1894, Odessa | 27. Januar 1940, Moskau, erschossen
Bis zu seinem 16. Lebensjahr unter Anleitung des Vaters Beschäftigung mit dem Hebräischen und dem Talmud. 1911–1915 am Finanz- und Handelsinstitut in Kiew und Saratow, anschließend nach Petrograd. Maxim Gorki druckt seine ersten Erzählungen. 1920 als Journalist in der 1. Reiterarmee. Auf der Grundlage seines Tagebuchs entstehen die Novellen der *Reiterarmee* (1926). 1939 denunziert und festgenommen.

10 | BERESOWSKI, FEOKTIST ALEXEJEWITSCH

13. Januar 1877, Omsk | 6. April 1952, Moskau

Von den Großeltern erzogen, sein Großvater war sibirischer Kosak. Mit sechs Jahren Arbeit in einer Streichholzfabrik. Seit 1895 Telegraphist bei der sibirischen Eisenbahn. 1900 erste Erzählung. Sozialdemokrat seit 1904. Während der ersten russischen Revolution im Januar 1906 verhaftet und zum Tode verurteilt, der Erschießung durch Zufall entgangen. 1922 Mitbegründer der sibirischen Literaturzeitschrift »Sibirskie ogni«. Lebte ab 1924 in Moskau.

4 | BUDANZEW, SERGEJ FJODOROWITSCH

8. Dezember 1896, Glebkowo | 6. Februar 1940

Sohn eines Gutsverwalters, besuchte Realschule und ein Privatgymnasium. 1916 Studium der Philologie in Moskau. 1916–1917 beim Nachschub der russischen Armee in Ostpersien. 1918–1920 Redakteur und Mitarbeiter der sowjetischen Presse in Baku und Astrachan. 1922 der Roman *Aufruhr*, der um die Auseinandersetzung zwischen Sozialrevolutionären und Bolschewiki kreist.

15 | FEDIN, KONSTANTIN ALEXANDROWITSCH

24. Februar 1892, Saratow an der Wolga | 15. Juli 1977, Moskau

Väterlicherseits einer Bauernfamilie entstammend, mütterlicherseits dem Adel. Handelsschule in Saratow. 1920 nach Petrograd, wo er sich auf Gorkis Rat hin den »Serapionsbrüdern« anschließt. Als Mitglied des sowjetischen Schriftstellerverbandes sprach Fedin sich gegen den Druck von Pasternaks *Dr. Schiwago* und 1968 von Solschenizyns *Krebsstation* aus.

1 | GRIN, ALEXANDER [EIGENTLICH ALEXANDER STEPANOWITSCH GRINEWSKI]

23. August 1880, Wjatka | 8. Juli 1932, Stary Krim

Grins Vater war Pole, der sich nach seiner Verbannung nach Sibirien 1863 in Wjatka angesiedelt hatte. 1896 ging der junge Alexander nach Odessa, fuhr drei Jahre zur See und führte nach seiner Rückkehr ein Wanderleben. 1906 ließ er sich in Petersburg nieder, wo seine erste Erzählung »Nach Italien« in der Börsenzeitung erschien. 1924 zog Grin nach Feodossija auf der Krim, 1930 nach Stary Krim. Seine phantastischen Erzählungen und Romane machten ihn zu einem Außenseiter in der zunehmend auf sozialpolitische Schwerpunkte orientierten sowjetischen Literatur.

20 | INBER, VERA MICHAILOWNA

10. Juli 1890, Odessa | 11. November 1972, Leningrad

Tochter eines Verlegers und einer Schulleiterin: »Meine Mutter hat 500 Kinder, ich bin nur das 501.«, schrieb sie als Mädchen in ihr Tagebuch. Gymnasium. 1910–1914 in Paris und in der Schweiz. Ilja Ehrenburg unterstützt den Druck ihres ersten Gedichtbands *Trauriger Wein*, der 1912 in Paris erscheint. 1917–22 wieder in Odessa, dann Übersiedlung nach Moskau, wo sie sich dem »Literarischen Zentrum der Konstruktivisten« anschließt. Zu Beginn des Zweiten Weltkriegs nach Leningrad, wo sie während der Blockade blieb.

Mitautorin (unter anderem mit Maxim Gorki) des Propagandawerks *Der Weißmeer-Ostsee-Kanal »Stalin«*.

13 | JAKOWLEW, ALEXANDER STEPANOWITSCH

12. November 1886, Wolsk | 11. April 1953, Moskau

Mit 15 Jahren Telegraphist bei der Eisenbahn, Postangestellter. 1905 Sozialrevolutionär. Realschule als Externer, Studium der Philologie in Petersburg: »Wir träumten gemeinsam vom Paradies hinter einem Meer von Blut.« Nach anderthalb Jahren Haft fünf Jahre unter Polizeiaufsicht. 1914 Kriegsfreiwilliger.

22 | KAWERIN, WENIAMIN ALEXANDROWITSCH

19. April 1902, Pskow | 2. Mai 1989, Moskau

Gedichte, erste Erzählung »Das elfte Axiom« 1920. Gymnasiumsbesuch in Moskau, dann nach Petrograd, Anschluß an die »Serapionsbrüder«. Einigen phantastischen Erzählungen folgte der erste Roman *Das Ende einer Bande* (1923). Studium am Institut für orientalische Sprachen. Als 1924 sein »Serapionsbruder« Lew Lunz starb, hat Kawerin ein Bekenntnis zur handlungsbetonten Prosa abgelegt, das er durch die Jahrzehnte befolgte.

25 | KOLZOW, MICHAIL JEFIMOWITSCH [EIGENTLICH FRIEDLAND]

12. Juni 1898, Kiew | 2. Februar 1940, Moskau, erschossen

1915 Studium am Psychoneurologischen Institut Petrograd. Journalist. 1918 Mitglied der Kommunistischen Partei.

1918–19 bei der Roten Armee in Kiew. 1921 an der Niederschlagung des Kronstädter Aufstands beteiligt. 1922–1938 Feuilletonist bei der »Prawda«. Mitbegründer mehrerer Zeitschriften, darunter des »Ogonjok«. Während des spanischen Bürgerkriegs 1936–1938 wiederholt in Spanien. Von Ernest Hemingway in *Wem die Stunde schlägt* als Karkow dargestellt. Ende 1938 verhaftet und des Trotzkismus sowie der Spionage für den deutschen, französischen und britischen Geheimdienst angeklagt.

14 | LAWRENJOW, BORIS ANDREJEWITSCH

17. Juli 1891, Cherson | 7. Januar 1959, Moskau

Sohn eines Lehrers. Kindheit auf dem Lande. Gymnasium. 1908 Flucht auf einem Dampfer nach Alexandria. Drei Monate Schiffsjunge. Von der italienischen Polizei aufgegriffen, kehrt er nach Hause zurück und beendet das Gymnasium. Anschließend Jurastudium in Moskau. 1911 Gedichte, Anschluß an die Gruppe der Egofuturisten. Offizier im Ersten Weltkrieg. 1918–1921 in der Roten Armee. Seit 1923 in Petrograd.

5 | LEONOW, LEONID MAXIMOWITSCH

31. Mai 1899, Moskau | 8. August 1994, Moskau

Sohn eines Journalisten und Dichter-Autodidakten aus dem Bauernstand, der zwei Jahre nach Archangelsk verbannt war. Gymnasium in Moskau. 1920–1922 in der Roten Armee. Erzählungen seit 1922. Erhielt für seinen Roman *Der russische Wald* 1957 den Leninpreis, gilt als einer der Begründer eines ökologischen Diskurses in der Sowjetunion.

6 | LIBEDINSKI, JURI NIKOLAJEWITSCH

10. Dezember 1898, Odessa | 24. November 1959, Moskau
Kindheit im Ural. 1920 Mitglied der Kommunistischen Partei. Kommissar in der Roten Armee. Mitbegründer der literarischen Vereinigung »Oktober«, des Kerns der späteren Russischen Assoziation Proletarischer Schriftsteller. Berühmt wurde seine Erzählung »Die Woche« (1922): Es sei ihm gelungen, die führende Rolle der Kommunistischen Partei darzustellen. Auf Widerstand stieß Libedinskis Roman *Die Geburt des Helden* (1930), da er hier die revolutionäre Handlung der »Biographie der Seele« geopfert habe.

8 | LIDIN, WLADIMIR GERMANOWITSCH [EIGENTLICH GOMBERG]

15. Februar 1894, Moskau | 27. September 1979, Moskau
Sohn eines Moskauer Exportkaufmanns. Studium der Orientalistik und der Rechte. Erste Erzählungen 1916. 1927 erschien sein gleich darauf ins Deutsche übersetzter Roman *Der Abtrünnige*. In *Winter 1941* beschreibt er seine Kriegserfahrungen, im *Schwarzbuch* von Ilja Ehrenburg schildert er die Ermordung der Juden von Talnoje durch die SS und Kollaborateure während des Zweiten Weltkriegs.

16 | LJASCHKO, NIKOLAI NIKOLAJEWITSCH

19. November 1884, Lebedjan, Gouvernement Charkow | 26. August 1953, Moskau
Sohn eines Soldaten und einer Bäuerin. Besuchte eine kirchliche Gemeindeschule, kam mit elf Jahren nach Charkow als Lehrling in ein Café, später in eine Schokoladenfabrik.

Arbeiter in Charkow, Sewastopol und Rostow am Don. Besuch von Arbeiterbildungskursen, 1901–1902 Kontakt zum revolutionären Untergrund. Sozialdemokrat. Nach der Revolution schließt Ljaschko sich der proletarischen Literaturgruppe »Die Schmiede« an.

1 | NIKIFOROW, GEORGI KONSTANTINOWITSCH

7. Juni 1884, Saratow | 2. April 1938, Leningrad, erschossen

Sohn eines Tapezierers und einer Bäuerin. Mit 13 Jahren Dreherlehre. 1905 Teilnahme an den Dezemberaufständen in Moskau. 1905–1910 in der Armee. Im Ural wird er 1917 Mitglied der Bolschewiki. 1923 nach Moskau. Anschluß an die proletarische Literaturgruppe »Die Schmiede«. Um die Zeit der *Großen Brände* schilderte Nikiforow seine Arbeit: Er schreibe an dem Roman *Eine Frau*, in dem die Tochter eines Ingenieurs sich müht, ein nützliches Glied der neuen Gesellschaft zu sein, und die Erzählung »Die Lüge«, »in der ich Menschen schildere, die dem Proletariat nützlich sein wollen, unsere Revolution aber im Endergebnis auf Bürokram zusammenschrumpfen lassen«.

2 | NIKULIN, LEW WENIAMINOWITSCH (EIGENTLICH LEW WLADIMIROWITSCH OLKONIZKI)

20. Mai 1891, Shytomyr | 9. März 1967, Moskau

Sohn eines Setzers und späteren Schauspielers und einer Lehrerin. Bis zum 14. Lebensjahr in Wolhynien. Übersiedlung nach Odessa. Ab 1911 Besuch des Moskauer Handelsinstituts, das er von seinen Einkünften aus literarischen Gelegenheitsarbeiten selbst bezahlte. 1913 Reise nach

Deutschland, Italien, in die Schweiz. Im Krieg an der Westfront. In der Roten Armee als Journalist. Nach den *Großen Bränden* veröffentlichte er auch als Teil der Autorengruppe um Maxim Gorki das Propagandawerk *Der Weißmeer-Ostsee-Kanal »Stalin«*.

21 | OGNJOW, NIKOLAI [EIGENTLICH MICHAIL GRIGORJEWITSCH ROSANOW]

26. Juni 1888, Moskau | 22. Juni 1938, Moskau
Sohn eines Rechtsanwalts. Illegale Arbeit seit 1906. 1907 Flucht aus dem Gefängnis, unter wechselnden Namen im Untergrund. Seit 1910 Arbeit in der Jugendfürsorge in einem Moskauer Stadtbezirk. Berühmt machte ihn das *Tagebuch des Schülers Kostja Rjabzew* (1927).

12 | NOWIKOW-PRIBOI, ALEXEJ SILYTSCH

24. März 1877, Matwejewskoje | 29. April 1944, Moskau
Sohn eines Bauern, Autodidakt. 1899–1906 bei der Marine. Gefängnis wegen Verbreitung illegaler sozialistischer Literatur. Geriet in der Seeschlacht bei Tsushima während des russisch-japanischen Krieges in japanische Gefangenschaft. 1907–1913 als politischer Emigrant in Frankreich, England, Spanien, Italien und Nordafrika. Sein Hauptwerk ist der historische Roman *Tsushima* (1930–1935).

18 | SLONIMSKI, MICHAIL LEONIDOWITSCH

1. August 1897, St. Petersburg (auch: Pawlowsk) |
8. Oktober 1972, Leningrad

Der Vater war Schriftsteller und Redakteur, sein älterer Bruder Pianist. Nach dem Gymnasium als Freiwilliger an die Front. Während der Februarrevolution in einem der aufrührerischen Regimenter, in dem über die Hälfte der Offiziere erschossen wurde. Zwei Jahre Studium der Philologie in Petrograd. 1920 Sekretär des »Hauses der Künste«, Besuch der Vorlesungen von Jewgeni Samjatin und Viktor Schklowski, die die Paten und Lehrer der »Serapionsbrüder« wurden. Siehe auch: Olga Forschs *Russisches Narrenschiff*, Band 421 der Anderen Bibliothek.

11 | SORITSCH, A. [EIGENTLICH WASSILI TIMOFEJEWITSCH LOKOT]

Dezember 1899, Borsna | 1937 erschossen

Sohn eines Gymnasiallehrers und späteren Professors in Kiew, der Abgeordneter der I. Staatsduma war. Der Junge wuchs bei seiner Mutter, einer Ärztin, in Tschernigow auf. Eine frühe Knochentuberkulose im Bein verurteilte ihn von Kind an zu einem Leben mit Krücken. 1919–1922 Journalist in Tschernigow. 1922–1928 Mitarbeiter der »Prawda«. Bekanntschaft mit Michail Kolzow. 1932–1937 Feuilletonist bei der sowjetischen Regierungszeitung »Iswestija«.

19 | SOSCHTSCHENKO, MICHAIL MICHAILOWITSCH

10. August 1895, Poltawa | 22. Juni 1958, Leningrad

Sohn eines Malers aus dem Adelsstand. 1913 Jurastudium in St. Petersburg. 1915 Kriegsfreiwilliger. Gasvergiftung. Herzkrank. Entlassen als Stabskapitän. 1918 freiwillig zur Roten Armee. 1921 Anschluß an die »Serapionsbrüder«. Seit dem Erscheinen der *Erzählungen von Nasar Iljitsch, dem Herrn Blaubauch* (1922) einer der bedeutendsten neuen Humoristen. In den 30er-Jahren versuchte Soschtschenko seine Kurzgeschichten in dem fünfteiligen *Himmelblaubuch* (1935) zusammenzufassen, gegliedert nach Geschichten vom Geld, von der Liebe, von der Arglist, von den Miseren und von erstaunlichen Begebenheiten. Seine psychoanalytische Autobiographie *Schlüssel des Glücks* wurde von der offiziellen sowjetischen Kritik heftig angegriffen. Durch den Parteibeschluß vom 14. August 1946 über politisch unliebsame Leningrader Zeitschriften wurde er zusammen mit Anna Achmatowa geächtet.

24 | SOSULJA, JEFIM DAWIDOWITSCH

10. Dezember 1891, Moskau | 3. November 1941, Rybinsk

Schulbesuch in Odessa. Frühe Nähe zu verschiedenen sozialistischen Parteien. Mehrmals verhaftet. Befaßte sich mit Philosophie, las Spinoza. Kurz vor dem Krieg ging er nach St. Petersburg, wo er einige Jahre als Redaktionssekretär der Zeitschrift »Das neue Satirikon« arbeitete. Nach der Februarrevolution entstehen die »Philosophischen Märchen«, die ihn, wie Kolzow sagte, zum »internationalsten« Schriftsteller machen. 1919 in Kiew. 1922 zusammen mit Kolzow Begründung des »Ogonjok«. Zwei Westeuropareisen Ende der 20er-Jahre. Biographie von Jonathan Swift (zusammen mit Alexander Deutsch). 1937 Mitherausgeber einer Sammlung von Liedern und Gedichten über Stalin. 1941 freiwillig an die Front, wo er nach schwerer Krankheit starb.

3 | SWIRSKI, ALEXEJ IWANOWITSCH

8. Oktober 1865 | 6. Februar 1942, Moskau

Wo genau er geboren sei, wisse er nicht, schreibt Swirski in einer Autobiographie aus der Zeit der *Großen Brände*. Als er fünf Jahre alt war, trennten sich seine Eltern, nach deren Tod begann ein Leben als Straßenjunge. Mit zwölf Jahren begab er sich auf Wanderung. In 15 Jahren habe er Rußland mehrere Male durchwandert und sei bis nach Mittelasien und Persien gekommen. 1891 stößt er in Rostow am Don zufällig auf den Schneider Feodor Christo, einen russischen Griechen, der ihn in seine große Familie aufnimmt. Ihm verdankt er auch seinen Eintritt in die Literatur.

17 | TOLSTOI, ALEXEJ NIKOLAJEWITSCH

10. Januar 1883, Nikolajewsk | 23. Februar 1945, Moskau

Entstammte einer Adelsfamilie. 1901–1908 Besuch des Technologischen Instituts in St. Petersburg. Lyriker, Erzähler, Dramatiker. Schon 1913–1917 erschien eine zehnbändige Werkausgabe. Im Krieg Frontkorrespondent. 1917 als Gegner der Bolschewiki in der Propagandaabteilung des Generals Denikin, 1918 Emigration nach Frankreich, 1921 Übersiedlung nach Berlin. Autobiographische Erzählung *Nikitas Kindheit* (1920–22) und Revolutionsroman

Der Leidensweg, den er später zu einer Trilogie umarbeitete. 1923 Rückkehr in die Sowjetunion. 1929–1945 Arbeit an dem historischen Roman *Peter der Große*, der ihm einen Stalin-Preis einbrachte.

INHALT

Die großen Brände ist im September 2022 als vierhundertdreiundfünfzigster Band der ANDEREN BIBLIOTHEK erschienen.

Die Herausgabe lag in den Händen von Christian Döring.

Die Redaktion besorgte Ron Mieczkowski.

Die Übersetzung aus dem Russischen stammt von Rosemarie Tietze. Sie erschien erstmals 1982 im Berliner Ullstein Verlag und wurde von der Übersetzerin für die vorliegende Ausgabe überarbeitet.

Dieses Buch wurde von Wolfgang Schaper, Bad Nauheim, gestaltet, ausgestattet und illustriert.

Den Satz übernahm Dörlemann Satz, Lemförde, mit den Schriften Minion Pro und Agitka.

Die Herstellung lag bei Stefanie Kruszyk, Berlin.

Das Memminger MedienCentrum druckte auf 100 g/m^2 holz- und säurefreies, ungestrichenes Munken Pure. Dieses wurde von Arctic Paper ressourcenschonend hergestellt.
Den Einband besorgte die Verlagsbuchbinderei Conzella in Aschheim-Dornach.

Die Originalausgaben der ANDEREN BIBLIOTHEK sind limitiert und nummeriert.

1.–3.333 2022
Dieses Buch trägt die Nummer

0963

ISBN 978-3-8477-0453-9
DIE ANDERE BIBLIOTHEK

Die Andere
Bibliothek